Wie der Wind durchs Feuer ging

von

Nina Leisten

1. Ausgabe 2017

www.ninaleisten.de

Nina Leisten
Im Grund 42
91161 Hilpoltstein

ISBN-13: 978-1521497500

Für all die Menschen da draußen,
die etwas vermissen
und doch nicht wissen,
was es ist!

Teil 1
Zwischenwelt

Wenn Liebe voller Erinnerungen steckt,
wie konnte ich dann je vergessen?
Wie konnte ich vermissen, was wir einmal waren,
wenn es unsere Liebe niemals gab?

1737, Savoyen

September
Meine Mutter hatte nach dem Mittagessen zwei Gläser ihres sauren Traubensaftes getrunken. Das tat sie häufig, weil sie dann besser schlafen konnte. Während sie schlief hatte ich ungeduldig darauf gewartet, dass es kühler wurde und ich endlich mit meinem besten Freund spielen konnte. Als Noel am späten Nachmittag an unserer wackligen Holztür geklopft hatte, war ich eilig hingelaufen und hatte ihm geöffnet. Was für eine Überraschung war es gewesen, als er mit zwei Steckenpferden vor mir stand und breit grinste.
„Für dich“, flüsterte er mir strahlend zu.
Zaghaft hatte ich danach gegriffen und es mit großen Augen bestaunt. „Für mich?“, flüsterte ich aufgeregt zurück.
„Habe ich doch gesagt!“, rief er übermütig und schlug sich erschrocken die Hand vor den Mund. „Habe ich sie geweckt?“
Ich lauschte einen Moment, schüttelte den Kopf und antwortete: „Glaub nicht.“
Leise verließen wir das Haus und liefen eine steile Böschung hinauf. Oben angekommen, folgten wir einem kleinen Trampelpfad, der sich quer über eine große Wiese schlängelte. Die Erde war trocken und staubig, es hatte seit Tagen nicht mehr geregnet. Ich versuchte mit meinem Freund Schritt zu halten, schaffte es jedoch nicht. Ich musste stehen bleiben um zu verschnaufen. Als mein Atem wieder etwas ruhiger wurde, konnte ich die Grillen im hohen Gras zirpen hören und die heiße Erde unter meinen nackten Füßen spüren.
„Nun komm schon! Unsere Pferde wollen ausgeritten

werden!“
„Warte!“
„Lauf schneller kleiner Malo, lauf!“
Stolz strich ich noch einmal über den glatten Kopf meines wunderschönen Steckenpferdes bevor ich seinen Stab fest umgriff und eilig weiterlief. Noels Großvater war kein guter Schnitzer und für die Augen eines Erwachsenen wären die Steckenpferde sicherlich nicht perfekt gewesen. Doch für mich, einen vernachlässigten kleinen Jungen, der nicht einmal wusste wie alt er war, bedeutete dieses Geschenk alles.
Als wir endlich in den Weinbergen ankamen, blieb Noel stehen. Er strich sich die verschwitzten roten Haare zurück, zog zwei kleine Schnüre aus seiner Hosentasche und reichte mir eine davon.
„Guck nicht so, als hättest du noch nie gesehen wie die Männer auf den großen Pferden reiten.“ Er nahm mir die Schnur wieder ab und formte sie zu einem kleinen Lasso. „Damit kannst du dein Pferd antreiben, wenn es nicht schnell genug läuft. Verstehst du?“
Ich nickte ihm lächelnd zu. Ich wollte für Noel immer alles richtig machen. Es sollte wenigstens einen Menschen in meinem Leben geben, der stolz auf mich sein konnte.
Als Noel bereits mit seinem Steckenpferd die gewundenen Wege der Weinberge entlang ritt, beobachtete ich ihn heimlich um herauszufinden wie das Antreiben eines Pferdes funktionierte. Er hielt das Seil hinter sich und schlug damit in die Luft, dabei schrie er: „Schneller Pferdchen, schneller!“
Ich machte alles genau so, wie Noel es tat. Zu Beginn war ich noch etwas unsicher, aber irgendwann machte es Spaß und ich ritt auf meinem Pferd ohne darüber nachzudenken, ob ich es gut machte. Ich ritt so schnell ich konnte, immer meinem Freund hinterher. Als wir erschöpft aber glücklich oben auf dem Berg angekommen waren, setzten wir uns auf eine kleine Steinmauer. Noel zerschlug mit einem Stein Haselnüsse und

steckte sie mir in den Mund, während ich zusah wie die Sonne auf der anderen Seite der Berge langsam unterging. Ich sah wie die grünen Weintrauben schwer an den dünnen Ästen der Reben hingen. Ich hörte wie mein Freund lachte und in diesem Moment wusste ich, dass dies der glücklichste Sommer meines Lebens werden würde.

Was wäre, wenn ich Noel nicht zum Freund gehabt hätte?

1. Eine Hochzeit

September 2007
Erik, Silvia und ich waren wie jeden Morgen bereits kurz nach Sonnenaufgang auf dem Weg zur alten Mühle von Fords Großeltern. Ich hatte über zwanzig Jahre in diesem Wald verbracht und doch bekam ich nicht genug von seiner Schönheit. Während wir still nebeneinander hergingen, bewunderte ich die Tautropfen auf den Efeuranken, die sich die Baumstämme hinauf schlängelten. Ich blieb stehen und kniete mich auf das weiche Moos, schob einen Farnzweig zur Seite und strich mit dem Zeigefinger über einen blühenden Heidekrautstängel.
„Was ist los?“, fragte Silvia verwundert.
Meine beiden Freunde waren ein paar Meter von mir entfernt stehen geblieben und sahen mich fragend an.
„Das Heidekraut blüht“, stellte ich fest.
„Na und“, bemerkte Erik trocken.
Ich stand auf und strich mir ein paar kleben gebliebene Moosstückchen von den nackten Beinen. „Es bedeutet, dass der Herbst da ist. Habt ihr was dagegen, wenn wir nicht zur Mühle gehen, sondern Zum Fuchs?“
Erik kam mit wenigen langen Schritten auf mich zu und nahm mich fest in die Arme. „Na endlich ist dir die Mühle auch zu langweilig geworden.“
Lächelnd erwiderte ich seine Umarmung und antwortete: „Daran liegt es nicht.“
„Wieso möchtest du Zum Fuchs?“, fragte Silvia skeptisch.
„Fords Oma hat im Oktober ihren siebzigsten Geburtstag. Ich hatte Ford gebeten nicht anzureisen, sondern in New York zu bleiben, aber so wie ich ihn kenne, wird er nicht auf meine Bitte hören und doch kommen.“
„Und deshalb möchtest du nicht zur Mühle?“, fragte Silvia

verständnislos.
„Das Warum ist doch völlig egal, lass uns gehen, bevor sie es sich anders überlegt." Erik hakte sich bei Silvia und mir ein. „Gehen wir zurück und nehmen den Weg über die Lichtung, oder wollt ihr außen herum?"
„Gehen wir über die Lichtung, der Weg ist kürzer."
„Ich möchte aber trotzdem gerne wissen, warum du nicht zur Mühle möchtest", beharrte Silvia.
„Weil ich nicht weiß, welches Datum heute ist. Bei der Gaststätte finden wir es bestimmt heraus. Vielleicht hört die Chefin beim Putzen Radio, oder die Gäste unterhalten sich."
„Ach so, du möchtest also herausfinden, wann Ford kommen wird."
Freudig lächelte ich sie an. „Genau."

Als wir wenige Minuten später die Lichtung des Seelenkreises überquerten stellte Erik fest: „Anton ist nicht hier."
Ich nickte. „Dann muss heute der erste Samstag eines Monats sein."
„Sicherlich Anfang September. Ich glaube nicht, dass schon Oktober ist."
„Ja, das nehme ich auch an."
Als wir die Lichtung auf der gegenüberliegenden Seite wieder verlassen hatten führte uns unser Weg weiter über einen langen geschotterten Pfad. Rechts und links von uns wuchsen wilde Brombeersträucher und auch sie hatten bereits die ersten welken Blätter verloren. Gedankenverloren beobachtete ich, wie der Wind sie sachte den Weg entlangtrieb. Lächelnd griff ich nach einem seiner silbrigen Fäden und drehte ihn im Kreis herum. So lange bis die Blätter begannen um uns herum zu tanzen. Erik streckte seine rechte Hand flach aus und hob sie nach oben. Der graue Staub des Schotters mischte sich nun unter die Blätter und wirbelte gemeinsam mit ihnen im Kreis herum. Silvia trat

einen Schritt zur Seite und ließ sich von einem Brombeerblatt ein paar Tautropfen auf ihre Hand fließen. Als sie wieder zu uns kam pustete sie die Tropfen in unseren Wirbel hinein. Das Gemisch von Erde und Blättern ließ die Tropfen zerplatzen und gemeinsam mit den Sonnenstrahlen reflektierten sich für einen kurzen Moment die Farben des Regenbogens inmitten des Wirbels.

„Es ist wunderschön", stellte Silvia zufrieden fest.

„Aber auch anstrengend." Ich ließ die Blätter fallen und schüttelte mein Handgelenk aus.

„Du musst nur mehr üben." Erik schleuderte die inzwischen feucht gewordene Erde mit einer kleinen Handbewegung zur Seite.

„Wieso sollte ich üben?"

„Es heißt doch so schön: Übung macht den Meister. Möchtest du kein Meister des Windes sein? Die Beste in deinem Element?"

Ich antwortete ihm nicht, weil ich keine Antwort auf seine Frage wusste. Denn ich hatte noch nie daran gedacht mit dem Wind zu üben. Nie darüber nachgedacht, wie es wäre ihn noch besser beherrschen zu können. Und wozu überhaupt? Wenn ich ein Mensch war, hatte ich doch sowieso keine Kontrolle über den Wind, was also sollte mir das Üben bringen? Unser Weg führte uns vorbei an einem See, hinaus aus dem Wald, vorbei an einem verwilderten Feld und dann wieder hinein in den Wald bis an die südliche Grenze des Seelenkreises. Die Mühle Zum Fuchs war schon seit vielen Jahren keine Mühle mehr, sondern eine Gaststätte mit fränkischer Küche. Es gab frische Karpfen und Wildbraten in den unterschiedlichsten Variationen. Natürlich durften Kraut und Kloß nicht fehlen. Bei dem Gedanken schüttelte ich den Kopf. Kein Essen, welches mich als Mensch sonderlich gereizt hätte.

Als wir ankamen, war alles voller Seelen. Sie hockten wie die

Hühner auf der Stange, dicht gedrängt am Rande des Waldes, der die Grenze unseres Seelenkreises bildete. Direkt am Waldrand befand sich das Gehege der Rehe, ein geschotterter Weg führte am Zaun entlang bis hin zum Gebäude auf dessen Fassade ein riesiger Fuchs gemalt worden war. Er war in den letzten Jahren, in denen ich nicht mehr hier gewesen war, etwas verblichen, aber ansonsten hatte sich nicht viel verändert. Der Spielplatz für die Kinder, von dem wir nur einen kleinen Teil sehen konnten, da er sich hinter der stillgelegten Mühle befand, war anscheinend saniert worden und die Sträucher und Obstbäume, die den Kiesweg vom Parkplatz zum Eingang säumten, waren ein ganzes Stück gewachsen. Sonst jedoch war alles beim Alten.
„Eine Hochzeit", jubelte Silvia begeistert und klatschte in die Hände.
Erik zog sie ein Stück zurück und fauchte sie an: „Spinnst du! Das war viel zu laut!"
Erschrocken schlug sie sich die Hand vor den Mund und flüsterte: „Entschuldige. Ich habe ganz vergessen, dass wir leise sein müssen, wenn wir hier sind."
Die Menschen, die hier arbeiteten oder zu Gast waren, waren so nah bei uns, wie sonst nirgends im Seelenkreis. Es war also zwingend notwendig leise zu sein, um keinen Verdacht auf unsere Welt zu erwecken. Wir hatten zwar keine Angst vor den Menschen, was sollten sie uns schon anhaben, aber die Nebelläufer hatten ihre Gesetze. Für eine lange Zeit fürchtete ich zwar die alten Überlieferungen, welche man von Zeit zu Zeit von anderen Seelen aufschnappte, doch so recht daran geglaubt hatte ich nicht. Doch als die Nebelläufer vor ziemlich genau vier Jahren Fords Erinnerungen genommen hatten, und ein Jahr später auch meine Gefühle für ihn in einem unheimlichen Traum gefangen hielten, ab da wussten wir alle, dass es gute Gründe gab sie zu fürchten.
„Wie kommst du darauf, dass hier eine Hochzeit ist?",

flüsterte ich.
„Siehst du denn nicht die Dekoration? Luftballons, Girlanden, und überall sind Herzen.“
Sie hatte recht, auf die Fensterscheiben waren weiße Herzen gemalt, an der großen Eingangstür klebte ein weißes Herz aus Krepppapier. In den Blumenkästen steckten weiße Plastiktauben und in den Bäumen hingen Girlanden und Luftballons.
„Dann lasst uns gehen.“
„Wieso denn?“
„Weil es hier so voll ist. Außerdem interessieren mich Hochzeiten nicht so unbedingt. Erik bestimmt auch nicht, oder?“
„Aber mich interessieren Hochzeiten. Ich möchte gerne sehen wie die Braut aussieht. Oh, und der Bräutigam. Bestimmt sieht er gut aus“, freute sich Silvia.
Verzweifelt sah ich zu Erik hinauf, der wie eine Felswand mit verschränkten Armen hinter uns stand.
„Brauchst mich gar nicht so anzusehen, Prinzessin.“
„Willst du das etwa auch alles sehen?“
„Besser als schon wieder Fords Oma zuzusehen, wie sie den Garten gießt.“
„Du möchtest doch wissen, welches Datum heute ist. Hier erfahren wir es bestimmt. Die meisten Hochzeiten sind ganz traditionell gehalten. Einer unserer Bräuche hier ist folgender: Die Trauzeugen haben ein weißes Bettlaken beschriftet, mit den Namen der Eheleute, dem Datum und einem Herzen. Der Bräutigam muss das Herz mit einer kleinen Nagelschere ausschneiden und seine Braut auf den starken Armen durch dieses Herz tragen. Das ist wundervoll.“
„Wundervoll?“
Silvia winkte mit der Hand ab. „Ist mir egal, ob du Hochzeiten magst oder nicht, aber auf dem Laken wird das Datum stehen, das verspreche ich dir.“

„Na gut, bleiben wir also hier.“ Trotzig verschränkte ich die Arme vor der Brust und lehnte mich an Erik an. Während wir auf die Hochzeitsgesellschaft warteten, legte sich mein Missmut etwas und ich begann mich sogar langsam auf ihre Ankunft zu freuen. Ich hatte seit einem viertel Jahrhundert keine Hochzeit mehr gesehen und eine fränkische noch nie.
Eriks Locken kitzelten mich an der Schulter, als er sich zu mir beugte und mir ins Ohr flüsterte: „Was hast du gegen Hochzeiten?“
„Ich weiß es nicht. Aber ich habe mir noch nie eine große Hochzeit gewünscht. Es erschien mir nicht so wichtig, verstehst du?“
„Nicht so ganz. Du warst doch bestimmt schon ein paar Mal verliebt, oder? Wolltest du dann nicht heiraten? Und mit allen Menschen, die dir am Herzen lagen dein großes Glück teilen?“
Während wir weiterhin dastanden und warteten, dachte ich an Charles. An seine weichen braunen Haare, immer perfekt gescheitelt. Daran wie ich ihm jeden Tag die Bartstoppeln rasiert hatte, weil er stets gepflegt sein wollte, sogar als er in diesem muffigen Krankenhausbett in Boston liegen musste. Ich hatte ihn geliebt, sehr sogar, aber wollte ich ihn heiraten? Natürlich wollte ich das. Aber nicht, weil ich von einer großen Hochzeit mit weißem Kleid geträumt hatte, sondern viel mehr, weil Mutter Oberin mir beigebracht hatte, dass man verheiratet sein muss, bevor man mit einem Mann zärtlich wurde. Und das war es gewesen. Genau das wollte ich. Ich wollte, dass Charles mich küsste. Nicht nur auf die Wange, die Stirn oder gelegentlich auch auf den Mund. Nein, ich wollte, dass er meinen ganzen brennenden Körper mit seinen Lippen berührte. Und Sam? Hätte ich Sam heiraten wollen? Was ich von ihm wollte, hatte ich bekommen. Er hatte mich geliebt und mein Verlangen gestillt, so wie es vorher noch kein anderer getan hatte. Ich hätte mir von ihm

gewünscht, dass er mich mitnimmt. Raus aus Stuarts Zwängen. Ja, ich hätte mir gewünscht, dass er mich befreit. Dass er mir die Freiheit gibt, nach der ich mich so sehr gesehnt hatte, und doch nie bekommen habe. Aber ihn heiraten? Nein, das wollte ich nie. Und doch gab es jemanden, an den ich erst kürzlich gedacht hatte. Mein Freund Noel, ihn hätte ich liebend gerne geheiratet. Aber damals war ich ein kleines Kind gewesen und hatte die Welt noch nicht verstanden.

Silvia riss mich aus meinen Gedanken, als sie wieder viel zu laut rief: „Da kommen sie!"

Aber wir mussten uns keine Sorgen machen, dass sie jemand hätte hören können, denn das Hupen der Hochzeitskaravane war so laut, dass es alles andere übertönte.

Erik legte seine Arme um mich, stütze sein Kinn auf meinem Kopf ab und erzählte mir bei jedem Auto, welches um die Ecke bog, was es für eine Marke war, wie viel PS es hatte, und noch vieles mehr, was mich jedoch kaum interessierte. Das einzige, was mein Interesse weckte, waren die Preise, welche Erik mir nannte. Verständnislos schüttelte ich den Kopf. Soviel Geld für ein Auto auszugeben wäre mir in keinem meiner Leben in den Sinn gekommen. „Wie kommt es, dass du dich so für Autos interessierst?", fragte ich.

Erik schlug sich mit der Faust gegen die Brustmuskeln und grunzte: „Ich bin ein Kerl!"

„Könnt ihr jetzt mal still sein!", fauchte uns Silvia an. „Ihr verderbt mir die ganze festliche Stimmung."

„Aber wir reden doch über die Hochzeit", stellte Erik gelassen fest.

„Nein, ihr quatscht über Autos."

„Was sollen wir denn sonst sagen?"

„Na zum Beispiel: Oh, wie schön die Braut ist. Oder, schau mal, die süßen Blumenkinder in ihren rosa Tüllkleidchen."

Genervt rollte Silvia mit den Augen und wandte sich dann

wieder den Feierlichkeiten zu.
Erik pustete mir ans Ohrläppchen und fragte: „Wie kommt es, dass du kein Interesse an Autos hast?“
„Ach weißt du“, gab ich zur Antwort, „als ich in den 1920er Jahren in Boston und danach in Santa Monica lebte, da war es noch ein Luxusgut, ein Auto zu besitzen. Während des zweiten Weltkrieges, waren wir froh, dass wir etwas zum Essen hatten. Aber nach dem Krieg, da habe ich tatsächlich mal ein Auto gekauft. Ein hellblauer VW Käfer. Der war aber nicht für mich, sondern für meine Frau.“
„Du warst in deinem letzten Leben ein Mann?“
„Ja, aber ich vermute, kein besonders guter.“
„Wieso?“
Ich drehte mich zu ihm um und lächelte. „Na, weil ich eine weibliche Seele bin.“
„Schon klar, aber was genau war es, das du nicht gut gemacht hast?“
„Ich hatte kein besonders großes Interesse an meiner Frau. Verstehst du? Sie war klein und hatte überall diese weichen Stellen, die ich nicht anfassen wollte.“
„Wieso hast du sie dann geheiratet?“
„Sie hatte als Mitgift einen tollen Bauernhof im Val di Gresta. Den wollte ich unbedingt haben. Jeden Tag bin ich früh morgens mit einer Zigarette im Mundwinkel auf meinem Traktor in die Berge gefahren und habe mich dort um meine Artischocken gekümmert. Ich hatte alle unsere Felder mit Artischocken angepflanzt. Es war wunderbar.“ Zufrieden blickte ich ins Leere und erinnerte mich an meine Zeit in Italien.
„Und deine Frau, was hat die den ganzen Tag gemacht?“
„Die war im letzten Jahr meines Lebens eigentlich nur noch mit dem Käfer in der Werkstatt. Hat mich ein halbes Vermögen gekostet.“
„Ziemlich untypisch für einen VW. Die waren für die

damalige Zeit eigentlich unkaputtbar."
„Ich habe kurz vor meinem Tod herausgefunden, dass sie gar nicht wegen des Autos in der Werkstatt war, sondern wegen des Chefmechanikers. Der stand anscheinend auf ihre weichen Rundungen", entgegnete ich trocken.
„Hast du sie umgebracht?"
Schockiert starrte ich Erik an. „Natürlich nicht."
„Ich hätte es getan."
„Erhängen oder Verbrennen war vielleicht im Mittelalter eine legitime Strafe für Ehebruch, aber heute doch nicht mehr."
Ich schüttelte den Kopf. „Nein, ich war ihr wegen des Ehebruchs nicht böse. Ich hatte sie nicht begehrt, und da hatte sie jedes Recht, sich dieses Gefühl woanders zu holen. Ich war eigentlich nur sauer wegen des vielen Geldes, das ich an diesen Halunken bezahlt habe. Wenn er schon mit meiner Frau schläft, dann hätte er doch wenigstens das Auto umsonst reparieren können."
„Und das, wo es ja noch nicht einmal kaputt gewesen war", stellte Erik lachend fest.
„Noch dazu, ja!"
Silvia sah uns mit hochgezogenen Augenbrauen an und ich war mir sicher, wäre Wasser in der Nähe gewesen, so hätte sie uns ein paar Liter über den Kopf gegossen. Doch glücklicherweise lag der Bach außerhalb des Seelenkreises und damit auch außerhalb ihrer Reichweite. So blieb ihr nichts anderes übrig als uns erneut böse anzublicken.
„Wir sind jetzt still", erklärte Erik und zog sie ein Stück näher zu uns heran. Gab ihr einen Kuss auf den Scheitel und flüsterte: „Versprochen."
„Danke", flüsterte sie zufrieden zurück und lehnte sich, so wie ich, an Eriks Brust, während wir gemeinsam Zum Fuchs hinüber sahen.

Nach der Konfettiwerferei, reichlich Geklatsche, unzähligen

Umarmungen und Sektschlürferei waren die Hochzeitsgäste in die Gaststätte verschwunden und es dauerte eine gefühlte Ewigkeit bis sie wieder herauskamen.
„Vermutlich gab es jetzt das Essen“, erklärte Silvia.
„Ach, echt. Das hätten wir nicht gedacht“, zischte eine blauhaarige Seele in unsere Richtung.
Silvia schaute sie mit großen Augen an, wendete sich dann aber wieder zu uns. „Jetzt kommen die Spiele.“
Und es waren langatmige Spiele. Zuerst mussten Braut und Bräutigam gemeinsam einen ziemlich dicken Ast durchsägen. Dann musste der Bräutigam in den zersägten Ast innerhalb einer Minute so viele Nägel wie möglich hämmern. Für jeden versenkten Nagel bekam das Paar vom Brautvater 100 Euro geschenkt. Dann mussten sich die Brautleute mit den Rücken aneinander stellen und Fragen über ihren Partner beantworten, für jede falsche Antwort musste ein Schnapsglas geleert werden. Dann setzte sich der Mann hin und bekam ein Bettlaken umgehängt, in das zwei kreisrunde Löcher rechts und links geschnitten wurden. Seine frisch angetraute Frau saß hinter ihm und streckte die Arme durch die Löcher, so als wären es seine eigenen Arme. Dann mussten sie zusammen Aufgaben erfüllen. Sie musste ihm zum Beispiel eine Schüssel Babybrei füttern, ihm das Gesicht mit Rasierschaum bepinseln und noch unzählige Dinge mehr. Als ich schon kaum noch Hoffnung hatte, dass das Spiel mit dem Herz und dem Hochzeitsdatum kommen würde, packte dann doch noch einer der Gäste ein zusammengefaltetes Laken aus seinem Kofferraum aus. Es wurde ausgebreitet und der Bräutigam, der immer noch Rasierschaum hinter den Ohren kleben hatte, begann auszuschneiden. Allerdings war das Laken nicht in unsere Richtung gedreht und so konnten wir nicht erkennen, was darauf geschrieben stand. Wir warteten ab, bis die Braut durch das Herz getragen wurde und dann die ganze Gesellschaft wieder zu Kaffee und Kuchen im Haus

verschwand. Das zerschnittene Tuch hatten sie unachtsam auf dem Parkplatz liegen lassen.
„Denk nicht einmal daran“, ermahnte mich Erik in einem ungewohnt strengen Tonfall.
„Nein, keine Sorge, ich laufe nicht hin um nach dem Datum zu sehen.“
„Lasst uns zurückgehen. Ich finde das Datum heraus. Versprochen“, beteuerte Silvia.
„Und wie?“, fragte ich enttäuscht. „Sollen wir morgen noch einmal kommen?“
„Nein.“ Sie schüttelte ihren gelben Pagenkopf und lächelte geheimnisvoll.
„Was hast du vor?“
„Ich werde mir von Anton nochmals seinen Baumkalender erklären lassen. Selbst wenn ich den Kalender wieder nicht verstehen sollte, so verrät mir Anton bestimmt, welches Datum wir heute haben.“ Zuversichtlich strahlte sie mich an.
„Tut mir leid, dass es nicht geklappt hat.“
„Nicht so schlimm.“
„Aber immerhin kenne ich jetzt ein neues Spiel für die Hochzeit meines Bruders.“
„Welches denn?“
„Das mit den Nägeln. Ich kannte es noch nicht, finde es aber wirklich gut. Ein bisschen extra Geld kann ein junges Paar doch immer gut gebrauchen.“
„Arbeitest du immer noch daran, auf der Hochzeit deines Bruders und seiner Ex-Freundin mit dem fremden Mann zu tanzen?“, fragte Erik neugierig.
„Sie ist nicht mehr seine Ex. Schon vergessen, ich habe sie bei unserem letzten Aufenthalt in der Menschenwelt wieder zusammengebracht.“
„Dann kannst du nur hoffen, dass die beiden sich nicht wieder getrennt haben“, lachte Erik.
„Oder schon geheiratet haben“, ergänzte ich.

„Ach, ihr solltet nicht immer so negativ sein. Es wird klappen. Ich bin mir ganz sicher.“
Ich ergriff beim Gehen Silvias Hand und sagte: „Vielleicht sind wir gar nicht so negativ eingestellt. Das Gegenteil könnte der Fall sein. Wir hoffen nämlich beide, dass du es nicht schaffen wirst deine Bestimmung zu erfüllen und uns so noch für eine ganze Weile erhalten bleibst.“
Silvia ließ meine Hand los und ging etwas schneller, so dass sie nicht mehr neben mir war, als sie sagte: „Aber ich möchte meine Bestimmung erfüllen. Ich möchte nicht mehr tot sein. Ich wünsche mir wiedergeboren zu werden und ein normales Leben führen zu können. Mit Familie und allem Drum und Dran.“ Traurig drehte sie sich zu uns um. „Ihr beide schließt euch der Organisation der Seelenläufer an. In eurem Dasein ist dann kein Platz mehr für mich.“
„Vielleicht können wir die Seelenläufer doch noch überreden dich aufzunehmen. Ich verstehe sowieso nicht was dein Alter für eine Rolle spielt.“ Erik zuckte belanglos mit den Schultern und schloss Silvia in seine Arme. „Mir ist dein Alter egal.“

1739, Savoyen

Oktober

„Noch ein Stückchen höher, Malo, nur ein kleines Stück.“

Ich streckte mich so hoch wie ich nur konnte. Mein kleiner Körper war von den Zehenspitzen bis hin zu den Fingerspitzen angespannt, als ich versuchte Noel eines der Bretter zu reichen.

„Geschafft! Ich habs. Gut gemacht.“

Erschöpft sank ich auf den Waldboden und schnaufte laut.

„Ruh dich aus, solange ich das Brett fest nagele, und dann geh los und such dir irgendetwas auf das du dich drauf stellen kannst, um mir noch die anderen Bretter hoch zu reichen.“

Noel redete mit mir in seinem üblichen Befehlston, aber das machte mir nichts aus. Einen anderen Ton war ich von den Menschen nicht gewohnt. Außerdem fühlte es sich dann so an, als wäre er mein großer Bruder und als hätte ich eine richtige Familie. Gut, eigentlich hatte ich eine Familie, wenn auch eine recht kleine. Um genau zu sein, gab es nur noch meine Mutter und mich. Aber sie kümmerte sich nie um mich. Ich hatte sogar das Gefühl, dass sie mich ignorierte und froh war, wenn ich nicht da war. Ja, einen großen Bruder hatte ich mir immer gewünscht, einer der mir alles beibrachte, einer der mich herum kommandierte, obwohl er mich in Wirklichkeit sehr lieb hatte und einer, der mich beschützte, wenn Mutter gemein zu mir wurde.

„Hör auf zu träumen und such dir was zum Draufstellen, sonst können wir das mit dem Baumhaus vergessen. Du musst dich schon ein bisschen anstrengen und helfen. Kannst du das, kleiner Malo, oder wird es dir zu viel?“

Sofort sprang ich auf und begann in dem Durcheinander nach Holzklötzen zu suchen, die ich aufeinander legen konnte. Noels Großvater hatte uns alte Holzreste geschenkt,

die wir mit dem Karren in das kleine Wäldchen hinter den Weinbergen gebracht hatten. Aus diesen Resten versuchte Noel nun ein Baumhaus zu bauen und ich sollte ihm helfen. Ich bemühte mich so sehr wie ich nur konnte alles gut zu machen und tatsächlich schien es mir manchmal zu gelingen genau das richtige Brett auszusuchen, denn dann lächelte mich mein Freund mit seinen grünen Augen an und zwinkerte mir fröhlich zu.
Mit einem Satz sprang Noel vom Baum herunter und klopfte mir auf den knochigen Rücken. „Lass uns morgen weiter machen, die Sonne geht schon unter und du siehst so aus, als würdest du frieren."
Er knotete sein rotes Halstuch auf und legte es mir um den Hals. „Nicht dass du noch krank wirst, mein kleiner Malo. Mit wem soll ich denn dann spielen?"
Ich spürte wie mir Tränen in die Augen quollen, aber ich wusste auch, dass meine Mutter immer zu mir sagte: „Buben heulen nicht! Hör sofort auf damit und sei ein Mann!" Also wischte ich mir die Tränen mit meinem Hemd ab und lächelte tapfer. Ich wollte nicht nach Hause gehen, das wusste Noel, doch ich konnte nicht bei ihm bleiben. Wir hatten seine Eltern schon so oft gefragt, ob ich nicht vielleicht in der Scheune bei den Ziegen schlafen könnte, doch sie hatten es nie erlaubt.
„Sollen wir meinen Opa fragen, ob du bei ihm in der Werkstatt schlafen kannst?"
Mit großen Augen sah ich ihn an und nickte dankbar. Alles war besser, als in die kleine, unfreundliche Weinberghütte zurückzugehen.

Was wäre, wenn ich an diesem Abend in mein Elternhaus zurückgekehrt wäre?

2. Wiedersehen

Oktober 2007

Seitdem wir im September die Hochzeit beobachtet hatten, gingen Silvia und Erik an jedem Wochenende Zum Fuchs. Ich war nicht unbedingt böse darüber, auch wenn ich mich etwas verletzt gefühlt hatte, als meine beiden Freunde mir ihren Wunsch gebeichtet hatten: nicht mehr jeden Tag mit mir zur alten Mühle gehen zu wollen. Die ersten Tage, an denen ich seit langer Zeit wieder einmal alleine war, kamen mir merkwürdig still und langweilig vor. Doch dann bekam die Einsamkeit ihren altgewohnten Reiz zurück. Ich konnte in meine Gedanken abtauchen, so lange ich wollte, ohne dabei Angst zu bekommen, dass ich meinen Begleitern gegenüber nicht genügend Präsenz zeigte.

So hatten wir uns auch an diesem wolkenverhangenen Herbsttag bereits kurz nach Sonnenaufgang voneinander verabschiedet. Erik und Silvia hatten die Lichtung in Richtung Süden verlassen, während ich abgewartet hatte, bis kaum noch eine Seele da war. Dann war ich aufgeregt in die Luft gesprungen und hatte nach dem Wind gegriffen. Ich drehte ihn nach Osten und ließ mich von seiner Stärke beim Laufen unterstützen. Wenige Meter vor dem Waldfriedhof streckte ich einen Arm hinter mich und milderte mit wenigen Bewegungen den Wind ab. Denn die Wolkendecke begann langsam aufzureißen und so wollte ich den restlichen Weg gemütlich an der Grenze des Seelenkreises entlanggehen und die Herbstsonne genießen. Die Sonnenstrahlen ließen die Tautropfen auf der von Efeu umrankten Friedhofsmauer glitzern. Ich blieb stehen und versucht die Tropfen auf meine Hand zu nehmen, so wie es Silvia manchmal tat, doch es klappte nicht. Sobald ich sie berührte, zerplatzten sie und das kühle Nass lief mir über die Fingerspitzen davon. Als ich um die Ecke der Mauer bog, sah ich, dass das eiserne Tor zum Friedhof nicht wie sonst verschlossen war, sondern nur angelehnt war. War etwa ein Mensch hier? Neugierig streckte ich mich auf die Zehenspitzen um über das Efeu hinwegzusehen, war jedoch nicht groß genug, um etwas zu erkennen. Ich hatte hier noch nie einen Menschen gesehen. Der Friedhof musste viele hundert Jahre alt sein und die Angehörigen der hier beerdigten Menschen alle samt schon lange tot. Ich sah über die große Wiese, die sich zwischen Hofstetten und dem Wald erstreckte, zur Kirche hinüber. Neben der Kirche befand sich ebenfalls ein kleiner Friedhof mit neueren Gräbern. Hauptsächlich kleine gepflegte Urnengräber. Ein lautes Quietschen ließ mich erschrocken zusammenzucken. Doch es war nur der Wind. Er hatte das Eisentor ein Stück weiter geöffnet und dabei das unangenehme Geräusch verursacht. Ich wollte es schließen, doch als ich den Türgriff nach unten drückte, überkam mich die Neugierde. So öffnete ich das Tor noch etwas weiter und ging hindurch. Der Friedhof war wunderschön. Vor mir erstreckte sich ein schmaler Weg aus unebenen Steinen. Es gab hier keine aufragenden Grabsteine, sondern nur flache Steinplatten auf der Erde. Die Platte neben mir war zersprungen und fast zur Hälfte mit Moos überwuchert. Ich kniete mich daneben und versuchte die verwitterte Inschrift zu lesen, konnte den Namen jedoch nicht entziffern. Ich stand wieder auf und ging ein paar Schritte weiter. Hier fand ich eine Grabstätte, die noch nicht kaputt war, doch die Steinplatte, welche das Grab verschließen sollte, war ein Stück zur Seite geschoben. Ich beugte mich vor und sah in die tiefe, dunkle Gruft hinunter und genau in diesem Moment geschah es, ein kalter Schauer lief mir über die Seele. Ich blickte mich um und bemerkte erst jetzt die Stille. Hier gab es kein Vogelgezwitscher und auch kein Rauschen des Windes, der durch die Äste der Kiefern wehte. Eine schaurige Kälte umhüllte meine Knöchel und es kam mir so vor, als ob der Wind mich vor irgendetwas warnen wollte, indem er das eiserne Tor mit voller Kraft gegen die Friedhofsmauer stieß. Der Aufprall verursachte einen so lauten Schlag, dass er mich aus meiner Starre riss. Entsetzt rannte ich durch das offene Tor hindurch und ehe ich es schließen konnte, schloss der Wind es bereits hinter mir zu. Die Kirchenglocken von Hofstetten schlugen hell, als ich mit dem Wind im Rücken so schnell ich konnte davon lief.

„Ich habe eindeutig zu viele Horrorfilme mit Ford gesehen", tadelte ich mich selbst und vergaß bei der Erinnerung an seine schützenden Umarmungen beinahe mein unheimliches Erlebnis. Um mich weiter abzulenken, überlegt ich wie spät es war. Die Glocken hatten dreimal geschlagen. Also musste es viertel vor Acht sein. Oder vielleicht war es auch schon viertel vor Neun? Ich hatte keine Ahnung, wie lange ich auf dem Friedhof gewesen war. Wieder überlief mich ein kalter Schauer, daher suchte ich mir schnell etwas anderes, an das ich denken konnte. Ich dachte daran, welches Datum wir hatten. Dank Silvias Hilfe hatten wir erfahren, welches Datum an der Hochzeit gewesen war. Und wenn ich mich nicht verzählt hatte, dann waren es noch genau sechs Tage bis zum siebzigsten Geburtstag von Fords Oma. Nach diesem Gedanken hatte ich meine Angst völlig verloren und wollte nun nur noch so schnell wie möglich zum Steg, auf dem Silvia, Erik und ich immer saßen um die Mühle von Fords Großeltern zu beobachten. Denn dort hatte ich begonnen Kerben in einen der Balken zu ritzen. Eine Kerbe für jeden Tag, den ich ungeduldig warten musste. Bis hin zu unserem Wiedersehen.

Ich rannte um eine Biegung, weiter über den geschotterten Waldweg, der sich vom Friedhof bis zum Waldsee erstreckte. Und schon nach wenigen Metern konnte ich den Waldsee, die alte Bank und die bunten Blätter des Ahornbaumes erkennen,

der sich wie ein ungewollter Farbfleck vom übrigen Grün des Nadelwaldes abhob. Doch das war nicht alles. Auf der Bank saß jemand. Ein Mann mit schwarzen Haaren. Hätte ich ein menschliches Herz gehabt, wäre es sicherlich für einen kurzen Moment stehen geblieben. Doch auch ohne Herz konnte ich spüren, dass etwas in mir vorging. Freude, Liebe, Sehnsucht, Anziehung und dann überwog doch diese entsetzliche Furcht. Die Furcht davor, dass ihm wegen mir noch einmal etwas zustoßen könnte. „Wie kann er nur hierherkommen?“ Gereizt schüttelte ich den Kopf, während ich das letzte Stück Weg zurücklegte. Ich kam zusammen mit einer kleinen Windböe bei Ford an.
Er hob seinen Blick vom Laptop und sah in meine Richtung. „Da bist du ja endlich. Wenn ich gewusst hätte, dass du so lange brauchst, dann hätte ich etwas länger geschlafen.“
Ohne ein Wort zu ihm zu sagen, setzte ich mich auf die Bank neben ihn, legte meine Hand auf sein Knie und flüsterte: „Was tust du hier? Es ist gefährlich hier zu sein. Ich hatte dich gebeten, nicht zu kommen.“
„Freust du dich?“
„Ich bin mir nicht sicher welches Gefühl in mir überwiegt. Die Freude, oder die Angst.“
„Dann frage ich anders, hast du mich vermisst?“
„Natürlich habe ich dich vermisst.“
„Dann ist es das Risiko wert.“ Er drehte sich zu mir um, langsam und zärtlich ertastete er mein Gesicht. „Ja, du lächelst“, stellte er zufrieden fest bevor er mich küsste. Seine Lippen ließen für einen kurzen Moment von mir ab. „Ich habe dir etwas mitgebracht.“ Doch ehe ich fragen konnte, was es war, küsste er mich erneut. Während wir uns küssten, legte ich meine Hand auf seine Brust und strich sanft darüber. Er trug einen warmen Pullover, schwarz und eng. Ich konnte sein Herz spüren, wie es wild und kräftig gegen meine Hand schlug.

„Was hast du mir mitgebracht?", fragte ich leise, als ich mich schließlich dazu zwingen konnte mich von ihm zu lösen.
Er sagte nichts, sondern schob mir mit dem Bein seinen Rucksack vor die Füße. „Sieh hinein."
Ich öffnete neugierig den Reißverschluss und sah etwas Weißes. „Mein Schlaflongsleeve", stellte ich überrascht fest. „Er war in meinem Koffer. Und der Koffer steht bei Dora und Hans in der Scheune. Wie kommt es, dass du ihn jetzt hast?"
Ford nahm mir das weiße Oberteil mit den roten Ärmeln aus der Hand und hielt es sich vor die Nase. Er atmete tief ein und antwortete: „Ich habe ihn mit nach New York genommen. Ich wollte etwas dabei haben, das nach dir riecht."
Skeptisch zog ich die Augenbrauen nach oben. „Du hättest mich fragen können. Es war nicht nötig ihn mir aus dem Koffer zu klauen."
„Ich habe ihn nicht geklaut, Aingeal. Es ist schließlich mein Longsleeve."
„Und wozu hast du ihn mir mit in den Wald gebracht?"
„Zieh ihn an."
„Was?"
„Zieh ihn an. Dann kann ich dich besser sehen."
Ich wusste, dass er von mir höchstens die Umrisse sehen konnte und doch lächelte ich ihn an. Nicht weil ich wollte, dass er es sah, sondern weil ich so glücklich und verliebt war, dass ich nicht anders konnte, als zu lächeln. Ich nahm ihm den Longsleeve aus der Hand und zog ihn mir über. „Gut so?", fragte ich schmunzelnd, als ich aufstand und mich vor ihm im Kreis drehte.
„Sehr gut." Auch er stand auf und legte seine Arme um meine Taille. „Wollen wir uns auf die Wiese legen?"
„Sie ist noch ganz nass."
„Macht nichts, ich habe alles dabei." Dann packte er die

beiden Satteltaschen an seinem Rad aus, und er hatte tatsächlich alles dabei. Eine Picknickdecke, eine Wolldecke, Essen und Trinken. Er breitete die karierte Picknickdecke auf der kleinen Rasenfläche direkt am See aus, reichte mir eine Hand und sagte: „Komm, lass uns kuscheln."

Eng an seine Brust geschmiegt, gemeinsam unter der warmen Wolldecke, lauschte ich eine ganze Weile einfach nur dem kräftigen Schlagen seines Herzens, während Ford mir sanft über den Rücken streichelte.

„Auf meinem Weg hierher habe ich mich daran erinnert, dass ich damals gerne mit dir geschlafen hätte."

„Damals?", lachte ich verwirrt. „Wann genau meinst du?"

„Wir waren frisch verliebt, du warst noch hier gefangen und ich habe dich so oft wie möglich besucht. Du hast mir damals vorgeworfen, dass du kein Schnitzel wärst. Erinnerst du dich?"

„Ja", gab ich verlegen zu. „Ich erinnere mich. Wie kommt es, dass dir ausgerechnet diese Erinnerung wieder eingefallen ist?"

„Weil ich neun Stunden lang in einem Flugzeug saß und an nichts anderes denken konnte, als Sex mit dir zu haben. Da kam irgendwann die Erinnerung an diesen Moment zurück."

Ich rutschte etwas höher und küsste zärtlich seinen Hals. „Ich weiß nicht wie es wäre. Wie würde ich dich fühlen? Könnte ich dich überhaupt fühlen?"

Ford rollte sich auf mich und küsste vorsichtig meine Stirn. „Fühlst du das?", fragte er leise.

„Ja."

Dann küsste er mich auf den Mund. Erst sanft. Viele kleine Berührungen unserer Lippen, gingen in einen leidenschaftlichen Kuss über. „Fühlst du das?", fragte er außer Atem.

„Ja."

Seine kalten, zittrigen Hände zogen mir den Longsleeve über

den Kopf. Sein Mund wanderte über meinen Hals, biss mich in die Schulter und saugte an meinen Nippeln. „Fühlst du das?"
„Ja", keuchte ich.
Dann spürte ich wie eine seiner Hände zwischen meine Beine glitt und sich seine Finger langsam in mir versenkten. „Fühlst du das?", fragte er wieder und ich antwortete nur noch mit einem kleinen Stöhnen.
Gierig öffnete ich seine Hose und half ihm dabei, in meinen beinahe unsichtbaren Seelenkörper einzudringen. Ich beobachtete wie er seine Augen schloss. Sonst hatte er sie beim Sex immer offen und beobachtete wie ich mich bewegte. Doch heute konnte er von alle dem kaum etwas sehen. So schloss er sie und konzentrierte sich auf das Fühlen. Und auch ich schloss irgendwann die Augen und ließ meine Seele fallen.

„Wie hat es sich für dich angefühlt?", fragte ich neugierig.
„Ich würde behaupten intensiver, jedoch ist mein letzter Sex mit dir ein dreiviertel Jahr her, ich denke mein Urteilsvermögen ist etwas eingeschränkt."
Wir lachten beide und nachdem Ford sich die Hose wieder über den Po gezogen hatte, kuschelte ich mich in meine Ausgangsposition zurück und lauschte seinem wilden Herzschlag.
„Wie hat es sich für dich angefühlt?"
Ich überlegte eine Weile ehe ich antwortete: „Da waren diese Farbspiralen."
„Farbspiralen?", fragte er verständnislos.
„Als ich zum ersten Mal von der Zwischenwelt in die Menschenwelt gesprungen bin, da sah ich während der Trance rote Farbspiralen um mich herum wirbeln, irgendwann rissen sie auf und ich wurde in ein helles Licht gezogen."

„Und diese roten Farbspiralen hast du jetzt auch gesehen?"
„Nein." Ich schüttelte den Kopf. „Bei meinem zweiten Sprung, waren die Farbspiralen nicht rot, sondern blau. So dunkel, dass ich Angst hatte. Ich wollte nur noch aufwachen. Doch dann riss wieder das Loch auf und ich wurde in das Licht gezogen."
Ford runzelte die Stirn. „Dann waren sie jetzt also blau?"
„Nein, es waren lila Spiralen. Sie wirbelten während dem Sex um mich herum, aber es öffnete sich kein Fenster. Nichts zog mich fort von dir."
Er strich mir zärtlich über den Rücken und küsste mich auf den Scheitel. „So verrückt wie sich das alles angehört hat, so hat es sich irgendwie auch nach einer perfekten Liebeserklärung angehört."
„Habe ich dir heute schon gesagt, dass ich dich liebe?"
„Nein."
„Ich liebe dich."
„Wie sehr?", fragte er gelassen.
Ich drehte mich auf den Rücken und beobachtete wie die silbernen Fäden des Windes an uns vorbeizogen und die Wolken über den blauen Himmel trieben. „Noch mehr als den Wind", antwortete ich.
Nachdenklich strich er mir über die Schulter und sagte nichts.
Irgendwann fragte ich: „Wieso bist du eigentlich jetzt schon hier, deine Oma hat doch erst in sechs Tagen Geburtstag?"
„Du weißt aber gut Bescheid", stellte er lächelnd fest. „Hast du die Tage gezählt, oder hast du heimlich einen Kalender mit in die Zwischenwelt genommen?"
„Gezählt", gab ich stolz zu.
„Dann hast du dir also gedacht, dass ich kommen würde?"
Ich setzte mich in den Schneidersitz neben ihn und strich mit der Hand sanft über seinen Bauch. „Ich hatte es vermutet, gehofft und gleichzeitig befürchtet." Ich hob seinen Pullover einen Stück an und blickte darunter. „Wo sind denn die

Muskeln her?", fragte ich verblüfft.
Ford nahm meine Hand und küsste sie. „Ich trainiere jetzt", gab er strahlend zu, ehe er meine Hand unter seinen Pullover schob. „Meine Oma feiert sogar erst in sieben Tagen, aber ich dachte mir, wenn ich schon den langen Flug auf mich nehme, dann komme ich gleich für eine ganze Woche." Entspannt schloss er die Augen und genoss die Berührungen meiner Fingerspitzen auf seiner Haut.
Ich beugte mich zu ihm hinab und küsste seine Stirn. „Hast du mich vermisst?", fragte ich hoffnungsvoll.
Doch er antwortete mir nicht, sondern fragte: „Wann hast du eigentlich Geburtstag?"
Ich zuckte nur mit den Schultern, doch dann wurde mir klar, dass Ford mich in meiner jetzigen Gestalt nicht sehen konnte und sagte: „Ich hatte so viele Geburtstage, ich wüsste nicht, welchen ich auswählen sollte."
Ford setzte sich nun auch in den Schneidersitz und sah aufs Wasser hinaus. „Und dein erster Geburtstag als Mensch, wann war der?"
„Wieso möchtest du das wissen?"
„Weil ich gerne deinen Geburtstag mit dir feiern möchte. Irgendwann einmal. So, wie das normale Paare machen."
Ich setzte mich hinter ihn und umschloss ihn mit meinen Beinen, dann ließ ich meine Hände erneut unter sein Oberteil gleiten und streichelte sanft über seinen Rücken. „Ich könnte mir ein schönes Datum aussuchen und wenn ich zurück bin, dann feiern wir."
Er atmete tief ein, als meine Hände nach vorne wanderten und dort begannen mit seinen steifen Brustwarzen zu spielen. „Weißt du schon, was du dir wünschst?"
Ich hörte auf ihn zu streicheln und nahm ihn fest in den Arm.
„Ja", flüsterte ich kaum hörbar.
„Was ist los? Willst du es mir nicht sagen?"
„Eigentlich nicht, nein."

„Sag schon. Du brauchst dich nicht zu schämen. Ist es was Schmutziges?“, fragte er aufgeregt.
Traurig legte ich meine Stirn auf seinen Rücken. „Ich wünsche mir, du würdest eines Tages eine Frau finden, die du mehr liebst als mich.“
Ford zog meine Hände unter seinem Pulli hervor, drehte sich zu mir um und drückte mich unsanft auf die Decke. Ich wagte es nicht, ihm in die kalten Augen zu sehen. Ich kniff meine Augen fest zusammen und fühlte mich in Sicherheit. Doch zu meiner Verwunderung knurrte er: „Sieh mich gefälligst an.“
„Woher weißt du das?“, fragte ich irritiert, hielt die Augen jedoch immer noch geschlossen.
„Ich kenne dich. Ich muss dich nicht sehen um zu wissen, dass du meinem Blick ausweichst.“ Eine seiner Hände umfasste meinen Nacken, als er seine Lippen auf meine presste. Für einen kurzen Moment ließ er von mir ab und flüsterte: „Diesen Wunsch, werde ich dir nie erfüllen.“
Mutig sah ich ihn an und war wie hypnotisiert von seinem eiskalten Blick. Erneut senkte ich die Lider und versuchte meinen Wunsch zu erklären. „Ich möchte doch nur, dass du eine Zukunft hast. Ein richtiges Leben. Eine Frau mit der du Kinder haben kannst. Mit der du alt werden kannst.“ Ich wusste, dass er mich mit einem weiteren Kuss zum Schweigen bringen wollte, kam ihm jedoch zuvor und küsste ihn so heftig und leidenschaftlich wie ich nur konnte. Denn ich wollte das er wusste, wie sehr ich ihn liebte und begehrte. Er sollte wissen, dass ich mir all diese Dinge für uns beide wünschte. Doch nur weil ich mit ihm nie ein solches Leben führen könnte, sollte er nicht darauf verzichten müssen.
Er befreite sich aus meiner Umarmung, stand auf und wendete sich von mir ab. Er sah zum See hinaus ohne sich zu bewegen. Steif wie eine Statue stand er da. Sekunden, Minuten, ich weiß es nicht mehr.

„Was denkst du?“, fragte ich ihn, als ich die Stille nicht mehr aushielt.
„Ich denke, dass du falsch liegst. Wir können glücklich miteinander leben. Fertig. Ich will keine Diskussion darüber. Keine Widerworte. Keine Zukunftspläne. Lass uns einfach leben. Jedes Mal, wenn du nach 13 Monden als Mensch zu mir zurückkommst, werde ich da sein. Reicht uns das nicht zum Glücklichsein?“

1741, Savoyen

November
„Ist dir in den Nächten auch warm genug?“, fragte Noel besorgt. „Ich könnte Mama nach einer weiteren Decke für dich fragen.“
„Geht schon.“ In Wirklichkeit ging es nicht. In den Nächten wurde es inzwischen so kalt, dass ich nur noch zitterte. Am ganzen Körper hatte ich Gänsehaut und manchmal, wenn mich die Müdigkeit doch einmal überwältigte, dann wachte ich auf, weil ich meine Zehen nicht mehr spürte. Doch es war besser hier im Baumhaus zu leben, als in der Hütte meiner Mutter. Früher, als mein Vater noch bei uns gewesen war, da hatte ich geborgen und warm zwischen den beiden in ihrem großen Bett gelegen. Nachdem Vater gegangen war, hatte ich in den Nächten immer bei meiner Mutter gelegen. Doch seitdem sie den neuen Mann bei sich hatte, war es unerträglich für mich geworden. Am Tag durfte ich nicht mehr ins Haus hinein kommen, egal welches Wetter war. Sie wollte mit dem neuen Mann alleine sein. Und in den Nächten durfte ich nicht mehr zu ihr ins Bett kommen, sondern musste neben dem Bett auf dem klammen Lehmfußboden schlafen. Ich war regelmäßig aufgewacht, weil meine Mutter vor Schmerzen schrie, so lange bis der neue Mann ein grunzendes Geräusch von sich gab, dann hörte auch sie auf zu schreien. Ich wusste nicht genau was er mit ihr tat, doch eines stand für mich fest, besser in der Kälte erfrieren, als zuhören zu müssen wie er meiner Mutter weh tat.
„Später heirate ich dich“, erzählte ich stolz.
„Mich!“, schrie Noel empört auf. „Du kannst mich nicht heiraten.“
„Wieso denn nicht?“, fragte ich erstaunt.
„Weil du ein Bub bist. Du musst ein Mädchen heiraten.“

„Das glaube ich nicht. Meine Mutter hat gesagt, wenn ich einmal heirate, dann nur einen Menschen der mir gut tut. Und du tust mir gut. Du hilfst mir immer und hast mir sogar dieses Haus gebaut."
„Nein, das kann nicht sein. Mein Vater hat mir erzählt, wenn ich einmal heirate, dann kann die Frau ruhig so eine blöde Kuh sein wie meine Mutter eine ist. Wichtig wäre nur, dass sie mich jede Nacht Babys machen lässt. Und mit dir kann ich keine Babys machen, weil du nun einmal ein Bub bist."
„Wie macht man Babys?", fragte ich neugierig.
„Weißt du das nicht? Der Mann legt sich nachts zur Frau ins Bett und pflügt ihr ordentlich den Acker durch."
Erstaunt sah ich meinen Freund an, während ich versuchte mir vorzustellen wie man nachts im Bett einen Acker pflügen konnte.
„Du guckst wie ein Schaf", stellte Noel lachend fest.
Weil ich nicht wollte, dass der einzige Mensch auf der Welt, der mir wirklich etwas bedeutete, dachte ich sei dumm, lächelte ich ihn an, so als wüsste ich von was er sprach. „Eines Tages", flüsterte ich, „eines Tages werde ich vielleicht auch einmal bei einer Frau liegen." Ich rollte mich in meine Decke ein und stellte mir vor wie eine warme Frau neben mir lag. Das Rascheln des verwelkten Laubes verwandelte sich in meinen Gedanken zu einem knisternden Kaminfeuer und Noels Stimme verblasste langsam, als ich hungrig und zitternd einschlief.

Was wäre, wenn ich nicht ins Baumhaus gezogen wäre?

3. Farbspiralen

November 2007
In den ersten Monaten, in denen wir zurück in der Zwischenwelt waren, hatten wir Anton verfolgt, wenn er an jedem ersten Samstag eines Monats kurz nach Sonnenaufgang von der Lichtung verschwand. Doch wir hatten nichts Besonderes herausgefunden. Er war jedes Mal in das kleine Birkenwäldchen gegangen um sich dort für den ganzen Tag in sein Erdloch zu setzen. Mehr war nicht passiert. Silvia hatte uns die ersten beiden Male begleitet, hatte uns danach aber mehr als deutlich zu verstehen gegeben, dass sie es nicht gut fand, Anton hinterher zu spionieren. Noch dazu, wo offensichtlich nichts weiter an der Sache dran war, als dass ein Sonderling sich einmal im Monat zurückzog. Vielleicht dachte er nach oder trauerte um jemanden? Silvia wollte auf jeden Fall nichts mehr damit zu tun haben. Erik und mir war es jedoch langweilig und einem Geheimnis auf die Spur zu kommen, wirkte unglaublich anziehend auf uns. Was also tat Anton den ganzen Tag? Nachdem wir ihn noch ein paar Mal ohne Erfolg verfolgt hatten, änderten wir unsere Strategie. Wir folgten ihm nun nicht mehr, wenn er an jedem ersten Samstag eines Monats verschwand, sondern schlichen heimlich zum Birkenwäldchen, wenn Anton auf der Lichtung blieb. Ich stand Wache und Erik durchsuchte das Wäldchen und das Erdloch. Mehrfach. Alles. Immer wieder. Doch er fand nichts Verdächtiges. Kein Altar, keine Leichen, kein Menschenkram. Nichts. Er bat mich, dass wir unsere Plätze tauschten. Er wollte Wache stehen und ich sollte mich umsehen. Vielleicht würde mir etwas Verdächtiges auffallen. Doch ich wollte nicht. Die Birken sahen zwar wunderschön aus, aber das finstere Loch in der Erde machte mir Angst. Wir gaben also auf. Vermutlich hatte Silvia recht und es gab

einfach kein Geheimnis, welches gelüftet werden konnte.
Doch heute war wieder einmal der erste Samstag eines Monats und wir drei waren uns wieder einmal uneinig. Silvia wollte Zum Fuchs, ich wollte zur Mühle und Erik wollte Anton verfolgen. So hatten wir uns voneinander verabschiedet und waren in drei verschiedenen Richtungen von der Lichtung gegangen. Auf halber Strecke jedoch änderte ich meine Meinung und ging, am Waldsee angekommen, nicht zur Mühle weiter, sondern bog in den Wald ab. Wenig später traf ich Erik auf der alten Straße nach Laffenau.
„Was tust du hier?“, fragte er mich überrascht.
„Ich hatte doch keine Lust mich alleine zur Mühle zu setzen“, gab ich zur Antwort.
Erik zog misstrauisch die roten Augenbrauen nach oben. „Das glaube ich dir nicht. Du bist gerne alleine.“
„Ich dachte, wir könnten reden.“
„Über was?“
„Als Ford mich besucht hat, da habe ich ihm gesagt, ich würde mir wünschen, dass er sich in eine andere Frau verlieben würde.“
„Wieso hast du das getan? Ich dachte, du liebst ihn.“
„Das tue ich auch. Ich dachte nur, wenn er sich in eine normale Frau verliebt, dann hätte er auch die Chance auf eine normale Zukunft. Du weißt schon, heiraten, Kinder bekommen, Häuschen bauen und gemeinsam alt werden.“
Erik blieb stehen und sah mich prüfend an. „Wie hat er reagiert?“
„Er war sauer.“
„Verstehe.“
„Ich verstehe es nicht.“
Erik kratzte sich an der Stirn und fragte: „Hast du dir schon einmal überlegt, dass dein Ford womöglich gar keine normale Zukunft möchte?“

Verlegen senkte ich den Kopf und ging langsam weiter. „Um ehrlich zu sein, hatte ich noch nicht darüber nachgedacht."
Erik umgriff meinen Arm und drehte mich zu sich um. „Wieso besprichst du das mit mir und nicht mit deiner Freundin?"
„Weil Silvia so versessen darauf ist ihre Bestimmung zu erfüllen, damit sie wiedergeboren wird und endlich ein normales Leben führen kann, dass ich davon ausgegangen bin, dass sie für Fords Wünsche nichts übrig hätte."
„Was hat dein Ford denn für Wünsche?" Interessiert legte Erik den Kopf etwas schief und lächelte mich an.
„Er hat vorgeschlagen, dass wir 13 Monde lang ein Paar sind. Wenn ich dann 13 Monde lang in die Zwischenwelt zurück muss, reist er durch die Welt."
„Oder ihr reist zusammen durch die Welt", schlug Erik vor.
„Zusammen?"
„Du gehörst jetzt zu den Seelenläufern. Nach unserer Ausbildung werden sie uns in die Welt hinaus schicken, um noch mehr von ihren sogenannten Puzzleteilen zu finden. Sie bezahlen dir für diese Arbeit deinen ganzen Unterhalt. Nimm Ford doch einfach mit. Ihr könnt 13 Monde lang die Welt bereisen und in den nächsten 13 Monden kann er für sich sein. Wie in einer Fernbeziehung."
„Du hörst dich schon an wie er."
„Ach ehrlich?", lachte Erik.
„Ja, er hat es auch mit einer Fernbeziehung verglichen."
„Ich mag ihn zwar nicht, deinen Ford, aber er könnte mir sympathisch werden."
„Dann warte mal ab was er noch gesagt hat." Ich lächelte ihn mit einem Augenzwinkern an während wir den Weg verließen und durch die Blaubeeren gingen um zu unserem Versteck zu kommen. „Als ich ihn gefragt habe, wie das in ein paar Jahren aussehen wird, wenn er älter geworden ist und ich immer noch so aussehe wie heute, da hat er mich geküsst und

geantwortet: Dann bin ich der glücklichste Mann der Welt. Den jungen Typen werden die Augen überquellen, wenn sie mich mit dir sehen. Und sie werden sich alle denken: Was will die scharfe Braut nur von dem alten Sack?"
„Stimmt, er wird mir tatsächlich sympathisch. Dein Ford hat eine sehr gute Lebenseinstellung."
Wir setzten uns hinter einen umgefallenen Baumstamm und sahen zum Birkenwäldchen hinunter.
„Wie wäre es, wenn wir einfach mal am Loch vorbei gehen? Wir könnten behaupten, dass wir einen Spaziergang gemacht hätten und dabei zufällig diese wunderschönen Birken gesehen haben", schlug ich vor.
„Wenn wir ihn dann bei nichts weiter ertappen, als dass er dasitzt und nachdenkt, dann werden wir sein Geheimnis nie herausfinden."
„Wieso?"
„Weil dann unser Überraschungsmoment vorbei ist. Dann weiß er, dass wir wissen wo sein Versteck ist und wird sich ein neues suchen."
„Aber nur wenn er auch wirklich etwas zu verbergen hat. Vielleicht hat Silvia recht und er tut gar nichts."
„Vertrau mir, da stimmt was nicht." Er dreht sich um und lehnte sich mit dem Rücken zum Baumstamm, dann schloss er seine Augen und legte beide Hände flach auf die Erde.
Ich tat es ihm gleich und lehnte mich ebenfalls an. „Was machst du da?"
„Ich versuche die Erde zu fühlen."
Verwirrt legte auch ich meine Hände auf den Boden. Die Erde fühlte sich kalt und feucht an. „Was genau versuchst du zu fühlen?"
„Die Pigmente." Erik hatte weiterhin die Augen geschlossen und wirkte sehr konzentriert. „Wenn ich kein Mensch bin, dann sieht die Erde für mich anders aus. Sie hat kupferfarbene Pigmente. Es hört sich jetzt leider alles andere

als männlich an, aber mir fällt kein besseres Wort dafür ein, sie glitzert.“
„Die Erde glitzert für dich?“ Ich sah mich erstaunt um, doch für mich sah die Erde einfach nur braun und dreckig aus. „Und wieso versuchst du sie zu fühlen?“
„Ich bereite mich auf das Training mit Martin vor.“
Verwirrt zog ich die Augenbrauen hoch. „Auf das Training mit Martin?“
Erik öffnete die Augen und sah mich genervt an. „Da kann sich ja niemand konzentrieren, wenn du die ganze Zeit quasselst.“
„Nun sag mir endlich alles, was du weißt. Es nervt mich total, dass du von den Seelenläufern in irgendwelche Geheimnisse eingeweiht worden bist und ich nicht.“
„Ich bin in gar nichts eingeweiht worden“, entgegnete Erik scharf. „Ich habe einfach nur ein paar wichtige Fragen gestellt, bevor ich zugesagt habe einer von Ihnen zu werden.“
„Und was weißt du nun alles?“, fragte ich etwas kleinlaut.
„Martin wird uns in unseren Elementen unterrichten und Christina gibt uns das gesamte Wissen der Organisation weiter.“
„In unseren Elementen? Wie soll das funktionieren? Ich habe versucht den Wind zu bewegen, doch als Mensch kann ich ihn nicht sehen.“
„Genau deshalb versuche ich mein Element zu spüren. Wenn einer deiner Sinne nicht mehr funktioniert, dann schärfen sich dafür die anderen. Blinde können zum Beispiel besser hören und besser etwas ertasten, als wir es können. Daher schließe ich die Augen und versuche die Pigmente der Erde zu fühlen. Wenn ich sie erst tasten kann, dann kann ich sie auch greifen und beeinflussen. Verstehst du?“
Ich nickte nachdenklich. Konnte das tatsächlich funktionieren? Konnte Martin den Wind beeinflussen, obwohl er ein Mensch war? Wieso hatte er es mir nicht

gezeigt, oder mit mir darüber gesprochen? „Klappt es?“, fragte ich neugierig, als Erik sich wieder mit geschlossenen Augen auf die Erde unter seinen Händen konzentrierte.
„Nicht wenn du mich die ganze Zeit störst. Tu mir doch bitte einen Gefallen und beobachte das Erdloch, okay?“
Missmutig drehte ich mich um, verschränkte die Arme auf dem Baumstamm und sah zum Birkenwäldchen hinunter, doch dort tat sich nach wie vor überhaupt nichts.
Nach einer Weile wurde es mir langweilig zu Anton hinunter zu starren. „Ich geh jetzt zur Mühle.“
„Wieso?“
„Mir ist langweilig.“
„Und bei der Mühle wird es dir nicht langweilig?“, fragte Erik mit sarkastischem Unterton.
„Nein, da wird es mir nie langweilig.“
Zu meiner Überraschung stand er auf, klopfte sich die Erde von den haarigen Beinen und meinte: „Ich komme mit.“
„Ach ja?“
„Ja, ich habe keine Lust alleine herum zu sitzen.“
„Aber ich dachte, du möchtest deine Ruhe haben um zu üben.“
„Es klappt ja doch nicht. Lass uns gehen.“
Auf dem Weg zur Mühle hielten wir uns an den Händen und gingen gemütlich den Waldweg entlang. Da wir noch ein paar Stunden Zeit hatten, bis die Sonne unterging, hatten wir keinen Grund uns zu beeilen.
„Darf ich dich etwas fragen?“ Ich versuchte möglichst belanglos zu klingen, und doch war ich etwas nervös.
„Natürlich.“
„Wir springen bald zurück in die Menschenwelt und da wollte ich gerne wissen wie es für dich ist, wenn du springst.“
Er blieb stehen und sah in den grauen Himmel hinauf. „Ich freue mich darauf, endlich hier weg zu kommen. Als Seele friere ich zwar nicht, aber ich kann trotzdem die Kälte

spüren. Ich sehne mich danach unter einer heißen Dusche zu stehen oder in die Sauna zu gehen."
„Das meinte ich aber nicht. Ich wollte wissen, wie es sich für dich anfühlt, wenn du springst."
„Ach, du meinst den Sog?" Er zuckte mit den Schultern. „Wie soll sich das schon anfühlen? Es zieht mich eben in die Menschenwelt hinüber, mehr nicht."
„Und siehst du Farben, bevor es dich in die Menschenwelt zieht?"
„Klar, die roten Farbwirbel tanzen wie wild um mich herum, dann reißen sie auf und ich werde in das gelbe Licht hineingezogen. Und weg bin ich." Er lachte mich fröhlich an und ergriff erneut meine Hand.
„Und diese Farbwirbel von denen du sprichst, ich nenne sie übrigens Farbspiralen, sind die immer rot?"
Erik griff sich an seine granatapfelroten Locken und zwinkerte mir fröhlich zu. „Die Wirbel, oder Spiralen, oder wie immer du sie nennen möchtest, haben die Farbe deiner Aura, genauso wie deine Haare." Er strich mir sanft über die Locken ehe wir schweigend weitergingen. Doch das Thema schien ihn weiter zu beschäftigen, denn nach einer Weile fragte er neugierig: „Wie ist es denn bei dir?"
„Oh, genauso wie du es beschrieben hast." Ich nickte heftig, um meine Antwort zu unterstreichen. Es war zwar nicht ganz die Wahrheit, aber es war auch nicht ganz gelogen. Denn bei meinem ersten Sprung war es tatsächlich genauso gewesen, wie bei Erik. Aber wenn es stimmte, was er mir gesagt hatte, dann hätten meine Farbspiralen damals nicht rot sein dürfen, sondern orange. So orange wie es meine Haare waren. Was sagte es über meine Seele aus, dass meine Spiralen nicht zu meiner Aura passten? Vielleicht veränderte sich meine Aura? Schließlich war eine Aura nichts von festem Bestand. Lebensumstände und Lernprozesse konnten einen durchaus verändern und dass ich mich langsam von Orange zu Rot hin

entwickelte, hätte ich mir noch erklären können. Doch was hatte es mit dem dunklen Blau meines letzten Sprunges auf sich? Es schien mir, als wäre meine Seele irgendwie durcheinander geraten. Als wüsste ich nicht, wohin ich gehörte und wer ich in Wirklichkeit war.

1741, Savoyen

Dezember
„Ich habe dir Suppe mitgebracht. Hühnerbrühe. Mutter hat gesagt, die macht dich wieder gesund."
Vor wenigen Tagen hatte Noel mich zurück in das Haus meiner Mutter gebracht. Ich musste schrecklich ausgesehen haben, denn Mutter ließ mich in ihr Bett. Vielleicht durfte ich aber auch nur zurück, weil der neue Mann wieder fort war. Ich weiß es nicht. Sie hatte mir warmes Wasser zum Trinken gegeben und meine Beine mit einem warmen Lappen abgerieben. Und nun lag ich da. Abwechselnd fror ich oder schwitzte. Die meiste Zeit schlief ich. Einmal am Tag kam Noel und brachte mir Suppe, dann half er mir beim Aufsetzen und beim Essen. Er erzählte mir vom Schnee und dass bald Weihnachten wäre. Er grinste mich immer an, wenn er mir kleine Tipps gab, was er mir bastelte. Anscheinend verbrachte er deshalb viel Zeit bei seinem Großvater in der Werkstatt und weil er manches nicht alleine konnte, half ihm sein Großvater. Es würde etwas Großes werden. So groß, dass er noch gar nicht wüsste wie er es zu mir heraufbringen sollte. Und wenn er es dann da hatte, würde es überhaupt ins Haus passen? Er baute mein Weihnachtsgeschenk aus Holz. Er baute es für mich, weil ich so etwas noch nie hatte und jeder sollte so etwas besitzen.
„Was ist mit dir?", fragte ich. „Du guckst so traurig."
„Ach, ich überlege nur, was ich dir noch für einen Hinweis geben könnte. Ohne dass du gleich errätst was du von mir geschenkt bekommst."
„Ich fühle mich gar nicht gut", gab ich kleinlaut zu. „Du baust mir etwas Großes aus Holz und ich habe gar nichts für dich."
„Mach dir keine Gedanke, kleiner Malo." Er strich mir mit

dem Daumen über die verschwitzte Stirn und fragte besorgt: „Schmeckt dir die Suppe?“
„Ja.“ Zufrieden lächelte ich ihn an.
Doch Noel sah immer noch unglücklich aus, manchmal wischte er sich sogar heimlich eine Träne weg. „Was hast du denn?“, fragte ich erneut.
„Ich habe Angst, dass du nicht mehr gesund wirst, und dann wäre es meine Schuld, weil ich dir dieses blöde Baumhaus gebaut habe.“
„Aber deine Mutter hat mir doch die gute Hühnersuppe gekocht, damit ich bald wieder gesund werde“, stellte ich fest. „Das würde sie doch nicht sagen, wenn es nicht so wäre, oder?“
„Ich bin mir nicht sicher, ob ich meiner Mutter glauben kann. Mein Vater hat mir einmal gesagt, sie wäre zwar schön, aber auch eine verdammte Lügnerin.“ Er sah mich ängstlich an. „Vielleicht sollte ich meinen Großvater fragen, ob er einen Arzt zu dir schicken kann.“
„Nein, das brauchst du nicht. Meine Mutter hat gesagt, so ein Arzt wäre schrecklich teuer.“ Dann spürte ich plötzlich, wie die warme Suppe in meinem Bauch hin und her schwamm, während ich zitterte. „Ich bin müde“, flüsterte ich.
„Warte, ich stelle die Suppe für dich auf die Seite.“ Noel nahm mir das Schälchen aus den kalten Händen und stellte es auf dem Nachttisch ab. „Wir lassen sie einfach hier stehen, dann kannst du später noch einmal etwas davon essen.“ Dann schüttelte er mein Kissen auf und half mir beim Hinlegen. Er deckte mich bis zum Kinn zu und gab mir einen Kuss auf die Stirn. „Schlaf gut, kleiner Malo. Ich komme dich morgen wieder besuchen.“
Es war das letzte Mal, dass ich meinen Freund sah. Ich erfuhr auch nicht mehr, was er für mich gebaut hatte. Denn in dieser Nacht schlief ich für immer ein und träumte von bunten

Schmetterlingen.

Was wäre, wenn ich Noel gebeten hätte einen Arzt zu holen?

4. Spuren im Schnee

Dezember 2007

„Hat es geschneit?“, fragte Erik mit zitternder Stimme und umschlang sich selbst mit den Armen.

„Mach doch einfach die Augen auf“, schlug ich ihm vor.

„Nein!“

„Aber dann könntest du es selbst sehen.“

„Mir ist kalt!“

„Du bist eine Seele, du kannst nicht frieren“, stellte ich amüsiert fest.

„Aber ich kann die Kälte spüren und ich hasse sie.“

„Hass ist so ein hartes Wort.“

Silvia kam wütend angestapft und setzte sich neben uns. „Nichts. Keine einzige Schneeflocke. Die armen Kinder müssen Weihnachten ohne Schnee feiern.“

Ich legte ihr meine Hand auf die Schulter und sagte: „Dann lass uns etwas dagegen tun. Ich weiß, dass du nicht gerne in das Wetter eingreifst, aber wir könnten durchaus eine Ausnahme machen.“

„Was würden die anderen Seelen dazu sagen?“

„Ich denke nicht, dass es irgendjemanden interessiert, ob es schneit oder nicht.“

Plötzlich sprang Erik auf und rief: „Dann lasst es uns tun! Vielleicht lenkt mich der Schnee von dieser fiesen Kälte ab!“

Ein paar der Seelen blickten zwar zu uns herüber, widmeten sich dann aber schnell wieder ihren Gedanken. Zu dieser Jahreszeit blieben die meisten Seelen auf der Lichtung. Die Kälte, die lange Dunkelheit und vor allen Dingen die Feiertage drückten uns aufs Gemüt. Viele sehnten sich gerade jetzt danach so schnell wie möglich ihre Bestimmung zu erfüllen. Sie wollten raus aus ihrer Gefangenschaft. Raus aus dem Wald. Raus in ein normales Leben. Es sich zu Hause

gemütlich machen. Weihnachten mit ihren Familien feiern oder einfach nur in eine Decke gekuschelt auf dem Sofa sitzen. Dinge, welche für die Menschen normal waren, uns hier draußen aber manchmal schmerzlich fehlten.
„Ich bin dabei." Ich stand auf und stellte mich neben Erik. „Wie du wieder aussiehst", lachte ich und half ihm dabei den Schmutz von seinem Rücken zu klopfen.
„Lach nicht. Wenn du so viele Haare am Körper hättest, dann würdest du auch so aussehen."
„Okay, dann machen wir es. Aber es bleibt unter uns. Ich möchte nicht, dass wir Ärger bekommen."
Erik rollte genervt mit den Augen und tätschelte Silvia den Kopf. „Hab doch nicht immer solche Angst. Wer sollte denn etwas dagegen haben, wenn wir den Dorfkindern zu Weihnachten ein kleines Schneegeschenk machen?"
Nachdenklich blickte sie zu Anton hinüber, der wie so oft auf dem umgefallenen Baumstamm saß und alles genau beobachtete. „Ich weiß es nicht." Dann schweifte ihr Blick weiter durch die Seelen und erhellte sich plötzlich. „Wollen wir vielleicht Chrissi mitnehmen?"
Chrissi war seit einigen Tagen zurück im Seelenkreis und wirkte stark verändert. Sie war sonst so eine redselige Seele gewesen, die unsere Nähe und Freundschaft gesucht hatte, doch jetzt zog sie sich immer mehr zurück. Still und traurig saß sie an einen Baum gelehnt am äußersten Ende der Lichtung und starrte auf ihre Finger. Ihre orangenen Haare leuchteten nicht wie sonst und auch die leichten Wellen schienen fast ganz verschwunden zu sein. Als ich sie so ansah, wurde ich selbst traurig und beschloss, dass ihr eine kleine Aufmunterung nicht schaden konnte. Vielleicht wollte sie uns erzählen, was sie bedrückte, vielleicht würde unser Schneeabenteuer aber auch einfach nur eine kleine Ablenkung sein und sie wenigstens für ein paar Stunden aus ihren Gedanken holen. Lächelnd nickte ich Silvia zu und

antwortete: „Ich denke, das ist eine gute Idee."

Wenig später erreichten wir vier die Grenze des Waldes und somit auch unsere Grenze, denn hier endete der Seelenkreis. Wir standen still da und sahen zur Kirche hinüber. Auf dem Kirchplatz war der Brunnen zugefroren. Ein riesiger Tannenbaum war mit roten Geschenken, goldenen Sternen und Schleifen geschmückt. Daneben waren drei lustige Weihnachtsmänner aus Holz aufgestellt, die einen Schlitten zogen. Aus den Schornsteinen der Häuser quollen dicke Rauchwolken und auf den Straßen war kein Mensch zu sehen.

„Keiner da", stellte ich fest.

„Bei der Kälte auch kein Wunder."

„Okay." Ich klatschte in die Hände. „Das wäre unser erstes Problem, es ist zu kalt für Schnee." Ich hielt meine ausgestreckte Hand, mit der Handfläche nach unten gerichtet, nur wenige Zentimeter über den Boden und konzentrierte mich auf den Wind. Ich ließ meine Hand langsam nach oben steigen und hörte ein wohliges Aufatmen neben mir. „Was ist?", fragte ich. „Zu warm?"

„Schön warm", schnaufte Erik zufrieden.

„Dann ist es zu warm", lachte ich und regulierte die Wärme wieder etwas nach unten indem ich meine Hand sinken ließ.

„Nur ganz wenig", ermahnte mich Silvia, sonst schmilzt der Schnee ja gleich wieder.

„Ich versuche es ja. Ich habe aber leider kein Thermometer eingebaut", zischte ich sie an. „Entschuldige bitte, das sollte nicht so scharf klingen."

„Macht nichts. Wir sind alle etwas angespannt und wären gerne woanders." Sie lächelte mich verständnisvoll an. „Daher macht es uns ja vielleicht auch eine Freude, wenn wir den Kindern eine weiße Weihnacht bescheren können, oder?"

„Ja." Ich nickte und konzentrierte mich dann wieder. Diesmal hob ich meine Hand nur ein kleines Stück nach oben. „Ist es so gut?", fragte ich hoffnungsvoll.
„Immer noch zu kalt", meckerte Erik, doch Silvia schüttelte den Kopf.
„Wir versuchen es einfach." Dann hob sie ihre Hände in den Himmel und nahm sie dann sofort wieder runter. „Ich habe keine Wolken aus denen ich es schneien lassen könnte."
„Stimmt, da war ja noch was", lachte ich verlegen. Dann wirbelte ich mit den Armen durch die Luft. Ein heftiger Wind kam auf, der tatsächlich noch etwas zu kalt war. Ich erwärmte die Luft noch einmal, schnappte mir ein paar silbrige Fäden und schleuderte sie so fest ich konnte von mir fort.
Dann sahen wir alle erwartungsvoll in den immer noch strahlend blauen Winterhimmel.
„Wo bleiben die Wolken?", fragte Erik nach einer Weile.
„Das dauert. Ich weiß doch gar nicht, wo die Wolken stecken. Ich habe den Wind jetzt so gedreht, dass er von Nord nach Süd weht, wenn keine Wolken kommen, muss ich eine andere Richtung versuchen.
„Ach so."
Doch nach einer Weile kamen große, schwarze Wolken und trieben mit einer gewaltigen Geschwindigkeit über den Himmel.
Erik räusperte sich und bemerkte dann: „Vielleicht etwas zu schnell."
Zornig sah ich ihn an. „Du musst zu allem deinen Senf dazu geben, oder?" Dann hob ich gelassen einen Arm nach oben und stoppte den Wind. Die dichten Wolken hielten über uns an und ließen keinen einzigen Sonnenstrahl mehr hindurch. „Gut so?", grinste ich zufrieden.
„Perfekt", gab er zu und grinste frech zurück. „Wir werden ein super Team sein, wenn wir gemeinsam unsere Elemente trainieren."

Silvia unterbrach uns indem sie sagte: „Jetzt bin ich dran." Sie sprang in die Luft und klatschte einmal in die Hände. Sofort begann es zu regnen.
„Also doch zu warm?", fragte ich.
„Nein, das ist gut so. Es soll erst etwas regnen. Ich fände nämlich eine Eislaufbahn auf der Wiese toll."
„Gute Idee", stimmte ich ihr zu.
Dann dirigierte sie den Regen so, dass er gezielt auf der großen Wiese zwischen dem Waldfriedhof und Hofstetten niederprasselte. Da die immer noch gefrorene Erde kein Wasser aufnehmen konnte, bildete sich ziemlich schnell eine dünne Wasserschicht auf der Wiese. Ich kühlte die Temperatur wieder etwas ab, sodass das Wasser zu einer Eisplatte gefrieren konnte und Silvia zauberte aus den Regentropfen dicke, weiche Schneeflocken. Wir standen da und staunten.
„Ich wünschte, ich hätte irgendetwas helfen können", flüsterte Chrissi.
„Mach dir nichts draus, ich konnte ja auch nichts tun. Aber zuschauen war doch auch ganz interessant, oder?" Erik zwinkerte Chrissi fröhlich zu.
„Ja, und es hat mich auf andere Gedanken gebracht."

Der erste Schnee in diesem Winter bedeckte innerhalb einer Stunde die komplette Landschaft. Es dauerte nicht lang, da kamen die ersten Kinder mit ihren Schlitten über die verschneite Straße gelaufen. Schneebälle flogen durch die Luft. Gelächter schallte zu uns herüber.
„Ein großer Hügel zum Rodeln wäre doch auch was Schönes", stellte Erik mit funkelnden Augen fest und legte seinen Arm um Silvia.
Silvia küsste ihn sanft auf die Wange. „Das wäre dann aber doch etwas auffällig gewesen, meinst du nicht auch?"
Erstaunt sah ich die beiden an. Seit wann küsste Silvia Erik?

Auch wenn es nur ein freundschaftlicher Kuss auf die Wange gewesen war, es irritierte mich. Verlegen sah ich zur Kirche hinüber und fragte: „Habt ihr Lust Schlittschuhlaufen zu gehen? Wir könnten zum Waldsee und es dort versuchen."
Silvia und Erik waren sofort begeistert von meiner Idee. Chrissi wollte lieber noch den Kindern zusehen, also trennten wir uns und gingen zu dritt weiter zum See. Dort angekommen überprüfte Silvia sofort die Tragkraft der Eisplatte, indem sie ihre Hand flach darauf legte. Sie nickte, nahm Eriks Hand und ging mit ihm vorsichtig übers Eis.
„Kommst du nicht mit?", fragte sie.
„Nein, ich schaue erst mal zu wie ihr das macht." Zufrieden schloss ich die Augen und genoss die kühle Luft auf meiner Seele.
„Das klappt nicht!", rief Erik zu mir herüber. „Wir gehen in den Wald und suchen etwas, das wir als Schlittschuhe benutzen können." Er deutete zur anderen Seite des Ufers und ich nickte als Bestätigung, dass ich ihn verstanden hatte.
Während die beiden zwischen den Bäumen verschwanden, ging ich zu der Stelle, an der Ford und ich im Gras gelegen hatten. Ich legte mich in den Schnee, schloss erneut die Augen und dachte an seine Berührungen. Ich dachte an das Brennen, das seine Lippen verursacht hatten. Wie ein Feuer hatten sie eine Linie von meinem Hals bis zu meinem Bauchnabel gezogen, um dort einen Flächenbrand zu verursachen. Seine warmen Hände hatten mich kraftvoll an den Hüften umfasst und meinen Seelenkörper an seinen gierigen Menschenkörper gepresst. Als ich daran dachte, wie es sich angefühlt hatte Ford zu spüren, wirbelten plötzlich wieder Farbspiralen um mich herum. Erschrocken riss ich die Augen auf. Lila. Sie waren wieder Lila gewesen. Verwirrt krabbelte ich durch den Schnee bis zum Ufer. Ich beugte mich über den See und wischte mit der Hand die Schneedecke vom Eis. Doch da war nichts. Kein Umriss,

kein Schatten und auch keine Farbe. Ohne Ford konnte ich mein Spiegelbild nicht sehen. Das war schon immer so und würde wohl auch immer so bleiben. Enttäuscht setzte ich mich in den Schneidersitz und zog mir meine Locken vors Gesicht. Orange. Jede Locke, jedes einzelne Haar an mir war Orange. Was konnte dieses Lila nur bedeuten? Ich zog die Knie dicht an mich heran, legte mein Kinn darauf ab und überlegte: Meine Aura war definitiv Orange. Das bedeutete im Wesentlichen, dass ich sehr emotional war, eine große sexuelle Lust in mir trug und gerne alleine und unabhängig war. Nachdenklich nickte ich. Wenn ich mich einigermaßen richtig einschätzte, dann trafen alle diese Eigenschaften auf mich zu. „Und Lila? Was hatte Lila für eine Bedeutung?“, flüsterte ich leise vor mich hin. „Bescheidenheit, sensibel, verträumt? Nein, nein, nein, das passt nicht zu mir und ergibt doch auch gar keinen Sinn.“

„Wir haben nichts gefunden!“ Eriks Ruf riss mich aus meinen Gedanken.

Ich stand auf und sah, dass die beiden langsam über den See auf mich zukamen.

„Dann lass uns gehen“, bat ich ihn.

„Wollen wir noch den Kindern zusehen, bevor wir zur Lichtung zurückgehen?“, fragte Silvia. „Wir haben noch genug Zeit.“

„Ich wollte noch nicht zur Lichtung, sondern zum Birkenwäldchen. Um genau zu sein, Erik und ich wollten noch einmal dorthin. Du kannst natürlich gerne mitkommen.“

Gereizt schüttelte sie den Kopf. „Ich verstehe euch nicht. Was erwartet ihr dort zu sehen? Es ist nicht einmal Samstag und schon gar nicht der erste im Monat. Es ist Weihnachten und Anton sitzt auf der Lichtung.“

„Wir springen bald zurück und wissen immer noch nicht, was er dort treibt. Lass uns doch unsere Neugierde. Wenn du

nicht mit möchtest, dann ist das deine Entscheidung. Wir gehen.“ Erik nahm mich an der Hand und fragte: „Kannst du uns Rückenwind geben?“
„Na klar.“

Wenig später lagen wir gemeinsam in unserem Versteck und beobachteten das Erdloch im Birkenwäldchen. Eine Weile sagten wir nichts. Ich dachte daran, wie Erik mir vor zwei Jahren zum ersten Mal diesen Ort gezeigt hatte. Diesen merkwürdigen Ort. Die perfekt aneinandergereihten Birken. Ihre weißen Stämme hoben sich vom Rest des Kiefernwaldes deutlich ab. Der Boden war hier nicht mit Nadeln bedeckt, sondern mit verwelkten Blättern. Sie waren mit der Feuchtigkeit des Herbstes überzogen und hatten im Sonnenschein geglänzt. Heute sah ich sie nicht, denn der Schnee hatte sie zugedeckt. „Der Schnee! Erik!“ Ich rüttelte ihn an der Schulter. „Der Schnee!“
„Was ist damit?“
Ich drehte mich um und zeigte auf den Waldboden. „Wir haben Fußabdrücke hinterlassen.“
„Na und?“
„Wenn Anton hierher kommt, dann wird er erkennen, dass er ausspioniert wird.“
Nachdenklich blickte Erik in den Schnee. „Nein, er wird unsere Spuren nicht sehen, denn du wirst sie mit Hilfe des Windes verwehen.“
Sofort schnappte ich mir den Wind und ließ ihn in kleinen Wirbeln über den Schnee wehen. Unsere Spuren waren verschwunden. „Komm mit“, sagte ich aufgeregt und hüpfte über den Baumstamm hinweg, hinter dem wir uns versteckt hatten.
„Wo willst du hin?“
„Das Loch erkunden, vielleicht finden wir durch den Schnee etwas, das uns sonst nicht aufgefallen wäre.“

„Spuren?"
„Vielleicht."
Wir gingen langsam den Berg hinunter und ich drehte ohne Unterbrechung meine Hand hinter meinem Rücken, sodass unsere Spuren sofort wieder verschwanden. Vorsichtig schlichen wir uns von hinten an das Erdloch heran. „Siehst du das?", fragte ich aufgeregt.
„Natürlich."
Fußspuren führten zum Loch hin und wieder fort. Auffällig an den Spuren war, dass es keine Abdrücke von nackten Füßen waren, sondern grobe Winterstiefel gewesen sein mussten. „Ein Mensch", flüsterte ich aufgebracht.
Erik kniete sich in den Schnee und legte seinen Unterarm neben einem der Abdrücke in den Schnee.
„Was tust du da?"
„Dein Fuß ist immer so lang, wie dein Unterarm", erklärte er mir. Er nahm meine Hand und zeichnete zwischen Ellenbeuge und Handgelenk eine Linie. „Genau diese Länge."
„Das wusste ich nicht", bemerkte ich fasziniert. Ich setzte mich auf den Boden und legte meinen Fuß auf den Unterarm, genau dorthin, wo Erik mit seinem Finger entlang gefahren war. „Du hast recht."
„Natürlich habe ich recht. Siehst du den Unterschied? Ich habe Schuhgröße 46. Dann ist dies höchstens eine 40." Selbstsicher grinste er mich an.
„Jetzt mal davon abgesehen, dass du anstelle deines Armes auch einfach deinen Fuß neben den Abdruck hättest stellen können. Ist dies wohl eher eine 38." Ich legte meinen Zeigefinger auf den Abdruck. „Da steht es", lachte ich.
Trotzig stand er auf und streckte mir die Hand entgegen, um mir aufzuhelfen. „Besserwisserin."
„Ach komm," lachte ich, „einmal weiß ich auch was und dann meckerst du."
Er zog mich mit sich mit und krabbelte ins Loch hinein. „Ein

Brief." Erwartungsvoll sahen wir auf den kleinen weißen Umschlag der mitten in der Höhle lag und von einem Stein beschwert wurde.
„Nimm ihn", forderte ich ihn auf.
„Nimm du ihn doch."
Mit zitternden Händen hob ich den Brief auf. „Lass ihn uns mitnehmen."
„Nein, wir lesen ihn hier und legen ihn dann zurück. Wir verschwinden und du machst unsere Spuren unkenntlich. Wenn wir ihn mitnehmen, dann wird es ihm auffallen."
Ich nickte und öffnete vorsichtig den Briefumschlag.
„Was steht drin?", fragte Erik hektisch.
Ich räusperte mich und las ihn leise vor: „Ich hatte gehofft dich heute hier zu finden. Ich dachte, du hättest den Schnee geschickt, um mich zu dir zu rufen. Ich dachte, du wolltest dich mit mir versöhnen, um nicht im Streit ins neue Jahr zu gehen. Wir müssen unsere Unstimmigkeiten beiseite räumen. Es vergeht kein Tag, an dem ich dem Jungen nicht die Wahrheit sagen möchte. Es quält mich sehr. Er kommt bald zurück und dann vielleicht für immer. Wie soll ich damit leben, ihn weiter zu belügen? Du weißt, ich wollte damals Johanna die Wahrheit sagen, doch für dich habe ich geschwiegen. Noch einmal schaffe ich das nicht. Ich hoffe, dass du mir eines Tages Recht geben wirst und mir irgendwann verzeihst. Ich wollte nie, dass du eingesperrt wirst. Ich wusste nicht, dass es für uns so kommen würde. Vergiss bitte nicht, dass wir uns einmal sehr geliebt haben. Frohe Weihnachten."
Erik nahm mir den Brief aus der Hand und wendete ihn. „Geht es nicht weiter? Keine Unterschrift. Nichts!"
Ich nahm ihn wieder an mich und steckte ihn zurück in den Umschlag. „Du wirst ihn noch zerknittern." Ich legte ihn vorsichtig auf den Platz zurück, von dem ich ihn genommen hatte und zog Erik am Arm. „Komm, wir gehen. Das war

nicht für uns bestimmt. Wir sollten nicht hier sein."

„Wir sollten noch einmal zurückgehen. Wenn es einen Brief gab, dann wird es auch noch andere Briefe geben. Dann finden wir vielleicht raus, was das alles zu bedeuten hat. Von wem sind die Briefe? Wer ist Johanna und welche Wahrheit wird vor ihr und dem Jungen verheimlicht?"
„Das geht uns nichts an, Erik. Komm jetzt. Wir gehen zurück auf die Lichtung und du musst mir versprechen, dass du kein Wort zu Silvia sagst."
„Wieso denn nicht?"
„Sie hat uns mehrfach gesagt, dass sie Anton nicht nachspionieren möchte. Dann möchte sie sicherlich auch nicht wissen, was in dem Brief stand. Ich finde wir sind zu weit gegangen. Wir hätten ihn nicht lesen dürfen. Das war vertraulich."
Erik umfasste meinen Oberarm und riss mich zu sich herum.
„Kannst du mir mal erklären, was dein Problem ist?"
„Anton scheint in einen Menschen verliebt zu sein. Sie oder er legt heimlich Briefe für ihn in dieses Loch und es war verdammt nochmal nicht richtig diesen Brief zu lesen. Das ist eine Sache zwischen Anton und dem Menschen, den er liebt. Ich möchte, dass du ihn ab sofort in Ruhe lässt und ihm nicht mehr hinterher schleichst." Ich sah ihn ernst an und wartete auf seine Antwort.
„Der Meinung bist du nur, weil du froh bist, dass nicht nur du so dämlich bist dich in einen Menschen zu verlieben!"
Ich bekam Angst, als Erik mich mit geballten Fäusten anstarrte. So hatte ich ihn noch nie gesehen und auch wenn ich mir immer darüber bewusst war, welche Stärke er besitzen musste, so hatte ich ihn dennoch nie als Gefahr gesehen. „Du machst mir Angst", gab ich zu.
„Die solltest du auch haben. Es ist nicht gut Gefühle für jemanden zu haben."

„Wieso sagst du so etwas? Du warst es doch, der mir vorgeschlagen hat mit Ford auf Kosten der Seelenläufer um die Welt zu reisen."
Erik entspannte sich. Die Muskulatur an Hals und Schultern wurde lockerer und seine Fäuste öffneten sich etwas. „Das habe ich gesagt." Er nickte nachdenklich und ging einen Schritt auf mich zu. „Entschuldige bitte, ich wollte dir keine Angst machen."
Ich sah in sein trauriges Gesicht und fragte besorgt: „Was ist denn los mit dir?"
„Lilou, wir beide haben uns den Seelenläufern angeschlossen. Wenn wir alles richtig machen, dann werden wir nie wieder vergessen, was wir in unserem Dasein alles erlebt haben. Wir werden Geliebte und Freunde nicht mehr vergessen. Wir werden auch nicht den Moment vergessen, in dem wir sie verloren haben. Wir werden den Schmerz nie mehr vergessen."
Bei seinen Worten fühlte ich mich schlagartig wie ein Mensch. Mir steckte ein dicker Klos im Hals, mein Magen fühlte sich flau an und mir wurde schwindelig. „Du meinst, wenn Ford alt wird und irgendwann stirbt, dann wird es mich zerbrechen?"
„Nein, verdammt! Es geht jetzt einfach mal nicht um dich und Ford. Es geht um unsere gemeinsame Freundin! Silvia ist mir ans Herz gewachsen!"
„Dann hat sich also doch etwas zwischen euch entwickelt? Vorhin, dieser Kuss, der war nicht nur freundschaftlich?"
„Nein, das ist es nicht. Ich habe dir bereits vor zwei Jahren gesagt, dass sie für mich wie eine kleine Schwester ist. Ich liebe sie nicht, aber ich empfinde etwas für sie."
Ich legte Erik eine Hand auf die Schulter, weil ich ihn trösten wollte, doch er stieß sie weg. „Silvia kann sich auf Grund ihres Alters nicht für die Seelenläufer entscheiden. Sie wird weiterhin versuchen ihre Bestimmung zu erfüllen und eines

Tages wird sie es auch schaffen. Sie wird mit dem fremden Mann auf der Hochzeit ihres Bruders tanzen, so wie es das Schicksal für sie vorgesehen hat. Ich denke, es wäre besser für uns beide, wenn wir uns schon mal daran gewöhnen würden, keine Gefühle mehr zuzulassen."

„Ich verstehe, dass du Angst hast sie zu verlieren, aber so möchte ich nie leben müssen."

Teil 2
Menschenwelt

Sieben verbrannte Kinderleichen verfolgen mich im Schlaf.
Sieben leere Stühle liegen in ihrem Grab.
Woher kam dieses Feuer? Wer hat es entfacht?
Wieso erinnere ich mich an dich in dieser Nacht?

5. Schön dich zusehen

Januar 2008
Verschlafen öffnete ich meine Augen und blinzelte in den grauen Himmel. Ich versuchte mich aufzusetzen und spürte dabei jeden einzelnen meiner Knochen. Die orangenen Locken klebten mir nass vom Schnee am Rücken und ich spürte vor Kälte meine Zehen nicht. Erschöpft fasste ich mir mit der Hand an den Kopf. „Alles dreht sich."
Erik war bereits auf den Beinen und hüpfte hektisch von einem Bein auf das andere. „Wir hätten daran denken sollen das Wetter wärmer zu machen bevor wir springen."
Ein lautes Knurren ertönte neben mir.
„Entschuldigung," lachte Silvia und hielt sich den Bauch. „Ich habe einen riesigen Hunger."
Erik streckte die Arme aus und half uns beim Aufstehen. „Hoffentlich kommt Dora bald. Ich erfriere."
„Nicht nur du." Ich sah an meinem nackten Körper hinunter. Meine Füße steckten bis zu den Knöcheln im Schnee und der eiskalte Nordwind stach mich wie tausend Nadelstiche in die gerötete Haut.
„Da kommt sie!" Hörte ich eine der anderen gesprungenen Seelen rufen und sogleich rannten alle Dora und ihrem Bollerwagen entgegen. Na ja, rennen konnte man es eigentlich nicht nennen. Eher ein hastiges Stolpern und Fallen.

Einige Seelen kannte Dora bereits seit mehreren Jahren. So wie Silvia, Erik und mich. Uns begrüßte sie mit einer herzlichen Umarmung. Die Seelen, die heute zum ersten Mal gesprungen waren, begrüßte sie mit einem festen Handdruck und bat sie, sich von den Kleidern, dem heißen Tee und dem Laugengebäck zu nehmen und ihr dann ins Dorf zu folgen.

Fragend sahen sich die Neuen an, taten aber um was Dora sie gebeten hatte. Was sollten sie auch anderes tun? Sie mussten ihr vertrauen. Sie konnten ja schlecht nackt wie sie waren unter die Menschen gehen. Ich erinnerte mich daran, als ich in ihrer Situation steckte. Ich hatte mich auch dafür entschieden Dora zu vertrauen und ihre Hilfe anzunehmen. Sicherlich könnte sie es den gesprungenen Seelen einfacher machen, indem sie bereits auf der Lichtung verriet, wer sie war und wo sie sie hinbringen würde, doch so wie ich Dora einschätzte, machte es ihr Freude die Neuen im Ungewissen zu lassen.
Als alle einigermaßen eingekleidet waren, bildeten wir eine Reihe von jeweils zwei bis drei Seelen und gingen hinter Dora und ihrem Bollerwagen den schmalen geschotterten Waldweg in Richtung Friedhof entlang. Während wir gingen, diskutierten Erik und Silvia darüber, ob es besser war hinten oder vorne zu gehen. Erik wollte der Letzte in der Reihe bleiben, weil die Coolen immer hinten waren. Das wäre im Schulbus auch immer so gewesen. Silvia hingegen wollte lieber vorne in der Schlange laufen, da wir so nicht nur näher am Essen wären, sondern auch die Ersten im Kuhstall sein könnten.
„Und was bringt uns das?“, fragte Erik mürrisch.
„Wenn wir die Ersten sind, dann können wir uns auch die besten Betten aussuchen. Ist doch klar!“
„Es sind aber alles Feldbetten. Um ehrlich zu sein, ist es mir total egal in welchem Feldbett ich liege. Sie sind alle zu kurz und fürchterlich ungemütlich.“
„Aber dann könnten wir uns drei Betten nebeneinander aussuchen, ganz nah am Ofen.“
Mir war es eigentlich egal, wo wir in der Reihe gingen, daher hörte ich dem Gespräch der beiden irgendwann nicht mehr zu, sondern betrachtete den Wald. Alles sah so anders aus, wenn ich den Wind nicht sehen konnte. Sonst hing er oft wie

Lametta in den Nadeln der Kiefern fest. Oder er sauste über den Weg und wirbelte ein paar Blätter mit sich herum. Wenn ich jetzt Blätter sah, die sich im Wind bewegten, dann sah es so aus, als würden sie von einer unsichtbaren Geisterhand bewegt werden.

„Lilou, gibst du mir deinen Wollmantel?“

„Was?“, fragte ich, als Erik mich mit seiner Frage aus meinen Gedanken riss.

„Wir hätten Dora unsere eigenen Klamotten mitbringen lassen sollen. Das müssen wir uns unbedingt fürs nächste Mal merken.“ Er zupfte verzweifelt an seinem viel zu kurzen Flanellhemd herum.

„Wieso?“, lachte Silvia. „Bauchfrei steht dir doch ausgezeichnet.“

Plötzlich blieben alle stehen.

„Was ist denn los?“

Ein Raunen ging durch die Menge und ich hörte wie irgendjemand sagte: „Ein Mensch.“

„Es ist Ford“, flüsterte mir Erik ins Ohr und hob mich hoch, damit ich über die anderen Seelen hinwegsehen konnte.

„Tatsächlich. Er ist hier. Wie ist das möglich? Ich dachte er kommt erst im Februar zurück.“

Erik setzte mich wieder auf dem Boden ab und schlug vor: „Kommt, wir gehen ein Stück weiter vor.“

Langsam und möglichst unauffällig schlenderten wir an ein paar Seelen vorbei, bis wir fast ganz vorne in der Schlange angekommen waren.

„Sind Sie nicht Johannas Junge?“ Hörte ich Dora gerade fragen.

„Genau der bin ich.“ Ford legte sein sexy Lächeln auf und streckte Dora die Hand entgegen.

Doch sie blickte nur misstrauisch in sein Gesicht. „Was tun Sie hier?“

„Ich besuche meine Großeltern.“

„Ich wollte eigentlich wissen, was Sie hier tun. Jetzt. So früh am Morgen."
„Ich mache einen Spaziergang."
Dora sah auf ihre Armbanduhr. „Um halb neun morgens?"
„Der Jetlag. Wissen Sie, ich bin gerade erst aus Amerika zurück. Ich konnte nicht schlafen, und dachte, ich mache einen kleinen Spaziergang durch dieses Winteridyll."
Ford grinste immer noch frech, während Dora ihn nach wie vor skeptisch anstarrte.
„Und Sie, was veranstalten Sie hier?" Er sah zu uns herüber. „Betreiben Sie irgendeine Art von Nachtwanderung für Obdachlose?"
„Wie bitte?", stieß Dora empört hervor.
„Sie wollen mir doch nicht erzählen, dass dies hier die neueste Mode ist."
Dora besann sich offensichtlich auf ihre zurechtgelegte Ausrede, denn sie stützte die Hände in die speckigen Hüften und begann in gelassenem Tonfall zu erzählen: „Ich biete schon seit vielen, vielen Jahren Abenteuerurlaube hier im Wald an. Mitgenommen werden darf nur das nötigste an Kleidung, Grundnahrungsmitteln und Werkzeugen."
„Und dafür zahlen die Leute Geld?", fragte Ford ungläubig.
„Selbstverständlich. Es ist nicht nur eine sehr wertvolle Erfahrung, sondern die meisten Menschen erleben in dieser Zeit auch eine sehr intensive Entspannung. Kein Fernseher, kein Radio, kein Handy, kein Internet. Einfach nur Ruhe, Natur und die Besinnung auf sich selbst und darauf, was das Notwendigste im Leben ist." Dora sah Ford mit einem zufriedenen Lächeln an.
Ich konnte am Aufblitzen seiner eisblauen Augen erkennen, dass er in Erwägung zog dieses Fragen- und Antwortspiel mit Dora fortzusetzen. Damit sich die angespannte Atmosphäre zwischen den beiden jedoch nicht noch weiter auflud, beschloss ich die Situation zu beenden, indem ich direkt

hinter Dora trat und mich so laut ich konnte räusperte. „Wann geht es denn weiter?“
Dora zuckte erschrocken zusammen, drehte sich zu ihren Schützlingen um und antwortete: „Oh ja, wir gehen sofort weiter.“ Dann richtete sie noch einmal ihr Wort an Ford. „Sie entschuldigen mich, ich muss mich jetzt wirklich wieder um meine Kunden kümmern.“
„Natürlich.“ Er reichte ihr zum Abschied die Hand und zog sie dabei so dicht an sich heran, dass er problemlos über ihre Schulter schauen konnte und grinste mich bis über beide Ohren selbstsicher an. „Schön dich zu sehen.“
„Wie bitte?“, fragte Dora erstaunt und trat einen Schritt von ihm zurück.
Ford schüttelte lachend den Kopf. „Habe ich mich falsch ausgedrückt? Verzeihen Sie. Manchmal fällt mir die deutsche Sprache noch schwer. Ich meinte: Es wäre schön, wenn wir uns irgendwann einmal wiedersehen würden.“
„Ach so. Na, macht ja nichts.“ Dora lächelte ihn zögerlich an, wirkte dabei aber immer noch etwas durcheinander. Schnell verabschiedete sie sich, dann forderte sie uns mit einer Handbewegung auf ihr weiter zu folgen. Die gesprungenen Seelen gingen eine hinter der anderen an Ford vorbei. Manche beachteten ihn gar nicht. Andere versuchten einen kurzen Blick auf ihn zu werfen. Ich hatte mich absichtlich noch nicht vom Fleck bewegt. Ich stand da wie angewurzelt und konnte nicht aufhören ihn anzustrahlen. Kurz nachdem Erik und Silvia an uns vorbei gegangen waren, flüsterte ich beinahe tonlos zu ihm hinüber: „Ich liebe dich.“
Ohne seinen Blick von mir abzuwenden, zog er den Reißverschluss seiner Jacke auf und holte ein Buch heraus. Ich erkannte sofort den schwarzen Ledereinband und die goldenen Zahlen 2005 darauf. Unser Briefebuch. Als Ford es mir entgegen streckte, griff ich sofort danach und schob es unter meinen Mantel. „Danke“, flüsterte ich ihm zu, ehe ich

mich von ihm abwendete und losrannte. Ich stolperte auf meinen noch schwachen Beinen den anderen so schnell wie möglich hinterher. Als ich fast am Ortseingang angekommen war, blieb ich noch einmal stehen und drehte mich zum Friedhof um. Ford stand dort, lässig wie immer, an die Mauer gelehnt. Ich winkte ihm noch einmal zu und ging dann widerwillig weiter über die kleine verschneite Brücke bis zur Dorfkirche. Dort stand Dora neben dem vereisten Brunnen und zählte alle durch.
„Wo warst du denn mein Kind?"
„Mein Schuh war aufgegangen", log ich etwas unbeholfen.
„Jetzt, wo wir alle wieder vollzählig sind, lasst uns schnell weitergehen. Es wartet ein warmes Plätzchen und eine heiße Suppe auf euch.
„Du siehst so glücklich aus", stellte Silvia fest, als ich mich auf dem letzten Wegstück bei ihr einhakte.
Ich konnte nicht aufhören zu strahlen und spürte wie meine Wangen glühten. „Das bin ich auch."

Als wir vor dem umgebauten Kuhstall standen war es im Nu vorbei mit der Ordnung. Viele drängten sich nach vorne, schoben und drückten, nur damit sie die Ersten waren, die sich einen Schlafplatz aussuchen konnten. Silvia und ich blieben entspannt hinten stehen, denn Erik hatte sich bereits breit vor die Tür gestellt und würde uns sicherlich ein Feldbett in seiner Nähe sichern.
„Wie im Schullandheim", meinte Silvia amüsiert.
„Was ist ein Schullandheim?"
„Warst du nie mit der Schule dort?" Sie legte ihren Kopf schief, zog die Stirn in Falten und lachte. „Nein, natürlich nicht. Wie konnte ich das nur vergessen. Also, ein Schullandheim, da fährt man gemeinsam mit seinen Klassenkameraden und ein paar Lehrern für mehrere Übernachtungen hin. Meist werden dort Ausflüge gemacht,

sehr wenig geschlafen und manchmal sogar heimlich Alkohol getrunken."
„Das hört sich lustig an."
Silvia nickte. „Ja, das ist es auch. Du kannst es dir so ähnlich wie hier vorstellen. Nur dass Mädchen und Jungen nicht gemeinsam in einem Raum schlafen dürfen. Aber es wird sich genauso um die besten Schlafplätze gestritten wie jetzt gerade."

Wenig später saßen wir auch schon auf Bierbänken, schlürften vorsichtig unsere Gemüsebrühe und unterhielten uns. Es war mir immer noch unbegreiflich wie still es unter den Seelen im Wald zuging, doch sobald sie Menschen waren, und etwas in ihren Bäuchen hatten, redeten sie ohne Punkt und Komma. Die wichtigsten Gesprächsthemen waren Liebe, Geld und natürlich die Erfüllung ihrer Bestimmungen.
„Freust du dich?", fragte Silvia und angelte sich noch eine Butterbrezel aus der Schale direkt vor ihr.
„Was für eine Frage. Selbstverständlich freue ich mich. Ich dachte, ich würde ihn erst nächsten Monat in Nürnberg treffen und plötzlich steht er vor mir. Genau so, wie wir es damals im Wald geplant hatten. Es kommt mir so vor, als wäre seitdem eine Ewigkeit vergangen. Er wollte uns am Friedhof abpassen, damit wir die Chance hätten mit ihm zu kommen, falls mit Dora etwas nicht stimmen sollte. Wir beide wussten damals schließlich noch gar nichts vom Springen."
„Das ist so süß, Lilou. Ganz ehrlich. Ich bin fast ein bisschen neidisch. Ich wünschte mir, ich hätte auch jemanden." Silvia seufzte traurig und löffelte weiter ihre Suppe. „Wo hast du das Buch hin?"
Ich klopfte mir auf den Bauch.
„Immer noch unter der Jacke?"
Ich schüttelte den Kopf. „Nein, immer noch an meinem

Herzen. Und ich werde es auch nie wieder aus der Hand geben."
„Bist du nicht fürchterlich neugierig, was er dir geschrieben hat?"
„Total, aber ich möchte mit dem Lesen warten, bis sich alle zum Schlafen hinlegen. Dann habe ich mehr Ruhe und muss nicht befürchten, dass mich jemand fragt, was ich da habe."
„Du erstaunst mich immer wieder."
„Ehrlich?"
„Ja. Ich könnte nicht so lange warten. Ich hätte mich vermutlich schon auf dem Klo eingesperrt und würde lesen, lesen, lesen."
Ich dachte einen kurzen Moment über Silvias Worte nach. Auf dem Klo wäre ich tatsächlich alleine und müsste nicht bis heute Abend warten. Aber war das tatsächlich der richtige Ort für einen hoffentlich wunderschönen Liebesbrief? Nicht wirklich. Ich hatte 13 Monde gewartet, jetzt konnte ich es auch noch ein paar Stunden aushalten.

Der Vollmond schien hell in den ehemaligen Kuhstall und ließ den ganzen Raum in einem silbernen Licht erstrahlen. Alle anderen waren bereits eingeschlafen, nur ich saß noch da. Den Rücken an die kalte Steinmauer gelehnt, blätterte ich andächtig durch unser Buch. Ich las einzelne Zeilen meiner eigenen Eintragungen, schloss hin und wieder die Augen, dachte an die verschiedenen Erlebnisse zurück und daran wie ich mich in diesen Momenten gefühlt hatte. Im Januar 2007 hatte ich mich am Berliner Flughafen von Ford verabschiedet. Dort hatte er mir zum ersten Mal gesagt, dass er mich liebte. Bei der Erinnerung an diesen Moment rann mir eine kleine Träne über die Wange und tropfte von meinem Kinn direkt auf die aufgeschlagene Seite des Buches. Ich tupfte vorsichtig mit meinem Ärmel über die Stelle, denn ich wollte nicht, dass die Schrift verwischte. Als die Seite wieder trocken war, blätterte ich zu Fords erstem Eintrag um. Seine Schrift war viel schöner als meine. Fein und verschnörkelt.

New York
Januar 2007

Aingeal, mein Engel,
mir würden so viele wundervolle Namen für dich einfallen, doch den schönsten trägst du bereits. Lilou. Lilou, das hört sich perfekt an. Es gibt wohl keinen schöneren Namen für dich auf dieser Welt. Du findest, ich höre mich kitschig an? Da gebe ich dir vollkommen recht. Noch nie in meinem Leben habe ich mich so dermaßen albern gefühlt. Ich bin hier in dieser schnelllebigen Stadt, die von faszinierender Architektur nur so überschwappt. Doch ich fühle mich wie in Zeitlupe und egal wohin ich sehe, ich sehe nicht die Schönheit der Orte, ich sehe nur dich. Ich sehe, wie ich mit dir im Central Park spazieren gehe. Ich sehe, wie ich mit dir Eis laufe und danach an einem der vielen Stände einen Hotdog kaufe. Ich sehe, wie du mich durch die unzähligen Boutiquen schleppst und ich sehe, wie wir von einer Touristensehenswürdigkeit zur nächsten jagen. Nur damit wir nichts verpassen. Ich sehe, wie du Pläne machst, für dich und für mich. Ich sehe dich in meinem Studentenzimmer auf dem Bett liegen oder mit mir gemeinsam unter der Dusche stehen. Ich sehe, wie wir glücklich sind. Und dann kommt dieser Moment, ich sehe in den Spiegel und sehe nur mich. Ohne dich. Es zerreißt mich. Ohne dich.

Februar 2008

„Da bist du ja endlich. Ich dachte schon, du würdest nicht mehr kommen."

„Entschuldige bitte meine Verspätung. Du weißt, das ist nicht meine Art, aber mein Mann ist bereits vor seiner üblichen Zeit aufgewacht und ich konnte nicht gehen, ehe ich ihm ein Frühstück gemacht hatte."

Anton nahm meine Hand. „Wenn du mir doch nur erlauben würdest ihn zu beseitigen. Es wäre schließlich nicht der erste Mord, welchen ich für dich begehe."

„Ich wollte nie, dass du so etwas für mich tust und einen zweiten Mord werde ich nicht auf mein Gewissen nehmen. Manfred ist und bleibt tabu, egal was für ein elender Nichtsnutz er ist. Aber es gibt Wichtigeres zu besprechen. Lilou ist zurück in der Menschenwelt."

„Es war nicht nötig mich darauf hinzuweisen. Seit 44 Jahren sitze ich hier und beobachte alles für dich, es ist mir also nicht entgangen, dass Lilou gesprungen ist."

Ich strich Anton sanft über die Wange. „Du bist nur so kalt in deinen Gefühlen, weil dir ein Teil fehlt. Sonst würdest du nicht so hart mit mir reden und du hättest Verständnis für die Kinder. Wir müssen es ihnen sagen. So schnell wie möglich! Durch mein Wissen könnten sie eine Chance haben vorzeitig zu entkommen."

Er nahm meine Hand von sich und sah mich mit festem Blick an. „Solange ich nicht mehr über die beiden in Erfahrung bringen konnte, werden wir ihnen gar nichts sagen, hast du verstanden?"

„Was hat sie dir nur getan, dass du so schlimm von ihr denkst?"

„Sie hat mir gar nichts getan, aber wenn ich richtig liege, dann hat Lilou bereits 42 Bestimmungen erfüllt. Wie viele es bei ihm sind, weiß ich nicht. Aber eines weiß ich ganz sicher, nämlich dass das Schicksal immer noch gegen sie ist."

„Was spielt es für eine Rolle, was das Schicksal will? Es sind doch noch Kinder!"

„Meine Liebste, ich befürchte deine lange Menschlichkeit hat dich weich

gemacht. Nein, weichherzig und gefühlsduselig warst du schon immer. Aber du musst einsehen, dass sie keine Kinder mehr sind, sobald sie in der Lage sind etwas so Grausames zu tun, dass sie für ihre Tat so viele Bestimmungen auferlegt bekommen."

„Wie kannst ausgerechnet du die Entscheidungen der obersten Richter für die einzige Wahrheit erklären, wo ich unschuldig, nur auf Grund meiner Gene, dazu verurteilt wurde für immer hier zu sein?"

Anton senkte traurig den Blick. „Du hättest nie zeigen dürfen, was du in Wirklichkeit bist." Nachdenklich schüttelte er den Kopf. „Du hattest deine Elemente so gut im Griff. Ich verstehe nicht, wie du so unvorsichtig hast sein können. Es war doch klar, dass sie dich entdecken und verbannen würden." Eine Träne rann ihm über die Wange, als er mich verzweifelt fragte: „Wie soll ich dich nur jemals zurück in die Seelenwelt bringen?"

6. Das dritte Auge

Februar 2008
Durch die Spalten in den Holzrollos schienen kleine Streifen Sonnenlicht auf Fords Bett. Ich blinzelte verschlafen und sah, dass ich ihm beinahe die ganze Decke geklaut hatte. Vorsichtig robbte ich zu ihm und legte die Decke über seinen kühlen Körper. Ich schmiegte mich eng an seinen Rücken und atmete seinen Geruch ein.
„Sind wir tatsächlich eingeschlafen ohne Sex zu haben?“, gähnte Ford.
„Ich wollte dich nicht wecken.“
Er drehte sich zu mir um und fragte noch einmal: „Sind wir eingeschlafen ohne Sex zu haben?“
Ich rieb mir die Augen und antwortete lachend: „Wie ein altes Ehepaar.“
„Ach quatsch, das ist nur die Umstellung. Ich muss mich an die Zeitumstellung gewöhnen und du musst dich an dein neues menschliches Leben gewöhnen. Bei deinen letzten beiden Sprüngen war es doch auch so, dass du zu Beginn sehr viel geschlafen hast, oder?“
„Ja.“ Ich nickte und streckte mich ausgiebig. „Kaffee?“
Ford setzte sich auf den Bettrand und rieb sich verschlafen über die schwarzen Bartstoppeln. „Erst duschen, dann Kaffee?“
Ich setzte mich hinter ihn, umschlang ihn mit meinen Beinen und küsste seinen nackten Rücken. „Wäre es für dich okay, wenn ich nicht mit unter die Dusche komme, sondern mich so lange an deinen Laptop setze?“
Er drehte sich um und sah mich erstaunt an. „Du möchtest an meinen Laptop?“
„Ist das ein Problem?“
„Nein, natürlich nicht. Es wundert mich nur, normalerweise

bin ich derjenige, der vor dem Ding sitzt."
„Ich möchte nur etwas nachlesen."
„Soll ich dir dabei helfen?"
„Nicht nötig. Es geht um die Unterschiede der Aurafarben. Das interessiert dich bestimmt nicht."
„Gut, dann machen wir es so: Ich gehe duschen und koche Kaffee, solang kannst du ins Internet. Aber danach, hast du Zeit für mich. Einverstanden?"
„Unbedingt, ich werde mir ganz viel Zeit für dich nehmen." Ich zwinkerte ihm frech zu, als er aufstand und mir die Stirn küsste.
„Und du weißt wie alles funktioniert?"
„Ich denke schon."
Er schlüpfte in seine graue Boxershort, die auf dem Boden herumgelegen hatte und verschwand in Richtung Badezimmer, während ich mir meinen geliebten Longsleeve überzog und die Lamellen an den Jalousien noch weiter aufdrehte, damit mehr Licht in den Raum kam. „Eiskalt ist es hier", stellte ich fest und drehte den Thermostat der Heizung von zwei auf fünf hoch. Ich wickelte mir die Bettdecke um die nackten Beine und kämpfte mir mehr oder weniger ungeschickt den Weg zum Schreibtisch frei. Fords Laptop war wie immer an. Ich wusste nicht, was die vielen Symbole auf dem Bildschirm bedeuteten, erkannte jedoch inzwischen das Zeichen für Internet. Ich klickte mit dem Pfeil darauf und gab in das Suchfeld „Aurafarben" ein. Sogleich wurden mehrere Internetseiten angezeigt. Ich wählte die Erste an und las: „Kostenfrei testen. Einmalige Bestimmung ihrer Aura. Danach im Abo monatlich 49,99€!" Ganz klar, eine Abzocke. Die Aura veränderte sich schließlich nicht jeden Monat. „So ein Quatsch!", schimpfte ich. Ich schloss die Seite und scrollte weiter nach unten. Nach einer Weile fiel mir eine Seite auf, die nicht mit Gratisangeboten lockte. Ich öffnete sie und fand weder Werbung noch sonst etwas vor, das mich

abschreckte. Ich wählte den Button „Aurafarbe“ aus und scrollte bis zur Farbe Orange hinunter. Am besten konnte ich wohl überprüfen, ob es sich hierbei um eine professionelle Seite handelte, wenn ich die Eigenschaften meiner eigenen Aura abglich. Ich rieb mir die kalten Hände aneinander, klickte das orangene Feld an und las leise vor: „Das Sakral-Chakra steht für Sexualität, Emotionen und Kreativität.“ Ich lehnte mich in Fords Bürostuhl zurück und lächelte verlegen. „Hmm, das scheint zu stimmen. Aber was ist mit Erik?“ Ich wählte mit einem erneuten klick die Farbe Rot an. „Das Wurzel-Chakra steht für Überleben, Instinkt und Stabilität. Eindeutig richtig. Okay, kommen wir zu Lila.“ Ich war etwas nervös als ich das Feld mit der lila Farbe anwählte. „Das Stirn-Chakra steht für Willenskraft, Wahrnehmung und Erkenntnis. Es wird auch ´Das dritte Auge` genannt.“
Ford stand plötzlich hinter mir und fragte: „Kaffee?“
Ich erschrak so sehr, dass ich vom Stuhl hoch sprang und den Laptop zuklappte.
„Bei was habe ich dich denn ertappt?“, fragte er lachend und stellte die beiden dampfenden Tassen auf dem Tisch vor seinem Sofa ab.
Verlegen sah ich an ihm vorbei. „Ach, nichts. Ich habe dich nur nicht gehört und dann warst du auf einmal direkt hinter mir. Da habe ich mich eben erschrocken.“
„Du bist vom Stuhl gehüpft, als hätte ich dich dabei erwischt wie du dir ohne mich einen Porno ansiehst.“ Er streckte die Hände nach mir aus und zog mich zu sich aufs Sofa. „Sag schon, was hast du dir angesehen?“
„Aurafarben. Das hatte ich dir doch gesagt.“
„Okay, ich glaube dir.“ Er trank einen Schluck Kaffee und fragte dann: „Wie geht es heute weiter? Hast du irgendwelche Pläne?“
Ich beugte mich vor und nahm mir meine Tasse. „Ich muss zu Martin. Erik und Christina kommen auch.“

„Geht der Unterricht los?"
„Nein, er möchte heute nur alles mit uns besprechen. Anscheinend hat er eine Art Stundenplan erstellt."
„Dann hattest du also schon Kontakt zu ihm, seitdem du zurück bist?"
Ford klang etwas eingeschnappt, daher schüttelte ich schnell den Kopf und küsste ihn auf seinen warmen, weichen Mund. „Er hat mir nur einen Brief geschickt. Einen sehr langen Brief um genau zu sein, in dem er mir einen ersten Vorgeschmack seines Planungstalentes gegeben hat. So wie es aussieht, hat er alles sehr genau durchdacht."
Ford stellte seine Tasse ab, legte seinen Arm um meine Schulter und zog mich etwas dichter an sich heran. „Das hört sich schrecklich an."
„Ja, ich befürchte er ist in solchen Dingen etwas anstrengend." Ich lachte, um die Stimmung aufzulockern: „Erik und Martin werden sich ganz schön auf die Nerven gehen, das wird bestimmt lustig."
Ford lachte nicht mit, er nahm mir meinen Kaffee aus der Hand und küsste mich. Seine kühlen Fingerspitzen strichen sanft über die lange feine Narbe an meinem linken Unterarm. „Das tut mir schrecklich leid."
„Was tut dir leid?", fragte ich verwundert.
„Die vielen Narben auf deiner Seele. Wenn ich sie sehe, muss ich unweigerlich daran denken, was dir wohl alles passiert ist."
„Aber du kannst doch nichts für meine Narben", entgegnete ich.
Er strich mir die Haare zurück und küsste mich auf die kleine rötliche Narbe hinter dem Ohr. „Für diese schon", bemerkte er nachdenklich, dann wanderten seine Lippen weiter an meinem Hals hinunter, bis zu meinem Schlüsselbein. Ich schloss die Augen und dachte an jenen Moment zurück, an dem die Narbe entstanden war. Es war nun beinahe zwei

Jahre her. Damals war ich mit Erik aus Prag zurückgekommen und wollte Klarheit in die Situation mit Ford bringen. Ich wollte noch einmal mit ihm über alles reden, bevor ich mich dazu entschloss den Seelenläufern beizutreten. Und da war es passiert. Wir hatten nicht wie geplant miteinander geredet, sondern uns geküsst. Irgendwie waren wir dann auf seinem Bett gelandet und die Erinnerung an ihn und an seine Berührungen hatte mich schwach gemacht. Ich hatte mich fallen lassen. Mehr noch, ich hatte die Kontrolle über mich verloren. Plötzlich schlug seine Faust so dicht neben meinem Kopf auf, dass ich vor Schreck zusammengezuckt war. Er hatte mich angeschrien und war dann im Badezimmer verschwunden. Sein Zorn hatte mir solche Angst gemacht, dass ich ohne nachzudenken, so schnell wie möglich davon gerannt war. Verwirrt durch diese Erinnerung schüttelte ich den Kopf und Ford fragte: „Soll ich aufhören?"
„Nein. Hör nicht auf." Ich schob die Erinnerung an jenen Abend beiseite und konzentrierte mich voll und ganz auf das hier und jetzt. Wie sehr hatte ich es vermisst ein Mensch zu sein. Die Hormone schossen mir wie eine heiße Flüssigkeit durch die Adern und brachten mein Herz zum Stolpern. Seine Hände vergruben sich in meinen Locken und sein Oberkörper drückte mich aufs Sofa.
Seine Lippen lösten sich noch einmal für einen kurzen Moment von mir und flüsterten in mein Ohr: „Ich will dich! Jetzt!"
Ohne auf eine Antwort zu warten, legte sich sein Mund erneut auf meinen und saugte zärtlich an der Unterlippe. Wir brauchten keine Worte. Wir verstanden einander auch so. Wir brauchten uns nur zu spüren und die Welt um uns war vergessen. Eine seiner Hände glitt mir zwischen die Beine und hinterließ eine mir wohl bekannte Hitze auf der Haut. Wo immer er mich berührte, war es, als würde er mich

verbrennen. Aber es war kein unangenehmer Schmerz. Im Gegenteil, es fühlt sich mehr danach an, als würde ich genau dieses Brennen brauchen, es vermissen, es in mich aufnehmen. Als würde es zu mir gehören. Schon immer.
Seine Erektion presste sich fest gegen meinen Venushügel, sodass ich nicht anders konnte, als meine Hüfte nach oben zu schieben. Ich wollte mehr von ihm. Ich wollte alles. Er verstand meine Bewegung sofort, streifte sich die Boxershort hinunter und glitt tief in mich hinein. Und wieder fühlte ich, wie er mit jeder seiner Bewegungen meine Seele berührte. Es war nicht ganz so intensiv, wie es im Wald gewesen war und doch war es anders, als die Male zuvor. Ich sog die Luft in meinen geöffneten Mund ein und stöhnte laut, als er mein Bein anhob und noch etwas tiefer in mich fuhr. Ich öffnete die Augen um ihn anzusehen, doch Ford verschwamm, dass Zimmer begann sich zu drehen und aus den Wänden schlängelten sich lilafarbene Farbspiralen. Sie schwirrten um mich herum, umschlangen mich und nahmen mich mit in ein helles, gelbes Licht. Es zog mich in sich hinein und dann war ich dort. In dem Haus, in welchem die Nebelläufer meine Gefühle gefangen gehalten hatten. Ich stand im Flur und sah mich ängstlich um. Ich war alleine. Langsam ging ich zu der offenen Küchentür und sah hinein. Die alten Möbel waren noch genau da, wo sie immer gestanden hatten, aber die Geräte waren weg. Kein Herd, keine Spülmaschine, keine Kaffeemaschine, nichts. Es schien Frühling zu sein, denn die Sträucher und Bäume vor der großen Fensterfront blühten in den schönsten Farben und die Sonne strahlte warm zu mir herein. Erst jetzt fiel mir auf, dass die sieben Stühle nicht wie sonst ordentlich um den Esstisch standen, sondern alle umgeworfen auf dem Boden lagen. So als wären die Menschen, die darauf gesessen hatten, vor irgendetwas davon gelaufen und hatten sie in der Eile achtlos umgeworfen. Die Farbe der Sonnenstrahlen veränderte sich von gelb zu lila und

plötzlich tanzten wieder die Farbspiralen um mich herum, rissen auf und das warme Licht zog mich hindurch zurück in Fords Arme.
„Alles okay bei dir?“ Ford lag immer noch auf mir und schaute mich mit gerunzelter Stirn an. „Hat es dir nicht gefallen?“, fragte er ernst.
Völlig verwirrt rieb ich mir die Augen.
„Bist du etwa eingeschlafen?“ Nun sprang er zornig auf und zog sich die Hose wieder über seinen knackigen Hintern.
„Nein. Ich, ich“, stotterte ich vor mich hin. „Ich kann es nicht erklären. Es war, als hätte mich irgendetwas oder irgendjemand weggeholt um mir etwas zu zeigen. Ich denke, dass Sam etwas passiert ist.“
Ford schlug die Schranktür so heftig zu, dass sie ihm wieder entgegen kam. Vor Zorn verabreichte er ihr einen Tritt und schlug dann noch einmal mit der Faust dagegen.
Der laute Knall ließ mich erschrocken zusammenzucken. „Es tut mir leid. Ich weiß nicht, was genau gerade passiert ist. Ich kann dir nur sagen, wie es sich angefühlt hat.“
Er drehte sich nicht zu mir um, sondern drückte seine Stirn gegen die Schranktür. „Wer ist Sam?“
„Habe ich dir nicht von ihm erzählt?“, fragte ich kleinlaut.
„Nein.“
„Als die Nebelläufer mich oder besser gesagt meine Gefühle in dem Haus eingesperrt hatten, da war ich nicht alleine. Sam war bei mir. Ich kenne ihn aus einem meiner vergangenen Leben.“
„Wart ihr zusammen?“ Immer noch sah er mich nicht an. Ich war sogar froh darum, denn seine Stimme klang so kalt, dass ich gar nicht erst in seine eisblauen Augen sehen wollte.
„In dem vergangenen Leben oder in dem Haus?“
Wutentbrannt drehte er sich um. Ich hatte recht gehabt, seine Augen sahen aus, als könnten sie mich in eine Eisstatue verwandeln. „Beides, Lilou! Ich will beides wissen!“

„1594. Ja, da waren wir zusammen. Aber nicht in diesen schrecklichen Träumen. Da war er mir einfach nur eine Stütze um nicht durchzudrehen. Verstehst du?“
Ford verschränkte die Arme vor der Brust und lehnte sich zurück. „Während die Nebelläufer meine Erinnerungen an dich, vollkommen alleine in einem nebligen Wald eingesperrt hatten. Haben sie deine Gefühle für mich also zusammen mit einem deiner Ex-Freunde in ein Haus gesteckt? Findest du das irgendwie fair?“
Ich ging zu ihm hinüber und versuchte ihm meine Hand auf die Wange zu legen, doch er umgriff grob mein Handgelenk und drückte meinen Arm wieder nach unten. „Fass mich jetzt nicht an.“
„Ich kann nicht mehr tun, als mich zu entschuldigen. Aber du musst doch auch verstehen, dass ich nichts dafür kann. Es war nicht meine Entscheidung mich gemeinsam mit Sam, einem Nebelläufer und einem Monster in ein Haus einsperren zu lassen. Außerdem war es nicht echt. Wir waren nicht in Wirklichkeit dort, das alles hat doch nur in unseren Köpfen stattgefunden.“
Fords zitternde Hand ließ mich los und legte sich zärtlich in meinen Nacken. „Du gehörst mir!“
„Ja,“ hauchte ich. „Ich gehöre dir.“
Als Ford mein Gesicht näher an das seine heranzog und mich küsste, sah ich Sam vor mir und eine tiefe, unerklärliche Traurigkeit erfüllte meine Seele.

New York
Februar 2007

Aingeal, mein Engel,
heute Morgen stand ich vor dem Spiegel und habe meine Zähne geputzt. Ich musste an die letzte WG-Party denken. Du weißt schon, die Geburtstagsfeier der Drillinge. Irgendwann nachts, ich glaube, es war gegen drei Uhr, standen wir beide gemeinsam im Badezimmer und putzten uns die Zähne. Wir konnten nicht aufhören uns gegenseitig anzugrinsen, da tropfte dir ein Klecks Zahnpasta aus dem Mund und landete auf deinem geliebten Schlaf-Longsleeve. Ich legte meine Zahnbürste zur Seite und half dir dabei ihn auszuziehen. Nackt wie du nun warst, hast du einfach weiter deine Zähne geputzt und mich angelächelt. Es ist nichts Besonderes passiert in diesem Moment, und doch bedeutet er mir so viel. Egal wie unsicher ich mir über uns beide jemals gewesen war. Durch diesen Moment wurde die letzte kleine Unsicherheit einfach beiseite gewischt. Und ich wusste, es gab kein Zurück mehr für mich. Ich würde dich immer lieben und das alles nur, weil ich in diesem kleinen unscheinbaren Moment neben dir stand und mich so grenzenlos leicht gefühlt habe.

7. Im Nebel ein Feuer

März 2008

Am ersten März hatten Erik und ich unser Training mit Martin begonnen. Wir trafen uns nun jeden Morgen kurz nach Sonnenaufgang am Marienberg. Martin wollte nicht, dass wir vor Sonnenaufgang trainierten, um die Aufmerksamkeit eventuell herumgeisternder Nebelläufer nicht auf uns zu ziehen. Er wollte aber auch nicht am hellichten Tag mit uns trainieren, wenn uns die Menschen beobachten konnten. Daher also jeden Tag kurz nach Sonnenaufgang, wenn so wenig Menschen wie möglich hier waren und die Nebelläufer wieder an die Zwischenwelt gebunden waren. Sportklamotten waren Pflicht, nicht weil wir uns so viel bewegten, sondern für den Fall der Fälle, dass uns doch einmal ein morgendlicher Jogger über den Weg lief. Dann erweckten wir zumindest den Eindruck, als wären wir ebenfalls sportbegeisterte Frühaufsteher.

Unser Training bestand hauptsächlich aus Yogaübungen, mit welchen wir unsere innere Mitte oder besser gesagt, den Zugang zu unserer Seele finden sollten. Wenn wir Zugang zu unserer Seele hatten, kam Schritt Nummer zwei. Unser Element. Martin hatte Macht über das gleiche Element wie ich. Den Wind. Zu Beginn unserer Treffen demonstrierte er uns jedes Mal, wie er auch als Mensch dazu in der Lage war, den Wind zu beeinflussen. Er beteuerte immer wieder, es würde ihm nur darum gehen, uns mit seinen Vorführungen zu motivieren. Ich hatte jedoch eher den Eindruck, dass er uns mit seinem Können beeindrucken wollte. Zumindest ein klitzekleines bisschen.

Ich saß neben Erik im Schneidersitz auf einer kleinen Mauer und sah schmunzelnd zu wie Martin auf der Spitze des Berges stand und mit geschlossenen Augen den Wind von Ost nach

West drehte.
„Fantastisch.“ Erik klatschte begeistert in die Hände und fragte mich: „Findest du nicht auch?“
Ich nickte fleißig und grinste weiter, während Martin seine Vorführung beendete und selbstsicher in seinen engen Laufhosen auf uns zukam.
„Jetzt seid ihr an der Reihe.“
Erik sprang sofort auf und rannte mit langen Schritten auf die Spitze des Hügels. Dort angekommen setzte er sich auf die feuchte Wiese und vergrub seine Finger in der Erde.
„Erde ist ein langweiliges Element“, stellte ich fest und band meine Haare zu einem lockeren Dutt.
Martin setzte sich neben mich auf die Mauer und sagte: „Jeder denkt von seinem Element, dass es das Beste ist. Das ist ganz natürlich. Aber warte nur mal ab, wenn du mit ansiehst wie ein Mensch mit einem einzigen Faustschlag, wie aus dem Nichts, ein metertiefes Loch in die Erde schlägt. Das ist absolut faszinierend.“ Er legte seine Hand auf mein Knie und ich wusste sofort, dass er mir jetzt gleich einen gut gemeinten Rat erteilen würde. „Lilou, auch wenn es für dich nicht so aussieht. Dieses Training wird für dich einmal von großem Nutzen sein. Die Seelenläufer senden ihre Mitglieder grundsätzlich paarweise aus. Ein Paar mit zwei verschiedenen Elementen. So könnt ihr euch besser verteidigen, falls es einmal nötig sein sollte. Erik ist eine sehr starke und mächtige Seele. Sein Talent wird dich beschützen. Bitte versuche dich immer mit ihm gemeinsam einteilen zu lassen. Versprichst du mir das?“
Ich nickte und beobachtete weiter wie Erik auf dem Boden saß.
„Du nimmst das alles viel zu leicht!“ Martin sprang von der Mauer und ging wütend vor mir auf und ab.
„Aber was sollen denn schon für Gefahren auf uns lauern? Ich meine, wir reisen durch die Welt und suchen nach euren

sogenannten Puzzleteilen. Was soll dabei bitte passieren?"
Er blieb direkt vor mir stehen und sah mich mit ernstem Blick an. „Diese Puzzleteile sind in den meisten Fällen sehr wertvolle Artefakte, die auf dem Schwarzmarkt Höchstpreise erzielen würden. Angriffe von Schmugglerbanden sind also keine Seltenheit während eurer Reisen. Da kann es dann schon ganz hilfreich sein, einen zwei Meter großen Mann an seiner Seite zu wissen, der dazu in der Lage ist mal schnell einen unüberwindbaren Erdwall zwischen euch und eure Verfolger zu bringen."
Wieder nickte ich, doch diesmal ohne Lächeln auf den Lippen. „Ich verstehe. Ich habe wohl noch einiges zu lernen."
„Ja, den Eindruck habe ich auch. Wann ist deine nächste Stunde bei Christina?"
„Immer Dienstagvormittag."
„Ich werde mit ihr sprechen. Eine Stunde pro Woche ist meiner Meinung nach nicht ausreichend. Wenn der Rat kommt um euch zu prüfen, müsst ihr herausragend sein. Ich befürchte, sonst nehmen sie dich mir weg."
„Wer ist der Rat?"
„Die 6 ältesten und wichtigsten Mitglieder der Seelenläufer."
„Und die werden uns prüfen?", fragte ich nervös.
„Sie werden irgendwann hier auftauchen und prüfen welche Fortschritte ihr macht. Wenn ihr sie dann nicht überzeugt, werden sie euch vermutlich mit nach Prag nehmen und euch dort einem wesentlich härteren Training unterziehen. Und jetzt heb deinen kleinen Hintern hoch und trainiere!"

Später am Abend stand Silvia im Türrahmen meines Zimmers und zeigte ungeduldig auf ihr Handgelenk.
Ich setzte mich erschöpft auf meinen Korbsessel unter den Giebelfenstern und sah sie skeptisch an. „Was genau machst du da?"
„Ich zeige dir, dass es schon ziemlich spät ist."

„Indem du auf dein leeres Handgelenk deutest?“
„Stell dir einfach vor, ich würde eine Uhr tragen.“
Fertig angezogen stand ich auf und schnappte mir meine Handtasche, die auf dem Bett lag. „So jung und schon so ungeduldig.“ Lächelnd ging ich an ihr vorbei in den Flur hinaus.
„Warte mal.“
„Was ist?“ Ich drehte mich um und sah meine Freundin erwartungsvoll an.
„So willst du gehen?“
Irritiert sah ich an mir hinunter. „Stimmt was nicht?“
„Viel zu sexy. Hättest du nicht einfach eine Jeans anziehen können?“
„Ich mag den Rock aber.“
„Ja klar, ich finde ihn auch schön, aber meiner Meinung nach etwas zu kurz und zu eng, für ein Abendessen alleine mit deiner Freundin.“
Ich sagte nichts, sondern legte den Kopf etwas schief und lächelte.
„Ich verstehe.“ Silvia nickte wissend. „Du wirst nach dem Essen nicht wieder mit mir nach Hause kommen. Habe ich recht?“
Ich spürte wie meine Wangen rot und mein Grinsen immer breiter wurde.
„Ford kann sich wirklich glücklich schätzen, dich als Freundin zu haben.“
„Komm schon, wir haben eine Tischreservierung“, lenkte ich vom Thema ab und zog Silvia mit mir mit.

Eingehakt gingen wir wenige Minuten später die Pirkheimerstraße entlang.
„Und das Lokal soll gut sein?“, fragte ich erwartungsvoll.
„Oh ja, mein Bruder hat es mir empfohlen. Das Essen soll richtig lecker sein, und außerdem ein so romantisches

Ambiente, dass er dort seiner Freundin Steffi den Antrag gemacht hat."
„Vielleicht gehe ich dann mit Ford auch mal hin. Er hat doch bald Geburtstag."
„Ein romantisches Essen, danach ein Spaziergang durch den Park. Ein warmer Frühlingswind zerzaust dir die Locken, ihr küsst euch leidenschaftlich."
Ich blieb stehen und sah Silvia lächelnd an. „Was ist denn mit dir los?"
„Erzähle ich dir später."
Ich hakte mich wieder bei ihr ein und bettelte: „Ach bitte, erzähl es mir doch jetzt."
„Also gut. Fabi war heute bei mir und hat mir gebeichtet, dass er mit seiner Freundin Schluss gemacht hat, weil er in mich verliebt ist."
„War das nicht genau das, was du nicht wolltest? Du und Fabi ein Paar. Du wolltest doch unbedingt deine Bestimmung erfüllen und jetzt wo dein Bruder verlobt ist, wird es bald soweit sein."
„Ja, ich weiß, aber ich dachte mir, ich nehme Fabi einfach mit auf die Hochzeit, wenn mich dann der fremde Mann zum Tanzen auffordert, kann ich ohne Probleme ablehnen. Ich bin ja schließlich mit Begleitung da. Ich werde nicht mit ihm tanzen, sondern mit Fabi und so meiner Bestimmung ohne große Probleme aus dem Weg gehen."
„Versteh mich bitte nicht falsch, ich freue mich total darüber, dass du dich entschieden hast nicht zu gehen. Du wirst bei mir bleiben, das ist großartig. Aber woher dieser plötzliche Sinneswandel?"
„Keine Ahnung. Ich denke, ich habe so etwas wie kalte Füße. So wie vor der Hochzeit. Erst bist du dir total sicher, dass du das wirklich willst, doch kurz bevor es dann soweit ist, bist du dir plötzlich alles andere als sicher. Verstehst du mich? Ich meine, es geht doch schließlich darum, dass ich dieses Leben

für immer verlassen soll."
Ich nickte nachdenklich. „Ja, ich verstehe dich, sehr gut sogar. Ich war mir schon unzählige Male unsicher."
„Was ist das?" Silvia blieb stehen und sah mit starrem Blick an mir vorbei. Ihr Gesicht wurde so blass und kalt, dass sie aussah als wäre ihre Haut aus feinem, weißen Porzellan und könnte jeden Moment in tausend kleine Teile zerspringen.
„Was ist mit dir?", fragte ich erschrocken, doch dann spürte ich wieder diese unnatürliche Kälte an meinen Füßen. Ich sah an mir hinunter und entdeckte den Nebel. Kalter Nebel umschloss unsere Knöchel wie Fußfesseln aus purem Eis. Ich spürte die Kälte meinen Körper hinaufsteigen und als sie an meinem Herzen angekommen war, da breitete sich diese schreckliche Todesangst in mir aus, die ich nur zu gut kannte. Ich hatte sie bereits erlebt. Zweimal. Im Wald, als die Nebelläufer mich nach Sonnenuntergang außerhalb der Lichtung erwischt hatten. Ich spürte, dass ich weinen wollte, doch mein menschlicher Körper tat nichts. Er stand einfach nur da und starrte weiterhin auf den Boden. Und so musste ich mit ansehen wie der Nebel an meinem Körper hinaufstieg. Ich konnte nichts dagegen tun. Sie würden mir meine Gefühle nehmen, ich wusste es und konnte wieder nichts dagegen tun. Eine eiskalte Hand mit langen, dünnen Fingern legte sich auf meine Stirn und hob mein Gesicht nach oben. Ich blickte in die weißen Augen eines Nebelläufers. Sie sahen aus, als würde der Nebel in ihnen wohnen. Aus dem Augenwinkel heraus sah ich Silvia. Sie stand da, wie versteinert. Ihre blasse Haut verwandelte sich in Nebel und vermischte sich nach und nach mit der weißen Nebelwand, die uns umgab. Sie löste sich auf und kurz bevor sie für mein menschliches Auge völlig verschwunden war, umschlossen mich erneut die lilafarbenen Spiralen. Sie rissen auf und das gelbe Licht zog mich fort.

Der Nebel war verschwunden und ich konnte mich wieder bewegen. Ich sah auf und erkannte, dass die Nebelläufer mich zurück gebracht hatten. Zurück in dieses Haus. Ich stand genau an der selben Stelle, an der ich bei meinem letzten Besuch gestanden hatte. Schon immer hatte mich der Keller angezogen. Wie ein unsichtbares Band, welches mich nach unten ziehen wollte um mir etwas Wichtiges zu zeigen. Doch dieses Mal war das Ziehen stärker. Es brannte in mir wie ein Feuer. Ein Feuer, dem ich nicht widerstehen konnte. Ich ging zielstrebig an der Küche vorbei direkt zur Kellertreppe. Wild entschlossen endlich herauszufinden, wer oder was dort auf mich wartete. Doch ich konnte nicht. Tränen liefen mir heiß übers Gesicht als ich sah, weshalb ich nicht nach unten gehen konnte. Sieben verbrannte Leichen lagen auf den Stufen. Sieben verbrannte Kinderleichen versperrten mir den Weg zu einem Geheimnis, welches vielleicht niemals gelüftet werden sollte. Mit einem Mal schlugen lilafarbene Flammen aus dem Keller zu mir hinauf. Ihre züngelnden Spitzen berührten mich und doch verbrannten sie mich nicht. Ich spürte nur ein Brennen auf meiner Haut, so wie Fords Berührungen brannten, ohne dass sie mir wehtaten. Die Flammen stiegen immer weiter die Stufen hinauf, bis sie mich vollkommen umschlossen hatten. Sie wirbelten um mich herum und wollten mich mit nach unten ziehen. Mich dort hinführen, wo sie ihren Ursprung hatten. Doch das gelbe Licht erschien und zog mich zurück in die Menschenwelt.

Als ich versuchte die Augen zu öffnen, fühlten sie sich verklebt und dick an. Ich wollte an ihnen reiben, doch irgendetwas steckte an meinem Zeigefinger. Er fühlte sich merkwürdig schwer an.
„Ich bin hier." Fords warme Hand streichelte mir über den Arm und zog das Ding von meinem Finger. Verzweifelt kratzte ich mir die Krusten von den Wimpern und öffnete

vorsichtig die Augen. Ein grelles, weißes Licht blendete mich, sodass ich nicht sehen konnte, wo ich war. „Wo bin ich?“, fragte ich mit trockenem Hals.
„In der Notaufnahme. Eine Frau hat dich in der Pirkheimerstraße auf dem Gehsteig liegend gefunden und den Notdienst gerufen.“
Ich versuchte mich aufzusetzen, schaffte es jedoch nicht.
„Woher weißt du, dass ich hier bin?“
„Martin hat mich angerufen.“
„Martin?“
„Er ist draußen und telefoniert. Aber ich würde jetzt gerne wissen, was dir passiert ist?“
Da fiel es mir wieder ein. Die Straße, der Nebel und Silvias versteinertes Gesicht. „Wo ist sie?“, fragte ich entsetzt.
„Silvia?“
„Ja.“
„Neben dir wurden nur ein paar Kleider gefunden. Möchtest du erzählen, was euch passiert ist?“ Ford sah mich besorgt an.
„Ja.“ Ich nickte zaghaft und versuchte meine Erinnerungen zu sortieren. „Ich war mit Silvia unterwegs, wir wollten etwas Essen gehen und dann kam der Nebel und ich konnte nichts tun.“ Wieder wollte ich weinen, doch es klappte nicht. „Wieso kann ich nicht weinen?“
„Du hast die ganze Zeit geweint, du warst bewusstlos und hast trotzdem die ganze Zeit geweint. Irgendwann hast du dann aufgehört. Ich denke, es waren einfach keine Tränen mehr da.“
Ich versuchte erneut mich aufzusetzen. Ford half mir dabei, indem er mich am Rücken stützte. Verzweifelt schüttelte ich den Kopf. „Es waren die Nebelläufer. Sie haben Silvia mitgenommen und mich zurück in dieses Haus gesteckt.“
Ford strich mir zitternd die Haare hinter die Ohren und reichte mir einen Becher mit Wasser. „Bist du dir sicher?“, fragte er ängstlich.

„Absolut sicher."
„Es tut mir leid um deine Freundin und auch wenn ich jetzt egoistisch klingen sollte, ich bin einfach nur froh, dass du hier bist und dich an mich erinnerst." Sanft küsste er mich auf die ausgetrockneten Lippen und fragte: „Was ist mit deinen Gefühlen? Sind sie noch da?"
„Alles noch da." Unbeholfen lächelte ich ihn an. „Sie hatte sich entschlossen zu bleiben. Ich meine, Silvia, sie hatte sich endlich eingestanden, dass sie in Fabi verliebt war, und wollte hier bleiben."
„So schnell kann es also gehen?", fragte Ford traurig und schluckte schwer.
„Ja, so schnell kann ein Leben vorbei sein."

New York
März 2007

Aingeal, mein Engel,

ich bin überwältigt von dieser Stadt. Ich habe schon öfters den St. Patrick´s Day in Dublin gefeiert und wie du dir vorstellen kannst ist es ein wahres Saufgelage. Doch dieses Fest in New York zu feiern übertrifft einfach alles. Ich wusste nicht, dass die Amerikaner so ausgelassen feiern können. Nach mehreren grünen Bieren habe selbst ich keinen Unterschied mehr zwischen einem Iren und einem Amerikaner erkennen können. Es scheint mir fast so, als wäre das irische Englisch die Sprache der Betrunkenen. Es ist nur nötig genug Alkohol im Blut zu haben und schon hört sich jeder Mensch an, als wäre er ein Ire. Und alles war grün. Die ganze Stadt war grün. Grüne Menschen. Grüne Hunde. Ja sogar die Pferde der Polizei trugen grüne Halfter oder grüne Trotteln. Jede einzelne der unzähligen Leuchtreklamen in dieser Stadt war grün. Ja sogar die Freiheitsstatue hat grün geleuchtet. Es war herrlich. Ich war mit ein paar Studenten aus meinem Wohnheim unterwegs und ich kann dir sagen, als waschechter Ire ist man an diesem Tag ein Frauenmagnet. Aus irgendeinem Grund scheinen die Amerikanerinnen schon auf hundert Meter Entfernung gewittert zu haben, dass ein Ire in ihrer Nähe ist. Ich wirkte auf sie wie eine Kerze auf die Motten. Sagt man das so? Es waren sehr attraktive Frauen dabei. Die meisten von ihnen nur spärlich gekleidet. Meine Freunde waren über glücklich darüber, dass ich bei ihnen war. Denn immer wenn ich eine Frau abgewiesen hatte, dann hat es nicht lange gedauert, bis sie sich von einem meiner Freunde hat küssen lassen. Du brauchst dir keine Sorgen zu machen, Lilou, ich liebe dich. Ich weiß, dass es bei mir etwas länger gedauert hat, mit dem „Ich liebe dich", aber Lilou, wenn ich es einmal gesagt habe, dann meine ich es auch so.

8. Die Tür von Evengard

April 2008
„Wie geht es dir heute?“ Christina sah mich mitfühlend an.
„Unverändert.“
„Möchtest du mir erzählen, was genau das bedeutet?“
Ich schnaufte laut. Seit Silvias Verschwinden saß ich zweimal pro Woche auf Christinas Sofa und wurde von ihr gefragt, wie es mir ging. „Ich bin traurig. Silvia war meine beste Freundin. Jetzt ist sie tot, wie soll es mir da schon gehen?“
Ich war genervt von Christina, denn jedes Mal erzählte sie mir das Gleiche.
„Du darfst ihr Verschwinden nicht mit dem Tod vergleichen. Sie ist ja nicht im herkömmlichen Sinn gestorben. Sie hat ihre Bestimmung erfüllt. Ihre Seele wurde geholt und hat nun die Chance wiedergeboren zu werden. Sie ist nicht für immer gegangen. Es ist wichtig, dass du dir das vor Augen hältst. Lege deine menschliche Ansicht über das Sterben ab und gewöhne dich an den Gedanken, dass unsere Seelen unsterblich sind.“
Natürlich verstand ich, was sie sagte und doch war ich traurig. Meiner Meinung nach zu Recht. Ja, Silvia würde in ein neues Leben hineingeboren werden, aber trotzdem änderte es doch nichts an der Tatsache, dass sie nicht mehr bei mir war. „Wie ist das überhaupt passiert? Wieso haben die Nebelläufer ihre Seele geholt? Sie hatte sich doch entschieden hier zu bleiben! Sie wollte ihre Bestimmung nicht mehr erfüllen!“, brach es aufgebracht aus mir heraus.
„Lilou“, sagte Christina sanft. „Ich bin mir sicher, dass es nicht Silvias Bestimmung gewesen ist mit einem fremden Mann zu tanzen. Sicherlich war es ihre Bestimmung, dass ihr Bruder diese Frau heiratet, vermutlich weil aus dieser Verbindung heraus etwas Wichtiges entstehen wird. Und

genau diese Aufgabe hat Silvia erfüllt. Sie hat die beiden während ihres letzten Aufenthaltes in der Menschenwelt wieder zusammengebracht. Die Beziehung hat sich im letzten Jahr gefestigt und nun wollen die beiden heiraten. Damit war Silvias Bestimmung erfüllt und die Nebelläufer haben keinen Zweck mehr darin gesehen, ihre Seele hierzulassen."

Verzweifelt schüttelte ich den Kopf. „Dann hat sie sich also einfach geirrt? Sie hatte ihre Bestimmung bereits erfüllt, ohne dass sie es gewusst hat?"

„Genau."

„Und wie umgehst du deine Bestimmung? Wie machst du das?"

„Das ist ein sehr wichtiger Punkt in deiner Ausbildung." Christina nahm den Block vom Tisch und notierte sich etwas darauf. „Ich erschrecke immer wieder darüber, was ich dir noch alles beibringen muss. Lass uns dieses Thema in den nächsten Wochen vertiefen, okay?"

„Ich würde aber gerne jetzt wissen, wie du es anstellst!", entgegnete ich aufgebracht.

Christina rückte sich ihre Brille zurecht und sah mich ernst an. „Du musst lernen deinem Gefühl aus dem Weg zu gehen. Das Schicksal wird immer wieder versuchen dich zu deiner Bestimmung zu führen, indem es deine Gefühle beeinflusst. Wenn du also das Gefühl hast, du müsstest deinen nächsten Urlaub unbedingt im Süden verbringen, dann machst du genau das Gegenteil. Du fährst in den Norden. Wenn du das Gefühl hast, du müsstest heute Abend unbedingt eine bestimmte Person treffen, dann sagst du ihr ab."

„So einfach ist das?"

„Einfach?", Christina lachte laut auf. „Es ist alles andere als einfach, immer genau das Gegenteil von dem zu tun, was du eigentlich möchtest. Nimm nur Ford und dich. Du willst zu ihm, du vermisst ihn und du weißt, wie sehr er sich nach dir sehnt. Du musst die Stärke aufbringen ´Nein` zu sagen. Das

wird alles andere als einfach werden.“
Christina bemerkte, dass wir vom eigentlichen Thema unserer heutigen Sitzung abwichen und fragte: „Wie läuft es mit deinen Visionen?“
„Ich hatte keine mehr.“
„Gar keine?“
„Nein. Die letzte hatte ich, als der Nebelläufer mir seine kalte Hand auf die Stirn gelegt hat.“
„Und als du mit Ford geschlafen hast“, stellte Christina fest und notierte sich wieder etwas auf ihrem Notizblock. „Und jetzt passiert das nicht mehr? Ich meine, wenn ihr Sex habt, hast du dann keine Visionen mehr?“
Verlegen griff ich nach der Teetasse auf dem Tisch vor mir und antwortete: „Wir haben keinen Sex.“
Christina sah von ihrem Block auf und blickte mich über ihre Brille hinweg kritisch an. „Keinen Sex? Aber ihr wart doch so versessen darauf, um nicht zu sagen besessen.“
Ich stand auf und ging zum Fenster hinüber. Draußen regnete es und ich begann die Regenschirme der Fußgänger zu zählen.
„Wie geht es Ford damit?“
Ohne mich zu ihr umzudrehen antwortete ich: „Ich erfinde jeden Tag eine neue Ausrede, weshalb ich nicht mit ihm schlafen möchte.“
„Warum sagst du ihm nicht die Wahrheit?“
„Ach, und was ist die Wahrheit? Ich weiß es selbst nicht.“
„Nun, ich vermute, dass du Angst hast. Euer intensives Verhältnis zueinander, seine Berührungen, lösen etwas in dir aus. Ich denke, du hast Angst davor wieder etwas zu sehen, das du nicht sehen möchtest.“ Sie stand auf und stellte sich zu mir ans Fenster. „Jetzt mal von Frau zu Frau. Du musst mit ihm darüber sprechen. Männer vertragen es nicht gut, wenn man eine körperliche Distanz zu ihnen aufbaut. Zumindest nicht, wenn sie den Grund dafür nicht kennen.“

Ich brach eine Blüte der Orchidee ab, die auf dem Fensterbrett stand und hielt sie mir vor die Nase. „Ist dir schon mal aufgefallen, dass Orchideen nicht duften? Ist das nicht seltsam? Gibt es sonst noch Blüten auf der Welt, die nach nichts riechen?“

„Vielleicht haben sie einen Geruch. Einen so feinen und zarten Geruch, dass wir ihn nicht wahrnehmen können. Vielleicht sind sie aber auch einfach nur anders, als die meisten anderen Blumen. So wie du. Du bist auch anders.“

„Inwiefern?“

Christina sah mich nachdenklich an. „Es kommt mir so vor, als würde in dir eine Erinnerung zum Vorschein kommen, eine Erinnerung an ein Leben, welches du nie geführt hast. Ich mache nachts kaum noch ein Auge zu, weil ich nicht aufhören kann über dich nachzudenken. Inzwischen habe ich die zwei Theorien. Die Erste wäre, dass du so etwas wie Flashbacks hast.“

„Was sind Flashbacks?“

„Wie du weißt, therapiere ich nicht nur gesprungene Seelen, sondern auch Menschen. Es kommt bei Menschen vor, dass sie irgendwann einmal ein traumatisches Erlebnis hatten. Aus Selbstschutz wird die Erinnerung daran vom Gehirn beinahe unauffindbar abgespeichert. Aber eben nur beinahe. Nun kommt es vor, dass im Laufe des Lebens ein Ereignis eintritt, nicht unbedingt traumatisch und es muss auch nicht in direktem Zusammenhang mit dem angesprochenen traumatischen Erlebnis stehen, aber aus irgendeinem Grund löst es eine ungewollte Erinnerung aus und der Mensch beginnt unkontrolliert Bilder vor sich zusehen. Bilder, die er sich anfangs nicht erklären kann. Erst nach und nach setzen sich diese Bruchstücke zu einer vollständigen Erinnerung zusammen. Die Patienten sind oft verzweifelt, sie fragen mich, wie es dazu kommen konnte, dass sie all dies vergessen haben.“

„Und was antwortest du ihnen?“, fragte ich neugierig.
„Wie ich schon sagte, Selbstschutz. Die Seele schützt sich selbst vor Erinnerungen, denn nur so ist sie im Stande zu heilen. Wollen wir uns wieder hinsetzen?“
„Sehr gerne.“ Ich setzte mich zurück auf die Couch und legte mir eines der Kissen auf die Beine. Nervös spielte ich damit herum. „Und deine zweite Theorie?“
„Die ist noch nicht so ausgefeilt.“
„Erzählst du sie mir trotzdem?“
„Ich versuche es. Als ich dir von den Seelenläufern erzählt habe, da zeichnete ich dir doch auf einem Blatt die Menschenwelt auf und daneben die Zwischenwelt. Erinnerst du dich?“
„Ja, natürlich.“
„Auf dem Blatt war noch Platz für eine dritte Welt. Die Seelenwelt. Wir glauben fest daran, dass es sie wirklich gibt.“
„Genau. Und um das herauszufinden schickt ihr uns los. Wir sollen auf der ganzen Welt nach Puzzleteilen suchen.“
„Richtig.“ Unsicher lächelte sie mich an. „Es könnte doch sein, dass deine Flashbacks nicht aus einem menschlichen Leben herrühren, sondern Bruchteile einer Erinnerung aus der Seelenwelt sind?“
Ich spürte wie sich mein Herz zusammenkrampfte. „Das Haus und die toten Kinder?“
Christina biss sich auf die Unterlippe und nickte.
„Du meinst, dass könnten meine Kinder gewesen sein?“
„Oder, du warst es, die sie verbrannt hat.“
Erschrocken verbarg ich mein Gesicht hinter den Händen und schüttelte den Kopf. „Nein! Niemals! Das war ich nicht!“
Christina setzte sich neben mich und legte mir eine Decke um die Schultern. „Ich helfe dir, es herauszufinden.“
„Wie denn?“ Noch immer verbarg ich mein Gesicht vor ihr.
„Lass mich dich hypnotisieren.“
„Ich bin mir aber nicht so sicher, ob ich es überhaupt wissen

möchte."
„Sieh mal." Sie griff nach den Taschentüchern und reichte mir eines. „Ich denke, dass diese Erinnerung jetzt zum Vorschein kommen möchte. Sie möchte von dir gehört und gesehen werden. Gib ihr die Möglichkeit dazu und sobald du zurück willst, verspreche ich dir, hole ich dich aus der Hypnose. Einverstanden?"
Ich schluckte einen großen Kloß hinunter und nickte. „Einverstanden."
Christina schob sich ihren Sessel näher an das Sofa heran, während ich mich darauf ausstreckte. Dann legte sie ihre kühle Hand auf meine Brust und sagte: „Du weißt noch wie es funktioniert?"
„Ja."
„Dann legen wir los. Ich zähle bis Drei und du presst bei jedem Atemzug deine Seele so fest wie möglich gegen meine Hand. Eins – Zwei – Drei."
„Wo bist du?"
„Ich stehe im Flur."
„Beschreibe mir den Flur. Ist es dort kalt oder warm? Ist der Flur eingerichtet oder steht er leer? Wie fühlst du dich dort? Fürchtest du dich, oder fühlst du dich wohl?"
„Ich fühle mich, als wäre ich hier zuhause. Es ist hell, aber nicht weil Tageslicht herein scheint, sondern weil ein Kronleuchter mit vielen Kerzen den Flur erhellt. Auf dem Marmorboden liegt ein roter Teppich, der bis zur Treppe reicht. Ich habe heute auch keine kalten Füße, obwohl ich nach wie vor keine Schuhe oder Strümpfe trage."
„Sieh dich um. Fällt dir irgendetwas auf."
„Links von mir hängen Bilder an der Wand."
„Was siehst du darauf?"
„Auf dem einen sehe ich Sam. Er lacht und deutet auf einen großen Berg hinter sich. Ich erinnere mich. Ich wollte schon immer mal auf diesen Berg klettern und an diesem Tag habe

ich es auch endlich getan.“
„Was ist auf dem nächsten Bild zu sehen?“
„Ein Bild von einer schlanken, großen Frau. Sie hat schwarze Haare und trägt ein rotes Kleid. Sie lächelt.“
„Kennst du sie?“
„Ich bin mir nicht sicher. Ich habe das Gefühl, dass ich mich an sie erinnern müsste, aber es fällt mir nicht ein.“
„Und das nächste Bild?“
„Es sind zwei Bilder. Sie hängen dicht beieinander und scheinen zusammen zu gehören. Das eine Bild zeigt eine Wüstenlandschaft in der Nacht. Ein großer, heller Mond scheint. Das zweite Bild ist aus der selben Perspektive gemalt worden. Nur das es jetzt Tag ist und anstelle des Mondes die Sonne am blauen Himmel steht.“
„Du sagtest die Bilder wären gemalt? Sind es denn keine Fotografien?“
„Nein, sie wurden alle gemalt. Oh, Sam ist da. Ich habe gar nicht bemerkt, dass er gekommen ist. Er stand plötzlich neben mir. Er ist nackt.“
„Wieso ist er nackt?“
„Ich weiß es nicht.“
„Ist es dir unangenehm, dass er keine Kleider trägt?“
„Nein, er ist wunderschön. Es ist nicht komisch für mich. Ich kenne ihn doch. Ich weiß wie er aussieht, wie er riecht und wie er sich anfühlt.“
„Was möchte er von dir?“
„Er hat meine Hand genommen und legt sie sich auf die Stirn. Er möchte mir etwas zeigen. Eine Erinnerung.“
„Was siehst du?“
„Eine alte Holztür. Sie ist schon ziemlich abgewittert. In der Mitte ist ein großer Türklopfer angebracht und darunter eine rote Rose gemalt. Evengard.“
„Was bedeutet Evengard?“
„Das ist der Name des Hauses.“

„Welches Haus? Das Haus, in dem du dich gerade aufhältst?"
„Ja."
„Siehst du sonst noch etwas?"
Ich öffnete die Augen und antwortete: „Nein."
„Wieso bist du aufgewacht? Ich habe dich noch nicht zurückgeholt."
„Die Erinnerung war zu Ende. Er hat mich zurückgeschickt."
Christina legte ihre Brille auf den Tisch und rieb sich die Augen. „Wir sollten für heute Schluss machen. Ich werde Sandra bitten, meine restlichen Termine abzusagen, nach Hause fahren, ein heißes Bad nehmen und hoffentlich mal wieder ausreichend Schlaf bekommen. Du solltest dich auch etwas entspannen und danach triff dich mit Ford, erklär ihm alles. Er ist dein Partner. Ich bin mir sicher, er wird für dich da sein wollen."

Gegenüber von Christinas Praxis lag ein Black Bean. Ich holte mir einen Donut und einen Latte Macchiato und spazierte gemütlich durch die Nürnberger Altstadt. Vorbei an der Lorenzkirche, hinunter zum Hauptmarkt. Dort kaufte ich ein leckeres Fladenbrot und gefüllte Oliven bei einem kleinen türkischen Stand. Mein Weg führte mich den Burgberg hinauf vorbei an Martins Haus. Für einen kurzen Moment überlegte ich, ob ich klingeln sollte. Ich hätte so gerne mit jemandem geredet. Darüber wie ich mich fühlte und vor allen Dingen darüber, was ich Ford sagen sollte. Oder besser gesagt, wie ich es ihm am besten sagen sollte. Silvia hätte mir zugehört. Sie hätte mit mir in der Küche gesessen, Kaffee getrunken und mir Ratschläge gegeben. Doch Martin war nicht der Richtige für diese Aufgabe. Er kümmerte sich nicht gerne um Liebesangelegenheiten, dafür war ihm seine Zeit zu knapp. Ich ging durch das Vestnertor und dann geradewegs nach Hause in mein WG-Zimmer. Ich lud Ford per SMS ein heute Abend zu mir zu kommen. Ich duschte, zog mir meine Yoga-

Hose an, weil ich wusste, dass Ford sie sexy fand und flocht meine Haare zu einem unordentlichen Zopf. Ich suchte in Friedas Zimmer eine CD von Tomte heraus und dekorierte mein Zimmer mit Kerzen. Ich schaltete den künstlichen Kamin an und bereitete auf dem Flokatieteppich ein Picknick vor. Mit Fladenbrot, gefüllten Oliven und einer Flasche Imiglikos aus Silvias Weinvorrat. Sie hatte bestimmt nichts dagegen, wenn ich nach fast einem Monat ihres Verschwindens langsam damit begann ihre Habseligkeiten zu verteilen. Ich nahm mir einen gelben Post-it vom Schreibtisch und machte eine Notiz: Silvias Zimmer leerräumen - Tagebuch zu ihrer Mutter bringen? Wer bekommt was?
Es klopfte an der Tür.
„Ja?"
Es war Ford. Er streichelte mir sanft über den Rücken und fragte: „Was machst du da?"
„Ich schreibe auf, was ich noch alles erledigen muss. Bestimmt kommt bald eine neue Mitbewohnerin und dann sollte Silvias Kram aus dem Zimmer verschwunden sein. Vielleicht hat sie sogar noch Sachen, die ihr gar nicht gehören. Es könnte doch sein, dass sie sich etwas von Fabi oder jemand anderem ausgeliehen hat."
„Wenn du möchtest, dann helfe ich dir morgen dabei. Aber nicht mehr heute Abend, okay? Ich hatte einen anstrengenden Tag an der Uni und möchte jetzt gerne einen entspannten Abend mit meiner Freundin verbringen." Er küsste mich auf die Wange, legte seine Jacke und den Rucksack auf den Korbsessel und setzte sich aufs Bett um die Schuhe auszuziehen. „Sieht echt lecker aus, was du da vorbereitet hast."
„Danke." Lächelnd ging ich zu ihm und setzte mich auf seinen Schoß. „Ich wollte es uns schön machen, denn ich muss mit dir reden."
„Was Ernstes?"

„Ja, ich glaube schon."
Ford küsste mich erneut auf die Wange und strich mir die Haare hinters Ohr. Dann küsste er zärtlich meinen Hals und nahm mich fest in die Arme. „Hör mal, du musst mir nichts erklären und es ist auch nicht nötig, dass du dir irgendwelche Ausreden einfallen lässt, weshalb du nicht mit mir schlafen möchtest. Ich verstehe das."
„Ach ja?", fragte ich erstaunt.
„Als meine Freundin Jenny an der Überdosis gestorben ist, da hatte ich wochenlang ein schlechtes Gewissen wenn mir nach, na ja, wenn mir nach Befriedigung war. Ich habe mich selbst gezwungen nicht zu masturbieren, weil ich das Gefühl hatte, es wäre falsch mich der Freude eines Orgasmus hinzugeben, wenn meine Freundin gerade erst gestorben war. Klar ist es in deiner Situation etwas anderes. Du warst mit Silvia nicht körperlich zusammen, aber sie war deine beste Freundin und ich verstehe, wenn du traurig bist und das Gefühl hast jetzt keinen Spaß haben zu dürfen."
Ich war überwältigt von seinen Worten, denn ich hatte nicht geahnt, dass er sich so viele Gedanken gemacht hatte. Ich zog sogar in Betracht es einfach so stehen zu lassen. Ford in dem Glauben zu lassen, dass meine Enthaltsamkeit an der Trauer lag. Doch es wäre wieder nicht die Wahrheit gewesen. Wenn es die Angst vor den Visionen nicht gegeben hätte, wäre seine Nähe alles gewesen was ich wollte. Ich wusste, dass seine Nähe mich über Silvias Verlust hinweg getröstet hätte. Daher beschloss ich ihm alles zu erzählen. Ich stand von seinem Schoß auf, ergriff seine Hand, zog ihn zu unserem kleinen Picknick hinunter und während wir aßen und tranken, erzählte ich ihm alles. Von den lila Farbspiralen und von der Bedeutung, die ich im Internet herausgefunden hatte: ´Das dritte Auge`. Ich erzählte von dem Haus und von den sieben umgekippten Stühlen in der Küche. Davon, wie der Nebelläufer mir die Hand auf die Stirn gelegt hatte, so als

wollte er mir absichtlich etwas zeigen. Und ich erzählte was er mir gezeigt hatte: Sieben Kinderleichen, wie sie schwarz vom Feuer auf der Treppe lagen und mir den Weg nach unten versperrten. Zum Schluss berichtete ich ihm noch von der heutigen Sitzung bei Christina. Von ihren beiden Theorien. Nur ihren grausamen Verdacht, dass ich schuld am Tod der Kinder sein könnte, davon erzählte ich ihm nichts. Ich wollte nicht, dass er mich mit anderen Augen sah. Er sollte keine Mörderin in mir sehen und er sollte auch nicht die Furcht in meinen Augen erkennen. Die Furcht davor, dass ich es wirklich gewesen sein könnte. Wie hatte Christina die Flashbacks noch gleich beschrieben: „Wenn man ein traumatisches Erlebnis hatte, dann kann es passieren, dass das Gehirn als Selbstschutz die Erinnerungen daran beinahe unauffindbar abspeichert. Aber eben nur beinahe. Nun kommt es vor, dass im Laufe des Lebens ein Ereignis eintrifft, nicht unbedingt traumatisch und es muss auch gar nicht in direkter Verbindung mit dem genannten traumatischen Erlebnis stehen, aber aus irgendeinem Grund löst es eine ungewollte Erinnerung aus, einen Flashback."
Was, wenn Sex mit Ford diese Erinnerungen in mir hervorrief? Erinnerungen an ein traumatisches Erlebnis. Ein Erlebnis, das für immer im Verborgenen hätte bleiben sollen?

New York
April 2007

Aingeal, mein Engel,
die ersten Prüfungen habe ich hinter mich gebracht. Ich denke, teilweise sogar ziemlich erfolgreich. Meine Professoren sehen das vielleicht anders, aber ich war zufrieden mit mir. Was habe ich noch so gemacht, außer zu lernen? Lach jetzt nicht, aber ich habe mich im Fitnessstudio angemeldet. Viele der Studenten hier im Wohnheim gehen regelmäßig und ich komme mir neben ihnen etwas schmächtig vor. Daher dachte ich mir, ich versuche es einfach mal. Und dann habe ich mir noch ein Ticket nach Deutschland gekauft. Im Herbst wird meine Oma 70 und da möchte ich unbedingt dabei sein. Ich weiß, dass ich dir versprochen hatte nicht zu kommen. Mir irgendeine Ausrede einfallen zu lassen. Aber ich habe es mir anders überlegt. Ich möchte gerne meine Großeltern sehen und mit ihnen feiern. Meine ganze Familie wird dabei sein. Meine Eltern, Tanten und Onkels. Sogar meine Cousinen und Cousins. Die alte Mühle wird bis unters Dach mit lauten Menschen gefüllt sein. Meine Oma wird viel zu viel kochen und backen. Vermutlich wird zu viel getrunken und dann beschließen alle kurzfristig dort zu übernachten. Als mein Opa 70 wurde, war das ganz genauso. Damals hat mein Onkel Matze mit seinen ganzen Neffen und Nichten (ich war auch dabei) in der Scheune übernachtet. Das war eine coole Aktion. Wir waren die ganze Nacht wach, haben gesungen und gelacht, während Matze auf seiner Gitarre spielte. Ein unvergesslicher Augenblick. Aber das sind sie ja meistens, die spontanen Momente. Vermutlich liegt es daran, dass man keine zu hohen Erwartungen hineingelegt hat. Und wo wir jetzt schon bei den Erwartungen wären, ich habe riesengroße Erwartungen für unser erstes Wiedersehen. Ich werde dich zwar nicht sehen können, aber fühlen und glaube mir, ich will dich fühlen!!!

9. Wie alt ist meine Seele?

Mai 2008

„Guten Morgen meine Schlafmütze." Ich küsste sanft Fords nackten Rücken, doch er rührte sich immer noch nicht. Bereits seit einer halben Stunde streichelte ich zärtlich über seinen ganzen Körper. Gelegentlich ließ er ein leises Schnaufen hören und zuckte kurz, wenn ich an eine empfindliche Stelle kam, aber dann schlief er sofort weiter. Ich hätte auch so gerne noch geschlafen, denn die Drillinge hatten eine unglaubliche Geburtstagsparty für Ford gegeben. Die ganze WG war voller betrunkener, grün angezogener Studenten. Das Motto der Party war Irland und anscheinend hatten die Gäste dieses Motto mit dem St. Patrick`s Day verwechselt und waren deshalb in grünen Klamotten mit reichlich Alkohol hier aufgetaucht. Wir hatten bis morgens um fünf Uhr gefeiert, dann hatte der schwankende und lallende Ford alle Leute aus seinem Zimmer geworfen, war ins Bett gefallen und seitdem nicht wieder zu sich gekommen. Ich krabbelte vorsichtig über ihn hinweg, schlich mich in die Küche und kochte Kaffee. Ich war selbst noch leicht angetrunken, doch an Schlaf war einfach nicht mehr zu denken. Es war bereits kurz vor elf. Ich hatte noch nervenaufreibende drei Stunden Zeit, ehe wir zu Fords Großeltern aufbrechen mussten. Natürlich wäre es schön gewesen von diesen drei Stunden noch zwei zu schlafen, aber ich war so nervös, wie ich es schon lange nicht mehr gewesen war. Das erste Treffen mit der Familie, und dann auch noch die Großeltern. Es wäre nicht so schlimm gewesen, wenn ich nicht ständig daran hätte denken müssen, was Silvia mir vor fünf Jahren erzählt hatte. Sie war damals ohne mich in die Menschenwelt gesprungen, um nach meiner unfreiwilligen Begegnung mit den Nebelläufern nach Ford zu suchen. Auf dieser Suche war sie auch zu der alten Mühle gegangen, in der Fords Großeltern wohnten. Silvia hatte erzählt, dass seine Oma mit einem Besen in der Hand aus dem Haus gekommen war und sie angeschrien hatte: „Verschwinde hier, ich weiß was du bist!“ Wenn sie gewusst hatte, was Silvia gewesen war, dann würde sie auch erkennen, was ich war. Ich war kein richtiger Mensch. Mein Seelenkörper war nur auf Grund von Magie für die Dauer von 13 Monden ein Mensch geworden. Doch wie erkannte sie es? Unterschieden wir uns in irgendeiner Weise von den Menschen? Die Kaffeemaschine gab ein letztes Gurgeln und Zischen von sich, der Kaffee war fertig. Ich füllte zwei Tassen voll und bahnte mir meinen Weg durch den chaotischen Flur zurück in Fords Bett. Ich dachte: Zum Glück sind wir heute Nachmittag nicht da, dann müssen wir zumindest nicht beim Aufräumen helfen. Wobei, aufräumen wäre mir eigentlich lieber, als mich von der Hirtenmarie mit einem Besen vom Grundstück jagen zu lassen.

Zweieinhalb Stunden später saßen wir im Auto und Ford stellte grinsend fest: „Du bist süß.“
„Wieso?“, fragte ich skeptisch.
„Weil du dich so brav angezogen hast und die ganze Zeit deine Stirn runzelst.“
„Und eine runzlige Stirn findest du süß?“
„Nein, aber ich kenne diesen Ausdruck bei dir. Er bedeutet, dass du angestrengt nachdenkst. Vermutlich legst du dir in deinem süßen Lockenkopf gerade zurecht, was du auf welche Frage antworten könntest. Habe ich recht?“
Ich lächelte ihn verlegen an und spürte wie ich rot wurde.
Ford nahm seine Hand von meinem Bein und schaltete einen Gang höher. „Martins Auto ist der Hammer. Wie viel PS hat dieses Ding?“, fragte er begeistert, ehe er seine Hand zurücklegte: „Mach dir keine Sorgen, es sind nur meine

Großeltern. Meine Eltern wären viel schlimmer."
„Da bin ich mir nicht so sicher."
„Doch, auf jeden Fall. Meine Mutter würde dir als erstes die Geschichte meiner Namensgebung erzählen und mein Vater würde dich fragen, ob du vorhast seinen Enkelkindern die Brust zu geben."
„Das ist nicht dein Ernst?", lachte ich.
„Ehrlich, das ist kein Witz. Mein Vater hält eine Frau nur für eine gute Mutter, wenn sie bereit ist ihre Kinder zu stillen."
„Aber du bist doch gerade erst 26 Jahre alt geworden und soweit sie wissen, sind wir noch nicht besonders lange zusammen. Wie kommt er denn darauf, dass wir Kinder bekommen könnten? So was fragt man doch nicht."
„Ich weiß das. Aber ich habe dir schon einmal gesagt: Meine Eltern sind die peinlichsten Eltern auf der ganzen Welt."
„Na ja, wenigstens hätten wir was zum Lachen."
Ford setzte den Blinker und fuhr von der Autobahn. Als die Strecke wieder gerade war, legte er seine Hand zurück auf meine und streichelte mit dem Daumen sanft über die Narbe an meinem Handrücken. „Ich habe mich gefragt, wie alt meine Seele wohl ist? Wie viele Leben ich schon gelebt habe? Was ich alles schon von der Welt gesehen habe und es nur nicht mehr weiß? Ist es nicht irgendwie traurig, dass ich mich an so viele Dinge einfach nicht mehr erinnern kann? Und wer weiß, vielleicht haben wir uns ja auch schon mal gekannt. Irgendwann. Irgendwo. Wir wissen es nur nicht mehr."
„Genau das war der Grund, der Christina dazu bewogen hat sich den Seelenläufern anzuschließen. Sie wollte nie wieder alles vergessen. Und sie wollte nie wieder alles von vorne erlernen müssen. Sie wollte ihre Erinnerungen für immer behalten."
„Das kann ich gut verstehen. Ich überlege, ob es möglich ist, dass ich mich auch den Seelenläufern anschließe?"
„Das würde aber bedeuten, dass du dich umbringen musst,

denn nur wenn du stirbst, bevor du deine Bestimmung erfüllt hast, landest du in der Zwischenwelt und erinnerst dich an alle deine vergangenen Leben. Nur so kannst du erfahren, wie alt deine Seele ist. Und ohne ein entsprechendes Alter, werden sie dich nicht aufnehmen", antwortete ich traurig.
„Lass uns nicht weiter darüber sprechen. Jetzt will ich mich einfach nur darüber freuen, dass meine Großeltern uns eingeladen haben. Sie wollen dich kennenlernen. Das ist doch schön."
„Ja, es ist wirklich nett." Ich rang mir ein fröhliches Lächeln ab und sah die restliche Fahrt aus dem Fenster. Wir fuhren am Rothsee vorbei, durch Hilpoltstein hindurch und bogen am Bahnhof ab. Nach ein paar Häusern fuhren wir wieder aus der Stadt hinaus. Vorbei an Maisfeldern und Wäldern. Bogen ein letztes Mal ab und parkten das Auto auf einem schmalen Stück Wiese neben dem Gartenzaun der alten Mühle.
„Wir sind da."
„Hmm, wollen wir das wirklich tun? Wir könnten auch einfach wieder fahren und von unterwegs anrufen. Wir erzählen, dass wir eine Reifenpanne hatten."
„Du bist so ein Angsthase." Ford stieg aus, ging um das Auto herum und öffnete mir die Tür. „Nimmst du die Blumen mit?"
Ich griff nach hinten und holte die in Papier eingepackten Blumen von der Rücksitzbank. „Okay, gehen wir." Ich hielt in der einen Hand die Blumen und mit der anderen hielt ich Fords Hand fest umklammert. Nervös ging ich auf die Mühle zu, als auch schon die Tür aufging und Fords Oma mit festen Schritten auf uns zukam. Sie reichte mir die Hand, lächelte mich freundlich an und umarmte ihren Enkel zur Begrüßung.
„Kommt rein, Kinder. Ich freue mich ja so."
Erstaunt sah ich Ford in seine eisblauen Augen.
„Siehst du? Kein Grund sich vor irgendetwas zu fürchten.

Meine Oma ist echt nett."
Und genau das war sie auch. Sie war richtig nett. Ich hatte sie vom Seelenkreis aus schon öfters im Garten gesehen, aber da hatte sie meistens einen Hut oder eine Mütze auf dem Kopf und trug Arbeitskleidung. Doch heute hatte sie sich hübsch gemacht. Sie trug ein hellblaues Kleid mit einem braunen Gürtel um die leicht rundliche Taille. Ihre feinen, weißen Haare hatte sie mit schwarzen Kämmen nach oben gesteckt. Nur einzelne Löckchen hatten sich daraus gelockert und fielen ihr in die Stirn. Ich konnte mir vorstellen, dass sie einmal eine sehr schöne Frau gewesen war. Ihre Haut hatte ein paar Altersflecken und ihre großen, schweren Ohrringe zogen die Ohrläppchen etwas zu sehr in die Länge. Ihr Gesicht hatte kaum Lachfalten, was ich sehr schade fand, denn wenn sie lächelte, dann sah sie sehr schön aus. Fords Opa hingegen war einfach ein Opa. Er sah alt und dick aus. Ich konnte bei ihm einfach nicht erkennen, wie er in jungen Jahren ausgesehen haben mochte. Seine Nasenhaare waren viel zu lang und überhaupt wirkte er auf mich ungepflegt. Seine Augen hatten keinen Glanz, so als gäbe es für ihn nichts, über das er sich freuen könnte. Als würde er einfach nur so vor sich hin leben und darauf warten, dass es zu Ende ging. Ich war fast erleichtert, als Fords Oma nach dem Essen vorschlug, dass er sich etwas hinlegen könnte. Während sich sein Opa nun also zu einem Nachmittagsschläfchen ins Wohnzimmer legte, wollte Fords Oma die Küche aufräumen und wir sollten einen Spaziergang machen. Ich war sofort begeistert.

„Und? Wie geht es dir?"
„Gut. Du hattest recht, deine Oma ist wirklich toll. Wenn ich sie ansprechen möchte, soll ich sie dann mit ihrem Vornamen oder mit ihrem Nachnamen ansprechen? Ich meine, sie hat sich mir nicht mit ihrem Vornamen vorgestellt, deshalb weiß

ich nicht, was ich sagen soll."
„Keine Ahnung. Wir können sie ja nachher fragen."
„Ist das nicht auch irgendwie komisch? Halt, warte mal." Ich blieb stehen und deutete in den Waldweg links von uns. „Erinnerst du dich an diesen Moment?"
Ford nahm mich von hinten in die Arme und legte sein Kinn auf meiner Schulter ab. „Unser erstes Treffen. Ich habe damals nicht mehr als eine Lichtreflexion von dir gesehen. Aber ich habe gespürt, dass da etwas ist. Ich wusste nicht was es war, aber es hat mir keine Ruhe gelassen. Ich musste es herausfinden. Ab diesem Tag bin ich so oft ich konnte in den Wald gegangen und habe nach dem Grund für dieses Gefühl gesucht."
Ich drehte meinen Kopf und küsste ihn. „Und am See hast du es dann gefunden."
„Ja, da habe ich dich gefunden. Wenn ich darüber nachdenke, dann kommt es mir immer noch wie ein Wunder vor. Wie ein Traum. Aber es war kein Traum, es ist wirklich passiert. Du bist wirklich hier."
„Bei dir." Wieder küsste ich ihn. Er drehte mich in seinen Armen zu sich um und presste sich fest gegen mich. „Ich weiß, dass du Angst vor meiner Nähe hast wegen dieser blöden Flashbacks, aber könnten wir es nicht mal wieder versuchen? Du fehlst mir."
„Du fehlst mir auch. Sehr sogar." Zärtlich legte ich meine Hände auf seine frisch rasierten Wangen und küsste ihn. „Habe ich dir heute schon gesagt, dass ich dich liebe?"
„Nein."
„Du lügst. Natürlich habe ich es dir heute schon gesagt."
„Aber ich will, dass du es mir noch mal sagst."
„Ich liebe dich."
„Dann lass uns zurückgehen. Wir trinken noch ein Wasser mit meiner Oma und dann fahren wir zu dir." Ford zog eine Augenbraue nach oben und funkelte mich aus seinen

eisblauen Augen verführerisch an.
„Wieso fahren wir nicht zu dir?“, fragte ich und spürte wie ich rot wurde.
Er nahm meine Hand und antwortete: „Hast du gesehen wie es da aussieht? Ich denke, es ist besser, wenn wir meine WG heute nicht mehr betreten. Sollen die Drillinge erst einmal das Chaos beseitigen, während ich mich mit dir beschäftige.“
Lachend gingen wir zur Mühle zurück. Vor dem Gartentor wartete schon Fords Oma auf uns und deutete uns mit einem Winken an ihr zu folgen. Sie ging nicht ins Haus zurück, sondern in das kleinere der beiden Nebengebäude.
„Möchte sie uns irgendetwas zeigen?“, fragte ich Ford.
„Keine Ahnung. Da drinnen lagert eigentlich nur das Stroh für die Schafe.“
Wir gingen in das windschiefe Gebäude hinein und sahen, dass Marie bereits auf einem Strohballen saß und auf uns wartete.
„Was hast du vor?“, fragte Ford.
„Setzt euch. Ich möchte mit euch reden.“
„Wieso machen wir das nicht im Haus?“
„Ich möchte nicht, dass dein Großvater etwas hiervon erfährt.“
Ratlos setzten wir uns auf einen der Ballen.
„Ich riskiere einen riesigen Streit, weil ich euch jetzt etwas erzählen werde, von dem ich noch nicht einmal genau weiß, wo ich eigentlich anfangen soll.“ Nach einer kleinen Pause sagte sie: „Ich weiß was Lilou ist.“
Erschrocken sahen wir uns an und Ford legte schützend seinen Arm um mich. „Ich weiß nicht was du meinst.“
„Verkauf mich nicht für dumm! Ich weiß sehr wohl, dass deine Freundin aus dem Wald dort drüben kommt. Sie ist eine von den gefangenen Seelen.“
Ford überlegte nicht lange, sondern entgegnete: „Aber du hast mit deinen Geschichten über diesen Wald nicht richtig

gelegen. Sie sind nicht alle böse. Sie sind nur dort, weil sie ihre Bestimmungen noch nicht erfüllt haben."
„Oh, das weiß ich. Ich habe dir diese schaurigen Märchen nur erzählt, damit du nicht in den Wald gehst. Es gibt dort nämlich sehr wohl etwas, vor dem du dich fürchten solltest, aber Lilou ist keine von ihnen."
„Woher weißt du das alles?", fragte Ford aufgebracht.
„Weil ich eine von ihnen bin."
„Sie sind eine gesprungene Seele?", fragte ich ungläubig.
„Ach Kind, sag ruhig ´du` zu mir, sonst fühle ich mich so alt wie ich aussehe." Nachdenklich sah sie auf ihre Hand hinunter und strich sich über die Altersflecken. „Ihr nennt uns Nebelläufer und denkt, dass wir böse sind. Doch das sind wir nicht. Zumindest nicht alle von uns. Oder vielleicht doch? Aber wir können nichts dafür, dass wir so sind. Wir tragen keine Schuld daran."
Ich sah Ford an, dessen Arm mich immer fester an sich drückte. Er sah kreidebleich aus und seine Augen waren starr auf seine Großmutter gerichtet.
„Wenn ihr möchtet, dann versuche ich euch zu erklären, woher die Nebelläufer kommen."
Wieder sah ich zu Ford, der immer noch regungslos dasaß und nichts sagte. Ich nickte, um Marie anzudeuten, dass sie fortfahren sollte.
„Die Welt der Seelen ist der Menschenwelt in einigen Dingen sehr ähnlich. Es gibt weibliche Seelen und männliche Seelen. Sie verlieben sich ineinander, bauen sich ein Haus, bekommen Kinder. Das ist alles nicht so außergewöhnlich und doch ist es anders als hier, denn jede Seele besitzt die Gabe zwei Elemente zu beeinflussen. Wenn sich nun zwei Seelen miteinander paaren, dann wird die weibliche Seele mit einem Kind schwanger. Dieses Kind wird geboren und trägt dann wiederum die Gabe zweier Elemente in sich. Ein Element bekommt das Kind vom Vater vererbt, ein Element

von der Mutter. Alles soweit klar?“
Marie sah mich fragend an und ich nickte.
„Gut. Wenn also ein neues Seelenkind geboren wird, dann kann es noch nicht viel. Hier sind wir den Menschen wieder sehr ähnlich. Die Elemente zu beherrschen muss sich nämlich erst noch entwickeln. Ähnlich dem Sprechen und Gehen. Jetzt kommt es aber manchmal vor, dass ein Kind geboren wird, das nicht nur die Gabe von zwei Elementen, sondern die Gabe von insgesamt vier Elementen in sich trägt. Diese Kinder sind nicht anders als andere Kinder auch, aber die Seelen haben Angst vor ihnen. Daher werden sie verbannt. Die Eltern bringen diese Kinder meist kurz nach Beherrschen des vierten Elements zu den obersten Richtern. Diese verurteilen sie zu lebenslänglicher Verbannung. Sie werden zum Vollstrecker an die Klippen gebracht und dieser wirft sie von der Seelenwelt in die Menschenwelt hinüber.“
Sie zog sich ein Taschentuch aus dem Ärmel und wischte sich die Tränen von den Wangen. „Wie gesagt, sind die meisten noch kleine Kinder. Sie landen in der Menschenwelt und leben hier ein einziges Menschenleben lang. Wenn sie ihre Bestimmung erfüllt haben, werden sie nicht wiedergeboren, wie all die anderen Seelen, sondern bleiben für alle Ewigkeit in der Zwischenwelt gefangen. Sie sind dort an die Nacht gebunden. Sie sehen niemals die Sonne und müssen mit dem schrecklichen Gefühl, nicht geliebt zu werden, ihre Ewigkeit in der Dunkelheit verbringen. Sie haben nur noch sich und die anderen Nebelläufer.“ Marie wischte sich erneut ein paar Tränen vom Gesicht und putzte sich die Nase.
Ford saß immer noch da und sagte kein Wort. Und auch ich wusste nicht, was ich sagen sollte.

New York
Mai 2007

Aingeal, mein Engel,
meine Eltern haben mich besucht. Sie wollten an meinem 25. Geburtstag bei mir sein. Ich hatte eigentlich nicht so große Lust darauf, aber dann war es doch irgendwie schön, dass sie da waren. Wir haben uns in Las Vegas getroffen. Sind von einem Casino zum nächsten gegangen, haben uns ein paar Shows angesehen und unzählige Krabbencocktails gegessen. Las Vegas ist wirklich atemberaubend. Die Lichter. Das kann man nicht beschreiben, Lilou. Das musst du gesehen haben. Danach sind wir mit einem 65er Ford Cabrio die Route 66 entlang gefahren. Es war toll. Noch schöner wäre es gewesen, wenn ich nicht die ganze Zeit wie ein kleines Kind hätte auf der Rücksitzbank sitzen müssen. Aber ich habe diese Lebenseinstellung gefühlt, die die beiden damals hatten. Und ich denke, ich kann sie jetzt besser verstehen. Irgendwie hatte ich nie kapiert, weshalb sich meine Mutter in meinen Vater verliebt hat. Ich dachte immer, er war für sie eine gute Möglichkeit aus Hofstetten rauszukommen. Aber jetzt denke ich, dass die beiden sich richtig lieben und das ist toll. So eine Liebe zu finden, das ist nicht vielen Menschen vergönnt. Wenn man sie gefunden hat, dann sollte man sie festhalten. So wie ich dich immer festhalten werde, denn du bist meine große Liebe. Das weiß ich. Ich glaube es nicht nur, sondern ich bin mir sicher. Ich bin der, der dich liebt. Ich halte dich fest. Für Immer.

10. Auszeit

Juni 2008
„Bitte, Martin. Ich muss hier raus. Ich halte das alles nicht mehr aus."
„Wenn du doch nur mit mir oder Christina sprechen würdest, was dich so sehr bedrückt. Dann würde ich dir helfen. Aber so? Ohne das geringste Hintergrundwissen soll ich dir bei deiner Flucht helfen? Weißt du eigentlich, was du da von mir verlangst? Ich könnte aus der Organisation fliegen!"
Die Glocken der Frauenkirche schlugen drei Uhr morgens. Ich saß mit Martin auf seiner Dachterrasse und nippte an meinem Espresso. „Ich will ja gar nicht für immer davon laufen. Nur für ein paar Wochen. Ich brauche Abstand von alledem, um einen klaren Kopf zu bekommen."
Martin stand auf und lehnte sich mit verschränkten Armen an die Brüstung. „Sieh dir die wundervolle Burg und die Sterne an."
„Lenk bitte nicht vom Thema ab."
„Also gut. Gib mir eine Erklärung und ich helfe dir. So einfach ist das."
Ich stand von der Hollywoodschaukel auf und ging zu ihm hinüber. „Was, wenn die Nebelläufer gar nicht die Bösen sind? Könntest du dir vorstellen, dass sie unschuldig sind?"
„Habe ich irgendetwas nicht mitbekommen, oder sind es nicht die Nebelläufer gewesen, die dir deine Freundin Silvia weggenommen haben?"
Traurig ließ ich meinen Kopf sinken. „Doch, das haben sie. Aber bevor ich mich dazu entschließe, weiter für eine Organisation zu arbeiten, die sich als Ziel gesetzt hat, diese eventuell unschuldigen Seelen zu vernichten, wird mir doch etwas Bedenkzeit gegönnt sein", antwortete ich aufgebracht.
„Was ist passiert?"

„Ich kann es dir nicht sagen. Noch nicht. Aber ich werde mit dir darüber sprechen, sobald ich genügend Zeit hatte über alles nachzudenken. Es gibt so viele Fragen in meinem Kopf, die weder du noch Christina für mich beantworten können. Ich muss diese Fragen selbst klären. Und dafür benötige ich Zeit. Verschaffe mir ein paar Wochen. Ich möchte mit Ford nach Italien fahren. Ein paar unbeschwerte Momente als Mensch verbringen und mir über so manche offene Frage Klarheit verschaffen." Ich sah Martin bittend an, doch er wendete seinen Blick von mir ab und leerte mit einem Schluck sein Whiskeyglas.
„Was hätte ich davon?"
„Das fragst du nicht im Ernst?"
„Doch."
„Du hättest ein reines Gewissen. Möchtest du dafür verantwortlich sein unschuldige Seelen umzubringen?"
Er packte mich grob am Oberarm und sah mich mit seinen grauen Augen zornig an. „Wir wollen die Nebelläufer vernichten, damit wir frei sein können. Erst wenn sie fort sind, können wir ohne Wiedergeburt leben. Es wäre niemand mehr da, der unsere Seelen holt sobald wir unsere Bestimmung erfüllt haben." Martin verstärkte den Druck auf meinen Arm. „Ich will frei sein!"
„Du tust mir weh!" Wütend funkelte ich ihn an. Ich spürte wie mein Herz begann zu rasen, als ich meine Hand auf seine Wange legte und sagte: „Lass mich los!"
Sofort lockerte sich sein Griff, er ließ die Hand sinken und rieb sich damit nachdenklich über sein kantiges Kinn. „Einverstanden. Ich helfe dir. Ich verheimliche der Organisation, dass du nicht hier bist. Ich werde mit Christina sprechen, damit auch sie ihren Mund hält und du bekommst Ralf."
„Ich brauche Ralf nicht."
„Doch, du wirst Ralf nehmen. Er wird dich und Ford nach

Italien fahren und bei euch bleiben. Sobald ich ihm den Auftrag erteile dich zurückzubringen, wirst du mit ihm gehen. Ob du Ford in Italien lässt oder ihn wieder mit hierher nimmst, ist mir ehrlich gesagt egal. Es geht nur um dich. Versprichst du mir, dass du kommen wirst, egal wo oder mit was du gerade beschäftigt bist?“
„Ja. Ich verspreche es.“ Dankbar fiel ich Martin um den Hals und war einfach nur glücklich darüber ein paar Tage oder vielleicht sogar ein paar Wochen von alledem hier fort zu können.

Um kurz nach vier klingelte ich Ford und die Drillinge aus ihren Betten. Ich konnte von der Straße aus sehen, wie in der ganzen Wohnung zuerst die Lichter angingen und sich dann das Fenster in der Küche öffnete. Zwei Köpfe sahen zu mir hinunter, ich konnte aber nicht erkennen, wer es war. Jedoch erkannte ich Fords raue Stimme als er rief: „Sag mal, spinnst du?“ Dann schloss er das Fenster und wenige Sekunden später surrte der Türöffner. Ich schlich vorsichtig die knarzenden Holzstufen hinauf, um nicht noch mehr Menschen im Haus zu wecken und begegnete einem verschlafenen Ford, der mit geschlossenen Augen am Türrahmen der Wohnung lehnte und leise knurrte: „Ich hoffe, du hast eine gute Erklärung?“
„Fahr mit mir weg“, flehte ich ihn an.
„Komm erst mal rein.“ Er griff nach meiner Hand und zog mich unsanft in sein Zimmer. Ohne mich anzusehen, stolperte er an mir vorbei und legte sich zurück in sein Bett.
„Fahr mit mir weg“, wiederholte ich meine Bitte.
„Lilou, jetzt leg dich doch endlich hin und schlaf.“
„Nein, ich habe unten ein Auto. Wir fahren gemeinsam nach Italien. Weg von hier und alledem. Ich will mit dir alleine sein. Ich will mit dir gemeinsam Urlaub machen. Ich will an meinen Lieblingsort und dort mit dir glücklich sein. Ford, ich

brauche das jetzt. Ich brauche dich. Genau jetzt."

Ein leises Surren weckte mich und ich blinzelte verschlafen in das größer werdende Licht. Es dauerte einen Moment bis mir wieder einfiel wo ich war. Ich schlief gemeinsam mit Ford auf der Rücksitzbank von Martins Limousine. Ralf hatte angehalten und die Trennscheibe heruntergefahren, sodass jetzt Licht in den hinteren Teil des Wagens fiel.
„Wo sind wir?"
„In Torbole, so wie Sie es mir aufgetragen haben."
„Wir sind schon da?", rief ich begeistert.
„Es ist bereits Mittag. Wir hatten einige Verkehrsprobleme auf dem Weg hierher."
Ich beugte mich zu Ford und streichelte ihm liebevoll durch die verwuschelten Haare. „Wir sind da, mein Herz. Aufwachen."
Wenig später saßen wir in einem kleinen Restaurant an der Uferpromenade des Gardasees. Die Terrasse war wie ein kleiner Steg, der auf den See hinausging, eingezäunt von riesigen Terrakottatöpfen, in denen unzählige Oleander in den schönsten Farben blühten. Ich zog die frische Luft tief in meine Lungen ein und lehnte mich mit der Speisekarte auf dem Schoss zurück. Es gab so viele Gerichte, die ich unbedingt mal wieder essen wollte, dass ich erst gar nicht wusste, wo ich anfangen sollte. Als Vorspeise bestellte ich mir Miesmuscheln in Weißweinsauce, dazu klaute ich Ford gelegentlich eines seiner Bruscetta. Als Hauptspeise hatte ich mich für eine Pizza mit extra vielen Artischockenherzen entschieden. Sie war sehr gut, wobei ich der Meinung war, dass meine Artischocken aus dem Val di Gresta viel intensiver geschmeckt hatten.
Nachdem der Kellner die leeren Teller abgeräumt hatte und wir uns zum Nachtisch noch ein Tiramisu und einen Cappuccino bestellt hatten, legte Ford seine Hand auf meine

und fragte: „Weshalb sind wir hier?“
„Weil ich nachdenken will.“
„Über das, was meine Oma erzählt hat?“
„Genau.“
„Wieso ausgerechnet hier?“
„Weil ich der Meinung bin, dass man am besten nachdenken kann, wenn man dabei nicht ständig vom Alltag gestört wird. Hier haben wir genügend Zeit und Luft zum Denken.“
Ford sah auf den See hinaus und entgegnete trocken: „Ich bin mir aber gar nicht so sicher, ob ich überhaupt darüber nachdenken möchte. Eigentlich würde ich viel lieber vergessen, was sie uns alles erzählt hat.“
„Aber ich kann an nichts anderes mehr denken. Wenn es wahr ist, was deine Oma erzählt hat, dann gibt es tatsächlich eine Seelenwelt. Das bedeutet, dass Christina recht hat. Wie soll ich damit umgehen? Soll ich Christina alles erzählen? Oder soll ich besser deiner Oma sagen, was die Seelenläufer vorhaben? Aber was passiert dann? Was passiert, wenn die Seelenläufer erfahren, dass die Nebelläufer alle vier Elemente beherrschen können? Können und wollen sie sie dann immer noch vernichten? Ist das überhaupt das Richtige? Ich meine, deine Oma kann doch auch nichts dafür, dass sie so geboren wurde, oder?“
Ford antwortete nicht und sah nur weiter auf das Wasser hinaus.
Ich rutschte mit meinem Stuhl etwas näher an ihn heran und legte meine Hand auf seine Schulter. „Es gibt so viele Fragen in meinem Kopf. Fragen, über die ich mir klar werden muss, bevor ich weiter für die Seelenläufer arbeite. Wenn du nicht reden möchtest, dann reden wir eben nicht, sondern denken nur jeder für sich alleine über alles nach. Einverstanden?“
„Einverstanden.“ Er sah mich an und lächelte. „Und jetzt lass uns nicht mehr darüber sprechen, sondern einfach nur Urlaub haben. Einverstanden?“

„Einverstanden“, bestätigte ich mit einem Nicken.
Sein Blick sah sanft aus, als er mir einen leichten Kuss auf die Stirn gab und sich dann zum Tisch zurückdrehte. Der Kellner brachte unsere Bestellung und es wäre ein perfekter Moment gewesen, wenn ich ein richtiger Mensch gewesen wäre. Keine Erinnerungen, an die vergangenen Leben. Kein Wissen über Nebelläufer, Seelenläufer, Zwischenwelt und Seelenkreise. Einfach nur ich sein. Hier. Mit Ford.

In der Zwischenzeit hatte Ralf uns in einem kleinen Hotel einquartiert. Wenig später, frisch geduscht und in einen weichen, weißen Bademantel gekuschelt stand ich auf dem Balkon unseres Zimmers, im Schatten des Monte Brione, und sah zu ihm hinüber. „Mein Lieblingsberg“, flüsterte ich. „Der schönste Berg auf der ganzen Welt.“
Der Monte Brione war kein großer Berg und doch einzigartig auf seine Weise. Man konnte an ihm genau erkennen, welche Naturgewalt nötig gewesen war um ihn zu erschaffen. Er sah aus, als bestünde er aus einer gigantischen Steinplatte, die sich geradewegs in den Himmel hinauf geschoben hatte. Sein Anblick war atemberaubend schön.
Ford kam ebenfalls frisch geduscht im Morgenmantel zu mir auf den Balkon und legte seine Arme um mich.
„Guten Morgen“, flüsterte er in mein Ohr und hauchte mir einen Kuss auf den Nacken.
„Es ist Nachmittag“, stellte ich lächelnd fest.
„Für mich beginnt der Tag erst jetzt so richtig.“
„Bereust du es?“
„Ob ich es bereue mit dir hier zu sein?“
„Ja.“
„Ich hätte mir die Art und Weise anders gewünscht, aber nein, ich bereue es nicht hier zu sein. Ich bin bei dir, das ist alles was zählt.“
„Bereust du es, dass du mir begegnet bist?“, fragte ich

unsicher.
„Niemals“, entgegnete er und küsste mich zärtlich auf die Nasenspitze.
„Was machen wir jetzt?“
„Das fragst du mich? Ich dachte, du hast mal hier gelebt.“
„Ja, fast.“ Ich drehte mich vom Monte Brione weg und deutete auf die andere Seite des Hotels. „Dort hinten liegt das Val di Gresta. Dort hatte ich einen kleinen Bauernhof. Ich bin nur manchmal zum Gardasee hinuntergekommen um auf den Monte Brione zu gehen und dort meinen Gedanken nachzuhängen.“
„Hattest du hier ein glückliches Leben?“
„Ich würde sagen, ja. Viele Menschen würden es wohl nicht als ein schönes Leben bezeichnen, und auch wenn es nach außen nicht so ausgesehen haben mag, so war ich doch mit mir im Reinen. Ich habe mich glücklich gefühlt. Auch wenn ich nicht viele materielle Dinge hatte. Ich hatte meine Ruhe. Ich glaube, meine Seele ist sehr gerne alleine. Es hat mir vollkommen ausgereicht, jeden Tag mit meinen Artischocken alleine zu sein, und wenn mir das nicht mehr ausreichte“, ich drehte mich wieder zum Monte Brione um, „dann kam ich eben hierher.“ Ich spürte, wie Fords Umarmung etwas fester wurde und legte meine Hände auf die seinen. „Hast du gewusst, dass dort oben eine alte Wehranlage aus dem 1. Weltkrieg ist?“
„Nein, das wusste ich nicht.“
„Wenn du magst, dann zeige ich sie dir. Nicht heute, heute ist es zu spät um hinaufzusteigen, aber vielleicht morgen?“
„Das hört sich gut an.“ Dann drehte Ford mich zu sich um und öffnete seinen Bademantel. Er schlang ihn um mich herum und hielt mich fest an seine warme Brust gedrückt. „Ich liebe dich. Ich weiß, ich sage es dir zu selten, aber du weißt doch, dass ich dich liebe, oder?“
„Ich liebe dich auch.“

„Du fehlst mir. Es fehlt mir so sehr deinen Körper zu spüren.“
„Du fehlst mir auch.“
„Wollen wir es versuchen? Vielleicht sind die Visionen vorbei. Es ist doch möglich, oder?“
Ich hatte ein flaues Gefühl im Bauch und doch verstand ich ihn. Ich sehnte mich auch danach ihn zu spüren. Und dass er so gut roch, machte die Sache nicht leichter für mich. Er hatte das Duschgel benutzt, das nach Kiwi und Zitronengras duftete. Seine feuchten Haare klebten ihm an der Stirn. Er hatte sich frisch rasiert und etwas Aftershave aufgelegt. Sein Herz klopfte aufgeregt unter seiner Brust und seine Erektion presste sich hart gegen meinen Bauch. Ich streckte mich auf die Zehenspitzen und küsste seine glatte Wange. Dann seinen weichen Mund. Ich sank zurück auf die Fußsohlen und küsste seinen Hals. Biss in eine seiner Brustwarzen und glitt hinunter zu seinem Bauch. Seine Muskeln zeichneten sich deutlich unter der Haut ab und ich konnte sehen, wie sie sich anspannten, als ich noch etwas tiefer ging. Auch hier war Ford frisch rasiert und roch nach dem feinen Duft des Aftershaves, welches er aus New York mitgebracht hatte. Nach frischem Holz, Mango und einem Hauch Patchouli. Ich atmete tief ein und begann mit der Zungenspitze seinen Penis zu kitzeln. Plötzlich fiel mir ein Satz ein, den Mutter Oberin damals in Boston immer gerne zu mir gesagt hatte: „Es gibt doch nichts Hässlicheres auf der Welt als einen nackten Mann.“ Ich musste schmunzeln, als ich an Ford hinauf sah und feststellte, dass ich ihre Meinung nicht im Geringsten teilte. Aus dieser Perspektive erinnerte mich Ford an den Monte Brione. Genau wie er war Ford nicht groß und doch einzigartig auf seine Weise. Er sah aus, als wäre er aus einer perfekten Steinplatte gemeißelt worden, die sich nun vor mir bis in den Himmel zu erstrecken schien. Sein Anblick war atemberaubend schön. Da stand dieser wunderbare Mann mit

geschlossenen Augen vor mir und gehörte ganz und gar mir. Die Angst vor einer weiteren unheimlichen Vision war mit einem Mal verschwunden. Ich umschloss Fords harten Penis mit meinen Lippen und nahm ihn tief in mich auf. Er stöhnte leise, beugte sich weiter nach vorne und umklammerte mit seinen Händen das Geländer. Seine Erektion schwoll in meinem Mund noch einmal an, dann packte er mich, hob mich hoch und trug mich ins Zimmer hinein. Mit dem Fuß stieß er die Balkontür hinter uns zu, warf mich aufs Bett, öffnete meinen Morgenmantel und bedeckte meinen Körper mit Küssen.

„Ich will dich!", entfuhr es mir gierig, im selben Moment, in dem Ford in mich eindrang. Ich spürte seine Wärme, seine Hitze, seine Stärke und sein Feuer. Seine Hände umgriffen meine Handgelenke und zogen mir die Arme über den Kopf. Sein heißer Atem schien mir die Haut zu verbrennen und in seinen eisblauen Augen tauchte für den Bruchteil einer Sekunde das Leuchten meiner orangenen Aura auf und war dann doch wieder verschwunden. Das Zimmer begann sich um uns zu drehen. Ich umschloss Ford fest mit meinen Beinen. Alles drehte sich immer schneller. Die Vorhänge verwandelten sich in lilafarbene Spiralen. Sie umhüllten den Raum, umschlangen mich und zogen mich durch das gelbe Licht hindurch.

Als ich die Augen öffnete, stand ich zitternd im Flur. Die Dunkelheit des Kellers schien mich zu rufen. Ich wollte hingehen und das Geheimnis dieses Ortes lüften, doch ich traute mich wieder nicht. Hinter mir spürte ich eine wohltuende Wärme. Ich drehte mich um und sah, dass die Tür des Hauses offen stand. Die Sonne schien herein und erleuchtete die abgewitterte Farbe auf dem dunklen Holz der Eingangstür. Sachte strich ich über die roten Rosenblätter und den groben Türklopfer. „Evengard", flüsterte ich. „Ich

erinnere mich an diese Tür." Jetzt hatte ich keine Angst mehr, sondern Hoffnung. Hoffnung darauf endlich die Wahrheit herauszufinden. Ich ging mit festen Schritten auf die Treppe zu, wendete mich beim Anblick der toten Kinder jedoch noch einmal ab. Ich atmete tief durch und nahm dann all meinen Mut zusammen. Verkrampft umklammerte ich das Treppengeländer und versuchte bei jedem meiner Schritte zu vermeiden nicht auf eines der Kinder zu treten. Als ich endlich unten im Flur angekommen war, war alles schwarz. Der Boden, die Wände und die Türen rechts und links von mir. Der Raum direkt vor mir hatte keine Tür mehr. Vielleicht war sie dem Feuer zum Opfer gefallen? Ich ging hinein und stellte erschrocken fest, dass alles verbrannt war. Mein ganzes Zimmer. Mein Bücherregal, mein Sessel und auch der Nähmaschinentisch, den Sam mir mitgebracht hatte. An der Wand neben dem Kamin hing in Fetzen ein halb verbrannter Wandteppich. Ich ging auf ihn zu und wischte etwas von dem Ruß weg, der sich auf die Steinmauer gelegt hatte. Darunter waren viele feine Kerben eingeritzt. Ich riss das letzte Stück des Teppichs von der Wand und betrachtete das gesamte Bild. In der Mitte kauerte geduckt ein Mann in einer Feuerkugel und um ihn herum waren in einem wilden Durcheinander viele Striche eingeritzt. Ich ging einen Schritt zurück um besser erkennen zu können, was die Zeichnung darstellte. Doch aus welchem Blickwinkel ich es auch betrachtete, ich konnte es einfach nicht erkennen. Von weit weg hörte ich eine Stimme zählen. „Eins." Ich spürte einen Druck auf meiner Brust. „Zwei." Der Druck verstärkte sich und etwas Kühles legte sich auf meine Stirn. „Drei."
Ich öffnete die Augen und sah direkt in Fords kalten Blick.
„Du hast mich zurückgeholt", stellte ich erstaunt fest.
„Ja, anscheinend. Ich habe mich daran erinnert, was du mir erzählt hast. Christina legt doch auch immer ihre Hand auf deine Brust und zählt bis drei."

Verwirrt setzte ich mich auf und rieb mir über die Stirn.
„Ach, und das war ich auch." Ford deutete auf meine Stirn. „Du sagtest doch, der Nebelläufer hätte dir eine Hand auf die Stirn gelegt. Ich habe einfach alles versucht und so wie es aussieht, hat es geklappt." Erleichtert küsste er mich. „Warst du wieder in dem Haus?"
Ich nickte nachdenklich.
„War es schlimm?"
Ich schüttelte den Kopf.
„Kannst du noch sprechen?"
„Ja." Ich lächelte. „Ich bin nur nachdenklich. Dort war ein Bild an der Wand, doch ich konnte nicht erkennen, was es mir zeigen wollte. Aber ich habe die Haustür erkannt. Ich glaube, das Haus trägt den Namen Evengard. Und ich denke, ich war dort zuhause. Irgendwann einmal."

New York
Juni 2007

Aingeal, mein Engel,
ich liege hier einsam und verlassen in meinem Studentenzimmer auf dem Bett und höre Musik. Ich denke an dich und daran, was wir alles unternehmen, wenn wir uns endlich wiedersehen. Wenn wir es finanziell irgendwie möglich machen können und du von deiner Organisation frei bekommst, dann fliegen wir gemeinsam nach New York. Und wenn es nur für ein paar Tage ist. Es gibt hier so viel, das ich dir zeigen möchte. Ich habe mir ein Rad zugelegt und fahre jetzt oft nach der Uni durch New York und erkunde die Gegend. Es gibt so viele versteckte Orte. Weit ab der Touristen. Heute bin ich zum Beispiel in China-Town gewesen und habe einen herrlichen Schuhladen für dich entdeckt. Nicht groß, aber glaube mir, er würde dir gefallen. Nach dem Einkaufsbummel könnten wir etwas essen gehen und danach in einem dieser kleinen kultigen Kinos knutschen. Wir würden uns einen blutrünstigen Horrorstreifen ansehen. Was du hier zu sehen bekommst ist gar nichts gegen die Filme auf meinem Laptop. Ich kann mir schon genau vorstellen wie es wäre: Du würdest die meiste Zeit ängstlich dein Gesicht an mich pressen und ich würde davon ganz geil werden. Ach Mist, Lilou. Du fehlst mir.

11. Italien

Juli 2008
Die Tage in Italien vergingen wie im Flug. Ford und ich schliefen meist nicht lange, sondern waren für gewöhnlich die ersten im Frühstücksraum. Wir saßen immer am selben Tisch. Ein kleiner, runder Tisch, an den gerade einmal zwei Stühle passten. Neben uns das riesige Fenster zum Garten hinaus, mit Blick auf den Monte Brione. Morgens schien die Sonne direkt auf seine massive Steilwand und brachte die einzelnen Gesteinsschichten zum Leuchten. Wir aßen ausgiebig von den staubtrockenen italienischen Brötchen, tranken Milchkaffee und packten uns Obst für unterwegs ein. Jeden Tag fuhr uns Ralf in einen anderen Ort. So wollten wir den Gardasee Stück für Stück erkunden. An unserem zweiten Tag hier hatten wir direkt mit Torbole angefangen, danach arbeiteten wir uns das Ostufer über Torri del Benaco bis nach Sirmione hinunter und über das Westufer wieder hinauf. Jeden Tag ein anderer Ort, jeden Tag ein neues Erlebnis. Wir waren Schuhe kaufen in Malcesine, aßen Pizza in Brenzone, besichtigten einen alten Friedhof in den Bergen von Garda, tranken zu viel Wein in Bardolino, kauften in Lazise auf einem herrlichen Markt Schmuck, besuchten einen Kochkurs bei einer alten italienischen Bäuerin in Desenzano, tanzten in Gardone durch die Nacht, aßen Kuchen in Tignale und Spaghettieis in Limone. Heute wollten wir Ralf eine Pause von der vielen Fahrerei gönnen und hatten daher beschlossen von Torbole nach Riva zu Fuß zu gehen.

„Möchten Sie noch einen Kaffee?“
Ich sah Ford fragend an. „Eigentlich haben wir heute Zeit für eine zweite Tasse, oder?“
„Gut, dann bitte noch mal zwei Milchkaffee.“

„Gerne." Die Bedienung ging zurück hinter den Tresen und ein lautes Zischen ertönte, als die heiße Milch durch einen kleinen Schlauch an der Kaffeemaschine in die erste Tasse floss.

Ford legte seine Hand auf mein Knie und flüsterte: „Ich bin glücklich."

„Wieso flüsterst du?", fragte ich ihn lächelnd.

Er grinste: „Keine Ahnung." Dann küsste er mich. „Bist du auch so glücklich?"

„Ja, sehr sogar. Ich wünschte, wir müssten nie in unser normales Leben zurückkehren. Es könnte alles so einfach sein, wenn ich ein normaler Mensch wäre."

Doch Ford schüttelte den Kopf. „Dann wäre es nicht so wie jetzt. Dann hätten wir andere Probleme."

„Meinst du?"

„Natürlich. Wir sind doch nur hier, weil Martin das alles bezahlt. Wenn du ein richtiger Mensch wärst, dann gäbe es in deinem Leben keinen Martin und auch keine Seelenläufer. Wir wären nicht hier. Würden uns vermutlich nicht einmal kennen."

Nachdenklich betrachtete ich den Monte Brione. „Vielleicht hast du recht."

Die Bedienung stellte unsere Tassen vor uns ab und verschwand wieder ohne ein Wort zu sagen. Vermutlich wollte sie unsere Unterhaltung nicht unterbrechen.

„Sollen wir heute?"

„Was?"

„Auf den Monte Brione."

„Ich weiß nicht. Wir wollten uns doch eigentlich die Wasserfälle in Riva ansehen."

„Aber du sehnst dich doch offensichtlich nach diesem Berg. Was also hält uns davon ab, heute hinaufzusteigen?"

Ich nickte freudig. „Ja, eine gute Idee. Lass uns heute gehen. Gestern hat es geregnet, wenn wir heute gehen, kann es sein,

dass wir von seiner Spitze aus bis nach Sirmione sehen können."
„Bis nach Sirmione? Das glaube ich dir nicht. Das kann nicht sein."
„Doch. Vertrau mir. Es ist möglich. Der Tag nach dem Regen ist immer der klarste. Es liegt noch kein schwülwarmer Dunst in der Luft."
„Wie viele Kilometer sind es bis nach Sirmione?"
Ich zuckte mit den Schultern. „Ich habe keine Ahnung."
Ford trank noch einen großen Schluck Kaffee und sagte: „Lass uns los gehen, bevor der schwülwarme Dunst zurückkommt, von dem du gesprochen hast. Später können wir Ralf fragen, wie weit es von hier bis nach Sirmione ist."
Auch ich trank noch einen letzten Schluck, dann brachen wir auf.

Wir gingen verliebt die kleine Seitenstraße entlang, in der unser Hotel stand und bewunderten die großen Olivenbäume in den Gärten. Die kleinen Häuser mit den bunten Fensterläden, die windschiefen Holzzäune und die uneben gepflasterten Einfahrten.
„Hier ist alles so anders als in Deutschland", stellte Ford fest.
„Ja." Ich lächelte zufrieden. „Die meisten Italiener legen nicht so viel Wert auf Genauigkeit und Größe. Sie leben lieber gemütlich."
„Ich kann mir richtig gut vorstellen, wie du hier gelebt hast. Der Lebensstil passt zu dir."
„Und wie ist es in Irland? Nimmst du mich irgendwann einmal mit dorthin?"
„Gerne. Meine Eltern würden sich bestimmt freuen, dich zu sehen. Ich vermute sie wissen inzwischen, dass du mit mir bei meinen Großeltern warst und sind schon etwas angefressen, weil sie dich nicht zuerst kennengelernt haben."
Wir kamen auf der Strade del Garda an, die den gesamten

Gardasee umrundete. Überquerten sie an einem der unzähligen Zebrastreifen und gingen einen kleinen Fußweg bis zur Uferpromenade hinunter. Dort setzten wir uns auf eine Bank und packten unsere Sonnencreme aus. Ford war in den letzten Wochen richtig braun geworden. Von seiner irischen Blässe war nichts mehr zu sehen. Ich hingegen war nicht wirklich braun geworden, sondern hatte nur ein paar Sommersprossen auf den Schultern dazubekommen. Ich hielt mir die Locken nach oben, während Ford mir den Rücken eincremte.

„Hast du noch einmal darüber nachgedacht, was deine Oma uns erzählt hat?“

„Ich habe so gut es ging nicht weiter daran gedacht.“

„Was bedeutet, so gut es ging?“

Ford streifte mir die Träger meines Tops von den Schultern und cremte mich weiter ein. „Gar nicht daran zu denken ging nicht. Ich meine, wie soll man es schaffen so eine Geschichte zu vergessen? Dass sie eine Seele mit vier Elementen ist. Eine fehlerhafte Seele, so hat sie es doch glaube ich genannt, oder? Und dass sie deshalb verbannt wurde. Das ist schrecklich. Ich wünschte, sie hätte es uns nie erzählt.“

„Weil du sie jetzt mit anderen Augen siehst?“

„Ja. Ich meine, ist sie jetzt immer noch meine Oma?“

„Selbstverständlich ist sie das.“ Als ich hörte, dass er den Deckel der Sonnencreme schloss, ließ ich meine Haare los und drehte mich zu ihm um. „Sie ist immer noch die, die sie früher war.“

„Aber sie kommt mir jetzt so fremd vor. Ach ich weiß nicht, es gibt so viele Fragen in meinem Kopf und ich möchte jetzt wirklich nicht weiter darüber reden. Lass uns auf deinen Berg gehen und die Aussicht genießen, okay?“

„Ja. Wie du möchtest.“

Schweigend gingen wir am steinigen Ufer entlang bis zum Ortsschild von Riva del Garda. Dort führte uns ein schmaler

Pfad zu einer Treppe. „Hier geht es hinauf."
„Eine Treppe?", fragte Ford ungläubig.
„Sie führt bis ganz hinauf. Es ist ein wirklich schöner Weg." Ich stieg auf die erste Stufe und streckte meine Hand nach ihm aus. „Komm."

Es dauerte mehrere Stunden bis wir am Gipfelkreuz ankamen. Nicht weil der Weg so weit war, sondern weil wir ständig stehen blieben. Wir bewunderten die Aussicht. Von hieraus konnten wir den ganzen See überblicken. Die Orte, die wir nun alle schon besucht hatten, und die vielen Berge auf die wir noch hinaufsteigen wollten. Auf einem lag sogar noch etwas Schnee. Kaum vorstellbar bei dieser Hitze. Wir machten viele Fotos und legten auch ein paar kleine Pausen ein, um etwas zu essen, zu trinken oder uns einfach nur zu küssen. Und obwohl wir beide das Thema „Seele" nicht mehr ansprachen, so schien es doch wie eine dunkle Wolke über uns zu hängen.
„Wollen wir noch die Wehranlagen anschauen, bevor wir wieder hinuntersteigen?"
„Klar." Ford ergriff meine Hand und wir kletterten gemeinsam den Hügel hinauf, unter dem die Anlage versteckt war. „Weißt du mehr darüber?"
„Nicht viel nein. Nur dass es eine Zeit gegeben hat, in der die Nordküste des Gardasees zu Österreich gehört hat. Aus dieser Zeit ist wohl auch diese Festung."
Ford hielt mich weiter an der Hand, während wir einen Abhang hinunter stiegen. „Das einzige, was mir hier fehlt, ist das Internet. Es gibt so viele Dinge, die ich gerne nachlesen würde. Wie das hier zum Beispiel: Die militärische Geschichte des Monte Brione. Darüber gibt es sicherlich einen Wikipedia-Eintrag." Als wir wieder am Gipfelkreuz standen, sah er sich um und fragte: „Geht es jetzt wieder die Treppen hinunter?"

„Wir können auch über den Bergrücken gehen, dort führt ein Olivenhain bis nach Riva. Wenn es ihn noch gibt.“ Ich lächelte zaghaft und knotete meine Haare zu einem Dutt. „Es wird immer heißer“, schnaufte ich.
„Dann lass uns den angenehmeren Weg gehen. Olivenhain hört sich nach Schatten an.“ Er legte seine Arme um mich und küsste mich zärtlich. „Deine Augen sind wunderschön“, stellte er lächelnd fest.“
„Das hast du mir noch nie gesagt.“
Zärtlich strich er mir eine Haarsträhne aus der Stirn und küsste die feine Narbe, die dort ein kleines Stück aus dem Haaransatz hervorschaute. „Sie sind so grün, wie die Augen einer Katze.“ Er legte seine Stirn auf meinem Scheitel ab und fragte: „Noch ein letzter Blick? Wer weiß, wann wir wieder kommen.“
Ich drehte mich in seinen Armen um und sah über die Gipfel der Bergketten hinweg. Von hier aus betrachtet, schien sich der wolkenlose, blaue Himmel über die ganze Welt zu erstrecken. Alles war still. Ich hörte nur den Wind, wie er sachte über uns hinweg wehte. Fasziniert beobachtete ich einen großen Vogel, der über uns kreiste. Ohne seine Flügel zu bewegen, drehte er seine Kreise in der Luft und gewann so immer mehr an Höhe. „Er nutzt die Thermik des Windes“, stellte ich fest.
Auch Ford sah nach oben und sagte: „Ja, ganz schön clever. Und niemand musste es ihm beibringen, es ist sein eigener Instinkt.“

Es war bereits später Nachmittag, als wir in Riva del Garda ankamen. Erschöpft und nassgeschwitzt setzten wir uns in eines der kleinen Cafés an der Strandpromenade und Ford bestellte uns ein großes Bier.
„Du weißt doch, dass ich Bier nicht so gerne mag“, protestierte ich.

„Warte ab, es wird dir schmecken. Bier ist jetzt genau das Richtige. Wegen der Elektrolyte."
„Ach so", lachte ich.
„Hat da gerade was vibriert?"
„Oh." Erschrocken kramte ich in unserem Rucksack.
„Was ist das?", fragte Ford erstaunt.
„Mein Pager."
„Du hast einen Pager?"
„Er ist von Martin. Er hat gesagt, wenn er mich ruft, dann muss ich sofort zurück."
Ford verschränkte die Arme vor der Brust und seine eisblauen Augen funkelten mich wütend an. „So, wenn Martin dich ruft, dann musst du also zu ihm rennen?"
„Ich habe es ihm versprochen. Ich möchte nicht, dass er wegen mir Ärger mit den Seelenläufern bekommt." Ich streckte meine Hand aus und legte sie vor ihm auf den Tisch. Doch er nahm sie nicht, sondern sah mich weiterhin mit regungsloser Miene an.
„Weißt du eigentlich, dass deine Augen nur halb so bedrohlich wirken, wenn deine Haut von der Sonne braun ist?", fragte ich lächelnd.
Ein kurzes Schmunzeln huschte über seine Lippen, war aber genauso schnell wieder verschwunden, wie es gekommen war. „Also müssen wir zurück?"
„Sieht so aus", bestätigte ich traurig. „Ich wäre auch gerne noch länger hier geblieben. Ich dachte, wenn wir am Gardasee alles angesehen haben, dann könnten wir uns Fahrräder ausleihen und über die Serpentinen ins Val di Gresta hinauffahren. Ob wohl mein Bauernhof noch steht? Und wenn ja, wer ihn jetzt bewohnt? Ich meine, wir hatten damals keine Kinder."
„Dann lass uns noch bleiben", schlug Ford vor. „Ich hatte sowieso noch etwas geplant."
„Du hast etwas geplant?", freute ich mich. „Was denn?"

„Nachdem du dir immer noch kein Datum für deinen Geburtstag ausgesucht hast, dachte ich mir, wir könnten ihn einfach hier feiern. Ich habe nämlich ein Geschenk für dich, das ich schon viel zu lange mit mir herum trage."
„Du hast ein Geschenk für mich?" Begeistert klatschte ich in die Hände. „Hast du es dabei?"
„Es liegt im Hotel."
„Darf ich wissen was es ist?"
„Nein, aber du darfst es später im Wagen auspacken. Wir könnten uns eine Flasche Champagner mit in die Limousine nehmen und auf unseren letzten Tag in Italien anstoßen."
„Das ist eine wundervolle Idee." Zärtlich küsste ich ihn auf den salzigen Mund ehe wir ein letztes Mal händchenhaltend von der Uferpromenade durch die schmale Gasse bis hin zu unserem Hotel schlenderten. Ich genoss die warmen Strahlen der untergehenden Sonne und dachte an die letzten Wochen zurück. So gerne wäre ich noch etwas länger hier geblieben. Um mich frei zu fühlen. Schwerelos. Verliebt und glücklich. Eigentlich war ich hierhergekommen um nachzudenken, doch das hatte ich nicht getan. Immer wieder hatte ich meine vielen offenen Fragen hinten angestellt, bis ich sie irgendwann vergessen hatte. Und nun mussten wir zurück. Zurück nach Nürnberg. An diesem Abend entschied ich mich dazu, zuerst weitere Informationen über die Welt der Seelen und die Nebelläufer zu sammeln, ehe ich eine Entscheidung darüber traf, welche Seite für mich die richtige war.

New York
August 2007

Aingeal, mein Engel,
mein Onkel Matze hat mich besucht. Es war super. Er war für ein paar Konzerte an der Westküste und hat sich im Anschluss Zeit genommen mich in New York zu besuchen. Ich hatte mich so sehr darauf gefreut, mal wieder mit jemandem Deutsch zu sprechen, aber dann sind wir irgendwie doch im Englischen geblieben. Denn ich muss zugeben, ich bin schon etwas eingerostet. Onkel Matze hat mir seine neue CD mitgebracht, alle Lieder sind auf Deutsch, so kann ich wieder etwas üben. Die Titel hören sich alle sehr gut an. Einige der Songs kenne ich von seinen Proben, andere sind neu für mich. Aber das Wichtigste ist: unser Lied ist auch drauf. Wenn du zurück in der Menschenwelt bist, müssen wir unbedingt deinen Geburtstag feiern. Ich weiß gar nicht, wann der ist. Egal, das werde ich schon herausfinden und dann schenke ich dir einen MP3-Player mit „unserem" Lied drauf. Ich freue mich schon auf dein Gesicht, wenn ich es dir vorspiele. Ich hatte selbst noch keine Gelegenheit es anzuhören. Denn ich wollte damit warten bis ich alleine bin. Mein Onkel ist zwar sehr verständnisvoll, aber ich wollte trotzdem vermeiden vor ihm loszuheulen. Und ich befürchte, es wird passieren. Wenn ich das Lied höre, werde ich daran denken wie du dich an jenem Weihnachtsabend im Schweinfurter Stadtbahnhof angefühlt hast. Ich werde an das rosafarbene Kleid denken. Ich werde an deine Lippen denken, wie sie von der Bierflasche getrunken haben und daran, wie sie geschmeckt haben. Ich werde daran denken müssen, wie dein menschlicher Körper an diesem Abend gerochen hat. Nach Pfirsichen und Spekulatius. Ich werde daran denken, wie du gelacht hast, wie du getanzt hast und wie sich deine Wangen rot gefärbt haben, als mein Onkel mit dir tanzen wollte. Lilou, ich habe nicht gewusst, dass es sich so anfühlen würde. Ich habe nicht gewusst wie sehr es wehtun würde, wenn du nicht bei mir bist. Ich habe es einfach nicht gewusst.

12. Die Prüfung

August 2008
„Bist du nervös?“, fragte Erik besorgt.
„Total.“
„Das müsstest du nicht sein, wenn du trainiert hättest.“
„Ich war nicht da“, stellte ich genervt fest.
„Ach, und in Italien da gab es wohl keinen Wind, mit dem du hättest üben können?“
Am liebsten hätte ich trotzig wie ein kleines Kind mit dem Fuß aufgestampft und angefangen zu weinen. Natürlich wusste ich, dass es mein Fehler war. Wir waren jeden Tag unterwegs gewesen, es wäre eine Kleinigkeit gewesen mich am See oder auf einem der Berge in den Wind zu stellen und ein paar Übungen zu machen. Die Menschen um mich herum hätten vermutlich angenommen, ich mache Yoga oder sonst irgendeine neumodische Entspannungsübung. Ich war nicht zornig auf Erik, er bekam es in diesem Moment einfach nur ab. In Wirklichkeit war ich zornig auf mich selbst.
„Hat es dir die Sprache verschlagen?“
„Sei jetzt still!“
Die Männer am anderen Ende des roten Salons sahen zu uns herüber. Ich lächelte verlegen, dann wendeten sie sich wieder Martin zu.
Ich legte meine Hände auf den Bauch und atmete ein paar Mal tief ein und wieder aus. Ich versuchte Ruhe zu finden, doch es gelang mir nicht. Stattdessen wanderte mein Blick im Raum umher. Die Möbel waren alle hinausgeschafft worden. Die schweren, roten Vorhänge vor den Fenstern waren zugezogen, sodass nur wenig Tageslicht hereinkam. Neben der großen Flügeltür standen mehrere Bodenvasen und an den Wänden standen große Kerzenleuchter. Ralf lief umher und zündete eine Kerze nach der anderen an, bis der Raum in

einem schummrigen Licht flackerte. Die sechs Männer aus Prag trugen allesamt schwarze Anzüge und weiße Hemden. Nur Martin stach mit seinem hellgrauen Anzug aus der Gruppe hervor. Bisher hatten sie Erik und mich größtenteils ignoriert und nur leise miteinander gesprochen, doch plötzlich lachten sie und drehten sich zu uns um. Der dicke, den ich schon von Martins Geburtstagsparty von vor zwei Jahren kannte stellte sich in die Mitte des Raumes, streckte seine Arme aus und drehte seine Handflächen nach oben. Er schloss die Augen und hob langsam die Arme immer höher. Und mit jedem Stück, die die Arme weiter nach oben kamen, wurden auch die Flammen der Kerzen immer höher.
Mit aufgeklapptem Mund sah ich diesem unscheinbaren Mann zu, wie er das Feuer beeinflusste. Ein an sich gewöhnlicher Mensch. Ich war sprachlos.
Er ließ seine Arme wieder nach unten sinken, öffnete seine Augen und sagte: „Lilou, möchtest du uns als Erste zeigen, was du gelernt hast?"
Ich spürte wie mir mein Herz von der Brust hinab in die Kniekehle rutschte. Ich zitterte. Erik legte seine Hand auf meine Schulter und flüsterte: „Soll ich zuerst?"
„Nein, ich versuche es."
Tapfer ging ich in die Mitte des Raumes und begrüßte den dicken Mann mit einem viel zu feuchten Händedruck.
„Nervös", stellte er selbstzufrieden fest.
„Etwas, ja."
Er trat zur Seite und deutete mir mit einem Nicken an, dass ich beginnen sollte.
Ich sah mich unsicher im Raum um. „Wo ist der Wind?", fragte ich schüchtern.
Alle lachten. Sogar Martin lachte. Ich fühlte mich verletzt. Dann kam er auf mich zu, legte seinen Arm um meine Taille und klatschte in die Hände. Wenige Sekunden später öffnete sich eines der Fenster. Der rote Vorhang wehte im Wind und

die Männer in den schwarzen Anzügen klatschten begeistert. Ich spürte wie Martins Hand den Druck auf meine Seite verstärkte und sah zu ihm hinauf. Er lächelte mich an und flüsterte: „Alles automatisch." Dann wendete er sich den Seelenläufern zu. „Ich entführe euch meine viel zu nervöse Schülerin für einen kleinen Moment. Vielleicht kann euch Erik in der Zwischenzeit zeigen, was er kann." Er winkte Erik zu sich. Mit langen, kräftigen Schritten trat er in die Mitte des Raumes und strahlte dabei eine beneidenswerte Selbstsicherheit aus.
Martin schob mich aus dem Raum und Ralf schloss die Flügeltüren hinter uns. Er sah mir fest in die Augen und sagte: „Lilou, von dir hängt jetzt alles ab. Wir riskieren hier gerade Kopf und Kragen. Wenn du heute nichts kannst, dann nehmen sie dich mit nach Prag und werden dich selbst unterrichten. Ist dir das klar?"
„Deine Worte machen es mir nicht wirklich leichter. Du machst mich noch nervöser und setzt mich unter Druck. So kann ich das nicht."
„Nein, nicht ich bin der Grund, weshalb du das nicht kannst. Du selbst bist der Grund. Und jetzt hör mir genau zu, wir haben nicht viel Zeit."
„Okay."
„Schließe die Augen. Du kannst dir sicher sein, ich sage das jetzt nicht gern, aber", er räusperte sich, „stell dir vor du küsst Ford."
„Was?"
„Stell es dir einfach vor."
„Gut."
„Du küsst also Ford. Kannst du es vor dir sehen? Kannst du es spüren?"
„Ja. Ich spüre seine Lippen und das Kribbeln in meinem Bauch."
„Dann kannst du auch den Wind spüren. Stell dir einen

schönen Ort vor. Einen Ort, an dem du dich wohl fühlst. Hast du ihn?"
„Ja. Ich bin in Italien, auf dem Monte Brione."
„Dann stell dir jetzt den Wind vor. Du stehst auf dem Monte Brione und der Wind weht über deine Haut. Spürst du ihn?"
„Ja, ich kann ihn spüren."
„Kannst du ihn auch sehen?"
Tatsächlich, ich konnte ihn sehen. Nicht direkt den Wind mit seinen silbrigen Fäden, aber ich konnte den Greifvogel sehen, wie er über mir seine Kreise drehte und die Thermik des Windes für seinen Höhenflug benutzte. „Ja, ich sehe ihn."
„Dann geh jetzt da rein. Schließe deine Augen und denke genau an diesen Ort zurück. Schaffst du das?" Martin legte seine Hände auf meine Schultern und sah mich eindringlich an.
„Ich schaffe das."
Als Ralf uns die Tür zum roten Salon öffnete sah ich, wie Erik in der Mitte des Raumes stand und einen Wirbelsturm aus Staub und Asche um sich drehte. „Wo hat er den Dreck her?", fragte ich leise.
„Aus den Vasen", antwortete Ralf und verzog dabei das Gesicht. Vermutlich dachte er gerade daran, dass er den ganzen Dreck später wieder wegwischen musste.
Erik sprang währenddessen in die Höhe und vollführte so etwas wie einen Karateschlag. Im selben Moment schoss der Schmutzwirbel an ihm vorbei und knallte gegen die Wand.
Martin klatschte begeistert in die Hände und bemerkte grinsend: „Ich denke, Ralf muss morgen frisch streichen." Er gratulierte Erik zu seiner Leistung mit einem Handschlag und auch die anderen Seelenläufer kamen klatschend auf ihn zu und klopften ihm anerkennend auf den breiten Rücken.
Doch dann wurde es wieder still, alle Augen waren auf mich gerichtet und ich dachte nur: „Erik hat die Messlatte verdammt hoch gelegt." Ich trat in die Mitte des Raumes,

schloss meine Augen und dachte an den Vogel. An seine großen Flügel und daran, wie er ohne jede Bewegung über mir im blauen Himmel flog. Er stürzte nicht ab, sondern spürte den Wind und ließ sich auf ihm treiben. Ich atmete tief ein und spürte den Wind. Er war nicht stark, aber er war da. Er flog in silbrigen Fäden zum Fenster herein. Er bewegte den Vorhang. Er schwebte durch den Raum und streichelte mich im Gesicht. Ohne darüber nachzudenken fasste ich mir an die Wange und hielt plötzlich einen seiner Fäden zwischen den Fingern. Ich lächelte, als ich die Augen öffnete und den unsichtbaren Faden vorsichtig im Kreis drehte. Ich konnte spüren wie sich immer mehr Wind dem einen kleinen Faden anschlossen und nun gemeinsam durch den Raum tanzten. Die Kerzen flackerten sachte. Erneut schloss ich die Augen und begann gemeinsam mit dem Wind durch den Raum zu tanzen. Ich spürte wie er stärker wurde. Wie er mir die Haare zerzauste und mein leichtes Chiffonkleid anhob. Ich fühlte mich wie im Rausch. Wie verzaubert. Unendlich mächtig und frei. Und nun verstand ich Eriks hartes Training. Er kannte dieses Gefühl bereits und musste süchtig danach geworden sein. Plötzlich umfasste jemand mein Handgelenk und stoppte meinen Tanz. Der Wind rutschte mir zwischen den Fingern hindurch und machte sich wieder selbstständig. Erschrocken sah ich in Martins graue Augen und eine Frage lag mir auf den Lippen: „Wieso?"

Die Seelenläufer sahen mich mit großen Augen an und flüsterten etwas miteinander. Es kam mir vor wie eine Ewigkeit bis der dicke Mann in die Mitte trat und sagte: „Sie scheint Talent zu haben, jedoch ist sie gefährdet der Sucht nicht widerstehen zu können. Wir halten einen Umzug nach Prag für angebracht."

Ich spürte, wie mir bei seinen Worten schwindelig wurde.

„Entschuldigt uns bitte für einen Moment." Martins Hand umschloss immer noch fest mein Handgelenk. Zu fest. Ich

versuchte ihn von mir abzuschütteln, doch er zog mich hinter sich her. Hinüber in seinen Privatbereich und hinauf in sein Schlafzimmer. Er stieß mich durch die Tür und knallte sie mit einem heftigen Schlag hinter sich zu. „Was hast du dir dabei gedacht?", schrie er mich aufgebracht an.
Ich rieb mir die schmerzende Stelle an meinem Arm und schrie zurück: „Ich habe mir gar nichts gedacht. Diese Leute wollten etwas von mir sehen und ich habe ihnen etwas gezeigt. Das war es doch, was du wolltest!"
Wütend ging er im Zimmer auf und ab. „Du verschwindest jetzt! Sofort! Schleich dich hinten raus und warte dort auf Ralf. Ich schicke ihn dir. Er soll mit dir wegfahren. Nicht nach Hause, das ist wichtig. Ich regele alles. Ich kriege es wieder hin. Es ist meine Schuld, ich hätte dir sagen müssen, dass so etwas passieren kann." Martin kam auf mich zu und nahm mein Gesicht in die Hände. „Es tut mir leid, Lilou. Ich bringe es wieder in Ordnung. Ich verspreche es dir. Und jetzt geh!"

Wie versprochen bog Ralf mit Martins Limousine nur wenige Minuten später um die Ecke und ließ mich einsteigen.
„Fahren sie mich bitte nach Hofstetten."
Ralf nickte und fuhr dann los. Hinaus aus der Nürnberger Innenstadt auf die Autobahn in Richtung München. Ich zog meinen MP3-Palyer aus der Handtasche und reichte ihn Ralf. „Könnten sie den bitte Einstecken? Ich würde gerne ein ganz bestimmtes Lied hören, um mich etwas abzulenken. Geht das?"
„Selbstverständlich. Lied Nummer 5 nehme ich an?"
„Ja." Ich lächelte. „Sie sind wirklich sehr gut in ihrem Job."
„Schließlich habe ich sie und Herrn McAdams wochenlang in Italien den Gardasee hinauf und wieder hinunter gefahren, da lernt man jemanden ganz gut kennen." Er startete Lied Nummer 5 und ließ per Knopfdruck die Trennwand

hinauffahren. Ich löste den Gurt und legte mich auf die schwarze Lederbank und versuchte an nichts zu denken. Ich hörte einfach nur der kratzigen Stimme von Fords Onkel zu:

Bewusst bin ich mir meiner
Seele jetzt in deiner
und so findet nun mein Herz
alleine keine Ruhe mehr
es schlägt so schnell und laut
fast schon wie ein Rufen
dabei hab ich dich doch schon gefunden
es will nur, dass du bleibst,
dass du bei mir bleibst

Als ich an der Mühle von Fords Großeltern ankam, war bereits Nachmittag.
„Ralf, bitte fahren sie die Straße ein Stück zurück und warten dort auf mich. Wenn Herr Miller anruft, würden sie dann für mich lügen?"
„Was soll ich Herrn Miller sagen?"
„Egal, Hauptsache er erfährt nicht, wo ich bin. Sagen sie ihm, ich wollte einkaufen gehen und Sie müssen die Tüten tragen. Ich bin mir sicher, das wird er Ihnen glauben." Ich lächelte ihm aufmunternd zu, denn ich wusste, dass er seinen Arbeitgeber nicht gerne anlog. Doch es musste sein. Nur dieses eine Mal.

Fords Oma hatte wohl das Auto gehört, denn sie stand bereits an der Tür wartete auf mich. „Ich wusste nicht, dass du kommen wolltest", begrüßte sie mich skeptisch.
„Ich hatte es auch nicht vor, doch es gibt so viele offene Fragen."
„Das verstehe ich, aber müssen wir das unbedingt heute besprechen? Manfred ist drinnen und ich möchte nicht, dass

er in irgendetwas mit hineingezogen wird."
Ich nahm ihre Hand und sah sie bittend an. „Dann lass uns wieder in den Stall gehen. Er wird nicht erfahren, dass ich hier bin."
„Ist gut."
Noch während wir die paar Meter zu dem kleinen Nebengebäude gingen, fragte ich: „Als meine Freundin Silvia damals hier aufgetaucht ist, um nach Ford zu suchen, wie konntest du erkennen, dass sie eine gesprungenen Seele war?"
Die Tür knarzte schwer, als Marie versuchte sie aufzudrücken. „Sie muss sich in der Hitze verzogen haben", stellte sie fest.
Ich lehnte mich gemeinsam mit ihr gegen das alte Holz und so schafften wir es, sie zu öffnen. Die feuchte Wärme im Inneren erschlug mich fast als wir hinein gingen. Marie musste es genauso gehen, denn sie ging zügig durch den kleinen Raum hindurch und öffnete das winzige und leider auch einzige Fenster an der gegenüberliegenden Wand. Sie setzte sich auf einen der Strohballen und wischte sich die Stirn mit einem gelben Stofftaschentuch ab. „So, sie war also deine Freundin?"
„Ja, das war sie."
„Ist sie es jetzt nicht mehr?"
„Sie hat mehr oder weniger aus Versehen ihre Bestimmung erfüllt und wurde von den Nebelläufern geholt."
„Oh", bemerkte Marie gelassen. „Nun, mal abgesehen von ihren äußerst auffälligen gelben Haaren ist mir ihr Gang aufgefallen."
„Ihr Gang?"
„Die Seelen laufen anders. Irgendwie aufrechter. Die Menschen bezeichnen es gerne als hochnäsig. Ist dir das etwa noch nie aufgefallen?"
Ich dachte kurz darüber nach und nickte dann lächelnd. „Ja, jetzt wo du es sagst." Ich spürte, wie ich mich langsam

begann zu entspannen und setzte mich nun ebenfalls auf einen der Strohballen.
„Aber das war nicht alles, was du wissen wolltest, oder? Also was führt dich zu mir?"
„Wie du sicherlich weißt, war ich mit Ford ein paar Wochen in Italien. Wir wollten dort den Kopf frei bekommen. Deine Geschichte hat uns beide ziemlich nachdenklich gemacht."
„Ich wusste nicht, dass ihr fort wart."
„Ach nein? Hat er es dir nicht erzählt?", fragte ich verwundert.
Traurig senkte sie den Kopf. „Er hat seit jenem Tag nicht mehr mit mir gesprochen. Anton hatte wohl recht, ich hätte es euch nicht erzählen sollen."
„Anton?", fragte ich irritiert.
„Ja, Anton. Ich weiß, dass ihr euch kennt. Er ist mein Partner und Fords leiblicher Großvater."
Wäre hinter mir keine Wand gewesen, wäre ich rückwärts von meinem Strohballen gefallen. „Anton ist Fords Großvater?", fragte ich entgeistert.
„Ja."
„Wie ist das möglich?"
„Ich werde dir die ganze Geschichte erzählen. Auch wenn Anton meint, ich sollte es bleiben lassen. Ich denke aber, ich kann nicht noch mehr Schaden anrichten als sowieso schon und außerdem tut es mir gut, mal mit jemandem über alles zu reden."
Ich schluckte schwer.
„Brauchst du etwas zu trinken?"
Ich schüttelte den Kopf. „Nein, danke."
„Weißt du, ich hatte sehr nette Eltern, damals in der Seelenwelt. Sie haben früh erkannt, dass ich mit der Gabe von vier Elementen geboren wurde und mich trotzdem nicht an die obersten Richter übergeben. Sie sind mit mir in eine einsame Gegend gezogen und haben mich glücklich und frei

aufwachsen lassen. Sie haben mir gezeigt, wie ich meine Elemente unter Kontrolle halten kann und ich durfte, als ich volljährig war, mir meine zwei liebsten Elemente aussuchen. Die anderen beiden Elemente sollte ich versuchen zu vergessen. Ich zog in die Stadt und lernte dort Anton kennen. Er war damals wunderschön. Groß, stark, gelbes Haar und eisblaue Augen. Ich verliebte mich sofort in ihn. Als ich ihn besser kennenlernte, beschloss ich ihm die Wahrheit über mich zu erzählen. Ich wollte keine Partnerschaft zu ihm aufbauen, wenn diese aus Lügen bestand. Ich wusste, in welche Gefahr ich mich damit begab. Schließlich musste ich davon ausgehen, dass er mich verraten könnte. Aber es ging alles gut. Er fand mich weder abstoßend, noch hatte er Furcht vor mir. Er liebte mich, so wie ich war. Wir waren glücklich. Ein paar Vollmonde später verbanden wir unsere Seelen miteinander, bezogen ein gemeinsames Haus und wollten Kinder bekommen. Doch damals war eine wilde Zeit. Die Seelen mit der Gabe von vier Elementen, welche es geschafft hatten erwachsen zu werden ohne den obersten Richtern übergeben zu werden, vereinten sich zu einer Geheimorganisation. Wir hatten nicht einmal einen Namen, aber wir trafen uns regelmäßig in einem Erdloch und diskutierten unsere Situation. Irgendwann wurde es zu einer richtigen Rebellion. Wir gingen auf die Straßen und zeigten den anderen Seelen, was wir konnten. Wir wollten ihnen zeigen, dass wir keine Gefahr für sie darstellten. Dass wir nicht anders waren als sie selbst. Doch die Wachen der obersten Richter fingen uns ein und verurteilten uns zu lebenslänglicher Verbannung in die Menschenwelt. Anton hatte mich im Gefängnis besucht, ich hatte versucht ihm zu erklären, dass er mich vergessen sollte und sich eine andere Seele suchen sollte, doch er wollte nicht auf mich hören. Am Tag meiner Hinrichtung schlich er sich zu den Klippen und brachte den Vollstrecker um. Er wollte mit mir in die Wälder fliehen, doch ich überredete ihn dazu gemeinsam mit mir in die Menschenwelt zu springen. Ich wollte kein Leben voller Furcht und Flucht. Ich wollte mit ihm Kinder haben und mich nicht bis ans Ende unserer Tage im Wald verstecken müssen. Von alle dem, was ich über die Menschenwelt gelesen und gehört hatte, erschien sie mir als eine bessere Lösung. Also banden wir unsere Körper mit einem Seil fest aneinander und sprangen von der Klippe. Gelandet sind wir dann hier. Normalerweise löst sich die Seele nach dem Sprung in Nebel auf und wartet darauf wiedergeboren zu werden. Doch wir wachten in der Zwischenwelt auf, ohne dass sich unsere Seelen aufgelöst hatten. Ich glaube, dass es daran lag, dass wir zusammengebunden waren. Vielleicht hat die Auflösung und Wiedergeburt deshalb nicht funktioniert. Ich weiß es nicht ganz sicher." Marie sah mich schweigend an und fragte dann. „Was denkst du?"

Ich zuckte mit den Schultern. „Ich weiß nicht, was ich denken soll."

Marie lächelte und fuhr dann fort. „In jener Nacht lag Schnee. Ich erinnere mich ganz deutlich an dieses Gefühl, es geschafft zu haben. Ich war durch Antons Hilfe meinem Urteil entgangen. Ich dachte, ich hätte nun die Chance hier in der Menschenwelt mit Anton glücklich zu sein, doch so war es leider nicht."

„Was ist passiert?", fragte ich mit trockenem Mund.

„Die Nebelläufer kamen. Sie lösten unsere Seelen in Nebel auf, so wie es hätte sein sollen, und ich wurde wiedergeboren."

„Was ist mit Anton passiert?"

„Sie haben seine Seele zwar nach ein paar Jahren aus dem Nebel befreit, ihn aber nicht frei gelassen. Er ist in der Zwischenwelt gefangen. Wir treffen uns jeden ersten Samstag im Monat und verbringen einen ganzen Tag miteinander. Es tut mir in der Seele weh, wie er aussieht."

Erst jetzt fiel mir auf, dass Maries Beschreibung von Anton gar nicht auf ihn passte. „Was passiert mit ihm?“
„Seine Seele verändert sich. Von Mal zu Mal erscheint er mir farbloser, schwächer und kleiner. Seine Haut sieht fahl aus, seine Haare sind nicht mehr gelb, sondern haben diesen vergilbten Ton. Wie ein alter Vorhang in einem verrauchten Haus. Und seine Augen funkeln mich schon lange nicht mehr eisblau an. Heute sehen sie irgendwie nur noch glasig aus. Als hätte sich ein Schleier über sie gelegt.
„Dann ist Anton also der Vater von Fords Mutter?“
„Ja, er ist Johannas Vater.“
Ich dachte an den Brief, den Erik und ich im Erdloch gefunden hatten.

Ich hatte gehofft dich heute hier zu finden. Ich dachte, du hättest den Schnee geschickt, um mich zu dir zu rufen. Ich dachte, du wolltest dich mit mir versöhnen, um nicht im Streit ins neue Jahr zu gehen. Wir müssen unsere Unstimmigkeiten beiseite räumen. Es vergeht kein Tag, an dem ich dem Jungen nicht die Wahrheit sagen möchte. Es quält mich sehr. Er kommt bald zurück und dann vielleicht für immer. Wie soll ich damit leben, ihn weiter zu belügen? Du weißt, ich wollte damals Johanna die Wahrheit sagen, doch für dich habe ich geschwiegen. Noch einmal schaffe ich das nicht. Ich hoffe, dass du mir eines Tages Recht geben wirst und mir irgendwann verzeihst. Ich wollte nie, dass du eingesperrt wirst. Ich wusste nicht, dass es für uns so kommen würde. Vergiss bitte nicht, dass wir uns einmal sehr geliebt haben. Frohe Weihnachten.

Ich überlegte einen Moment, ob ich Marie erzählen sollte, dass ich ihren Brief gefunden und gelesen hatte, behielt es dann aber doch für und fragte stattdessen: „Aber wenn du ein Mensch bist und Anton eine Seele, wie konntet ihr dann ein

Kind zeugen?“
„Nun“, sie räusperte sich, „einmal, ich war gerade 15 Jahre alt, da hat er es geschafft die Nebelläufer auszutricksen. Er hat sich an eine andere Seele gebunden und ist mit ihr gemeinsam in der Vollmondnacht zurück in die Menschenwelt gesprungen. Wir sind zusammen nach Marokko geflohen. Das war auch so eine wilde Zeit.“ Marie lächelte verlegen und wurde rot dabei. „Wir haben Fords Mutter gezeugt, doch noch bevor sie geboren wurde, haben die Nebelläufer uns aufgespürt und Antons Seele erneut in Nebel verwandelt und zurück in die Zwischenwelt gebracht. Wir hatten so große Angst davor, dass sie sich aus Zorn Johanna holen könnten, dass Anton nie wieder aus dem Seelenkreis geflohen ist. Er ist dort geblieben und beobachtet seither alles. Daher wusste ich auch schon ziemlich früh von dir und Ford.“ Wieder lächelte sie mich verlegen an. „Erst wollte ich es nicht wahrhaben und freute mich, als die Nebelläufer Fords Erinnerungen an dich genommen hatten, aber dann habe ich erkannt, dass man euch nicht auf Dauer trennen kann. Ihr würdet euch wiederfinden. So war es schon des Öfteren, habe ich recht?“

New York
September 2007

Aingeal, mein Engel,
der Sommer in New York war wirklich erdrückend. Die stehende, heiße Luft zwischen all den Hochhäusern und die unzähligen Autos, die ihre Abgase in die Luft blasen. Die meiste Zeit konnte ich das Fenster meines Zimmers nicht öffnen. Ich hätte sonst den ganzen Smok herein gelassen. Also lief die Klimaanlage auf Hochtouren und hat noch mehr schlechte Luft produziert. Ein Teufelskreis. Umso mehr freue ich mich auf den Herbst. Die Luft wird endlich kühler. Die Blätter färben sich ein und der Wind wirbelt sie in einem bunten Regen von den Bäumen des Central Parks. Du wirst es dir schon denken können, aber ich schreibe es dir trotzdem: dabei denke ich natürlich immer an dich und an den Ahornbaum hinter unserer Bank am Waldsee. Ich denke an dich und daran wie du mir den Wind gegen meinen nackten Hintern geblasen hast, als wir schwimmen gehen wollten. Ich denke an den Kuss zurück, damals im kühlen Wasser, das war für mich der leidenschaftlichste Kuss, den ich bis dahin je erlebt hatte. Ich denke gerne an ihn zurück. Vielleicht habe ich Glück und es ist noch nicht zu kalt, wenn ich dich bald im Seelenkreis besuchen komme. Dann könnten wir schwimmen gehen und du könntest mich noch einmal so küssen, wie du es damals getan hast. So lange, bis mich meine Kräfte verlassen und wir gemeinsam im See versinken.

13. Feuer

September 2008
Wir saßen zu dritt im Schneidersitz auf dem Marienberg und konzentrierten uns. Erik hatte seine Finger in die Erde gesteckt und murmelte irgendetwas vor sich hin.
„Was sagt er da?“, fragte ich Martin flüsternd.
„Ich kenne die Sprache nicht und jetzt konzentriere dich auf mich.“ Er hielt meine Hände und strich sanft mit den Fingernägeln über die Innenflächen meiner Hände.
„Ich verstehe nicht, was das bringen soll“, murmelte ich unzufrieden vor mich hin.
„Du sollst dich konzentrieren. Es hat mich sehr viel Mühe gekostet, dich vorerst hierbehalten zu dürfen. Wenn du deinen nächsten Aufenthalt in der Menschenwelt nicht in Prag verbringen möchtest, dann musst du anfangen mir zu vertrauen. Also mach die Augen zu und konzentriere dich.“
Wie er es mir aufgetragen hatte, schloss ich die Augen und konzentrierte mich auf seine Berührung. „Ich finde deine Nägel zu lang, sie kratzen mich.“
Martin ließ genervt meine Hände fallen und sprang auf. „Bei allen Göttern!“
„Entschuldige bitte.“ Auch ich stand auf und sah Martin eindringlich in die grauen Augen. „Ich bin nicht Erik. Du musst anders mit mir umgehen. Du musst mir erklären, was du machst. Denn wenn ich den Sinn hinter einer Übung nicht verstehe, dann kann ich mich auch nicht auf sie konzentrieren. Ich frage mich dann die ganze Zeit: Was soll das? Was tut er da?“
Er sah mich finster an und sagte kein Wort.
„So, wie du es bei der Prüfung getan hast“, sprach ich weiter. „Du hast nicht gesagt konzentriere dich auf den Wind, sondern du hast mir gesagt wie es geht. Du hast mir ein Bild

gegeben, welches ich festhalten konnte. Das hat bei mir funktioniert. Martin, bitte, gib mir ein Bild zum Festhalten.“
Er senkte den Blick und wirkte müde und angestrengt.
„Ist alles okay mit dir?“, fragte ich besorgt.
„Ja. Ich bin nur erschöpft. Du weißt ja, mein Tagesablauf hat vor dieser ganzen Unterrichterei anders ausgesehen. Normalerweise würde ich jetzt in Ruhe frühstücken, Zeitung lesen und danach Sex mit einer weiblichen Seele haben.“
„Oh.“ Ich spürte, wie ich rot wurde und ärgerte mich darüber. „Es tut mir leid, dass du wegen uns so viele Umstände hast.“
„Nun, meine Mutter hat schon immer gesagt: Wer sich die Suppe einbrockt, der muss sie auch auslöffeln. Es war meine Entscheidung euch zu unterrichten, jetzt ziehe ich es auch durch. Ich bin es gewohnt, dass alles so funktioniert, wie ich es mir in den Kopf gesetzt habe. Auch wenn es bei dir etwas länger dauert oder du meinst, ich müsste einen sanfteren Weg einschlagen, irgendwann wirst auch du so funktionieren wie ich es mir vorstelle.“
„Du bist total arrogant.“
Martin schien vollkommen gelassen. Seine Mimik zeigte keinerlei Gefühlsregung und sein Blick war starr auf mich geheftete. Er legte seinen Arm um meine Taille und zog mich ein Stück näher an sich heran. „Ich bekomme immer, was ich will.“
„Und was ist es, das du willst?“
„Ich will, dass du im Januar die Prüfung bestehst.“
„Mehr nicht?“, fragte ich skeptisch.
„Fürs erste nicht, nein.“
„Okay, dann sind wir uns ja einig. Ich will nämlich auch die Prüfung bestehen.“
„Dann lass uns trainieren. Zeig mir, was du kannst und verliere dabei nicht die Kontrolle.“ Er ließ mich los und trat einen Schritt von mir zurück.

„Aber wie mache ich das?", fragte ich verzweifelt.
Martin setzte sich auf die kleine Mauer am Rande des Hügels und fragte: „Wie hast du es geschafft deine menschlichen Süchte in den Griff zu bekommen? Als ich dich kennengelernt habe, warst du in manchen Dingen ziemlich maßlos. Das ist jetzt nicht mehr so. Wie hast du das geschafft?"
„Durch Ford." Ich setzte mich zu ihm auf die Mauer. „Als ich meine Gefühle für ihn zurück hatte und er seine Erinnerungen an unsere gemeinsame Zeit, da habe ich keine andere Sucht mehr gebraucht. Er war zu meiner Sucht geworden."
„Ist er es heute immer noch?"
„Ja. Er ist meine Sucht. Er ist alles, was ich brauche."
„Dann brauchst du auch den Wind nicht. Denke an Ford, während du mit dem Wind spielst. Und vergiss nie: Du kannst den Wind beeinflussen, aber du darfst ihm nie die Kontrolle über dich geben. Du bist stärker als der Wind."
„Wieso ist es als Mensch so viel schwerer? Wenn ich in der Zwischenwelt bin, dann kann ich doch auch den Wind kontrollieren, ohne gleich süchtig nach diesem Gefühl zu werden."
„Du bist jetzt aber ein Mensch und die Menschen unterliegen nun mal sehr leicht ihren Gefühlen. Sie können sich oft nur schwer zügeln." Er lachte plötzlich laut auf. „Du kannst dir gar nicht vorstellen, wie oft ich schon Frauen im Bett hatte, die direkt nach dem Sex eine komplette Tafel Schokolade aufgegessen haben."
Ich lächelte ihn an, ich weiß nicht genau warum. Ich denke, weil ich ihn mochte. Manchmal verstand ich nicht genau warum, denn er konnte ein ziemlicher Arsch sein, aber dann war er auf einmal wieder nett, freundlich und hilfsbereit. „Ist das deine Sucht?"
„Schokolade?", fragte er mit gerunzelter Stirn.

„Nein, ich meinte die Frauen."
Martin senkte den Blick und schüttelte den Kopf. „Nicht die Frauen sind zur Sucht geworden, viel mehr die Suche nach der einen."
„Du suchst nach einer Frau?"
„Ja, und zwar nicht nach irgendeiner, sondern nach einer ganz bestimmten."
„Wer ist sie?", fragte ich neugierig.
„Das ist eine lange Geschichte."
„Ich habe Zeit", stellte ich lächelnd fest und nickte Martin aufmunternd zu.
Er atmete laut aus und sagte dann: „Also gut. Beginnen wir damit, dass ich ursprünglich nicht aus Nürnberg komme. Mein Vater war ein Geschäftsmann und auf der ganzen Welt zuhause. Unser Hauptwohnsitz war in Südafrika, weil er in seiner Freizeit am liebsten zum Surfen ging. Dort hatte er auch meine Mutter kennengelernt. Sie war viel jünger als er und eine echte Strandschönheit. Sicherlich hat sie ihn wegen des Geldes geheiratet und nicht aus Liebe. Während er also durch die Welt flog, blieben meine Mutter und ich in der Strandvilla und genossen unser Leben in vollen Zügen. Als ich 25 Jahre alt war, verliebte ich mich in eine Holländerin. Sie hatte die blondesten Haare, die ich je gesehen hatte. Eigentlich war sie Medizinstudentin und verbrachte während der Semesterferien nur einen Urlaub in Südafrika. Doch sie ist nie nach Holland zurückgekehrt. Sie blieb in Afrika. Sie blieb bei mir. Schnell zog sie zu mir und meiner Mutter in die Villa und unser Leben hätte besser nicht sein können, wäre sie nicht bei einem Autounfall ums Leben gekommen." Martin sah mich entschlossen an. „Ich bin mir sicher, dass sie ihre Bestimmung noch nicht erfüllt hatte und zu früh gestorben ist. Sie muss also noch irgendwo sein. Ich bin damals fast wahnsinnig geworden und habe angefangen sie zu suchen. Überall. Auf der ganzen Welt. In jedem verdammten

Seelenkreis." Aufgebracht presste er seine Fäuste gegen die Steinmauer, auf der wir saßen, und atmete hektisch ein und aus.
„Deshalb hast du den Meyer vom Arbeitsamt beauftragt dir all die weiblichen Seelen zu schicken?"
„Ja."
„Wie kannst du dir so sicher sein, dass sie eine weibliche Seele war? Sie könnte genauso gut eine männliche Seele in dem Körper einer Frau gewesen sein."
„Nein, ich bin mir absolut sicher, dass sie weiblich war."
Ich ließ mir Martins Geschichte für einen Moment durch den Kopf gehen und fragte dann: „Woher wusstest du das alles? Dass es Seelenkreise und Bestimmungen gibt?"
„Ich bin in diesem Leben zwar ein Mensch, aber ich war vorher schon ein paar Mal in der Zwischenwelt und wie du sicherlich weißt, erinnert man sich in dem Leben, welches direkt nach der Zwischenwelt folgt noch an alles, auch wenn es etwas verschwommen ist."
Ich nickte und erinnerte mich an die erste Nacht mit Martin. Wir waren mit dem Auto auf den Berg hinter dem Nürnberger Flughafen gefahren und hatten dort ein Picknick auf der Motorhaube gemacht. Damals hatte er mir einiges über seine vergangenen Leben und über seine Aufenthalte in der Zwischenwelt erzählt. „Aber ihr Tod ist doch nun schon mehr als 20 Jahre her. Sie wurde bestimmt schon wiedergeboren."
„Das will ich nicht glauben. Du warst doch auch 19 Jahre lang im Seelenkreis gefangen. Es ist also nicht unmöglich, dass sie noch irgendwo dort draußen ist."
„Wieso suchst du ausgerechnet hier nach ihr?"
„Weil sie immer unbedingt in Deutschland leben wollte. Und da ich mich ziemlich gut mit dem Schicksal auskenne und damit wie es versucht uns Menschen über unsere Gefühle und Bedürfnisse zu manipulieren, denke ich, dass sie hier

irgendwo ist, oder irgendwann auftauchen wird." Er klopfte mir auf den Rücken und sagte: „Und jetzt übe doch bitte noch ein Weilchen. Ich wäre jetzt gerne für einen Moment alleine."

Als ich nach dem Training nach Hause kam, musste ich feststellen, dass ein neues Mädchen dabei war in unsere WG einzuziehen. Um genau zu sein, in Silvias altes Zimmer. Es war komisch, dass dort nun jemand anderes wohnen sollte, als meine Freundin. Und obwohl ich sie noch gar nicht kannte, mochte ich sie nicht. Es fühlte sich so an, als würde sie Silvias Platz einnehmen wollen, und den würde niemals jemand einnehmen können. Zögerlich ging ich an der offenen Tür vorbei und sah hinein. Ich war nicht mehr hineingegangen, seit ich den Raum gemeinsam mit Frieda und Michaela leergeräumt hatte. Wir hatten ihre Sachen in die Gemeinschaftsräume verteilt. Den Sitzsack hatten wir neben den Ölofen in der Küche gelegt, die Kerzen und die paar Dekostücke hatten im Wohnzimmer Platz gefunden. Ihre Kleider, Schuhe und die braune Handtasche füllten noch immer ihren Schrank in dem kleinen Raum, den wir als begehbaren Kleiderschrank nutzten. Das Bett hatten wir auseinandergebaut und von Fabi auf den Dachboden tragen lassen. Ich hatte ihm erzählt, dass Silvia beim Tanzen einen Mann kennengelernt hatte, mit dem sie noch in der selben Nacht Hals über Kopf durchgebrannt war. Sie würde nicht zurückkommen und hätte mich beauftragt ihre Sachen zu verteilen. Fabi war seitdem nur noch einmal bei uns gewesen und das auch nur um aus Silvias Schrank ein paar seiner Klamotten herauszusuchen. Er war am Boden zerstört und hatte damit begonnen seinen Kummer mit Sport und Frauen zu bewältigen. Vielleicht wäre eine andere Geschichte nicht so schmerzhaft für Fabi gewesen, doch mir war nichts anderes eingefallen.

„Hallo.“ Die Neue streckte mir freudig ihre Hand entgegen. „Ich bin Solin“, stellte sie sich vor.“
„Ich bin Lilou.“ Ich reichte ihr die Hand und versuchte ebenfalls zu lächeln.
„Deine orangenen Haare sind toll“, stellte sie bewundernd fest. „Ich überlege noch, ob ich meine färben soll. Irgendwie sehen sie so menschlich aus. Du bist doch aus der Zwischenwelt, oder?“
„Sie sind schwarz“, bemerkte ich verwundert.
„Ja genau. Ziemlich langweilig, oder?“
„Ich habe noch nie eine Seele mit solch tiefschwarzen Haaren gesehen.“ Fasziniert starrte ich sie an.
„Ich sehe aus wie ein Pferd. Wie heißen die noch gleich? Diese Pferde, die so schwarz sind, dass sie in der Sonne blau schimmern?“ Solin hatte eine zierliche, feine Stimme und sprach unglaublich schnell.
„Ich weiß nicht wie sie heißen, ich kenne mich mit Pferden nicht so gut aus. Und du solltest vielleicht nicht ganz so offenherzig über die Zwischenwelt sprechen, unsere beiden anderen Mitbewohnerinnen sind Menschen und wissen nichts von alle dem.“
„Oh, ah, ja, ich verstehe. Ist gut.“ Sie drehte sich um und verschwand in ihrem Zimmer.
„Hast du keine Möbel?“, fragte ich.
„Nein, noch nicht. Weißt du, wo ich welche herbekomme?“
„Wir haben auf dem Dachboden noch ein Bett stehen, das könntest du haben, wenn du möchtest.“
„Super, total gerne.“ Sie grinste von einem Ohr bis zum anderen und tanzte dabei durch das Zimmer. „Wobei es auch sehr schön ist, wenn man Platz zum Tanzen hat.“ Ihre langen schwarzen Haare flogen durch die Luft als sie eine Piorette nach der anderen drehte. Dabei trug sie nicht mehr als ein altes Flanellhemd, das sie mit einem Gürtel an ihrer schmalen Hüfte zusammengebunden hatte. Sie trug weder Hose noch

Schuhe und tanzte wie ein bekifftes Blumenmädchen durch den leeren Raum.
„Aus welchem Seelenkreis kommst du?“, fragte ich skeptisch. „Ich habe dich in Hofstetten nie gesehen.“
„Aus England.“
„Wie kommt es dann, dass du hier in Nürnberg bist?“
„Bestimmung?“, fragte sie lachend.
„Aber ich dachte, man wacht immer in dem Seelenkreis auf, welcher der Bestimmung am nächsten liegt.“
Sie blieb stehen und sah mich aus tiefschwarzen Augen ernst an. „Das Schicksal könnte sich doch auch geirrt haben. Wer sagt dir, dass das Schicksal alles am besten weiß? Vielleicht bin ich es, die am besten weiß, wo mich mein Leben hätte hinführen sollen.“ Ihr Blick hellte sich urplötzlich wieder auf und sie begann von neuem Pirouetten zu drehen.
„Ist mit dir alles in Ordnung?“, fragte ich skeptisch.
„Natürlich. Das Leben ist einfach wunderbar. Ich freue mich so sehr, wieder am Leben zu sein.“
„Schön, dass du dich so freuen kannst. Ich, also ich“, stotterte ich, „gehe jetzt erst einmal duschen und dann können wir ja schauen, ob wir irgendwie das Bett vom Dachboden runter bekommen.“
„Darf ich mitkommen?“
„Auf den Dachboden?“
„In die Dusche. Ich war schon ewig nicht mehr duschen.“
„Nein!“
„Aber warum denn nicht?“, fragte sie enttäuscht.
„Weil ich alleine duschen gehe!“
„Aber im Seelenkreis warst du doch auch nackt, da brauchst du dich doch jetzt nicht so zu zieren.“
Kopfschüttelnd ging ich ins Badezimmer und sagte noch einmal: „Bitte, versuche dich wie ein normaler Mensch zu verhalten.“
„Wie verhalten sich denn normale Menschen?“, rief sie mir

lachend hinterher.
„Sie gehen nicht mit ihren Mitbewohnerinnen unter die Dusche!“, antwortete ich und knallte die Tür zum Badezimmer zu. Vorsichtshalber verschloss ich sie, was ich sonst nie tat, aber sicher war sicher.
Ich duschte mich so schnell wie möglich, föhnte mir die Haare, schlüpfte in meine gemütlichste Jeans und meinen grauen Lieblingspulli, und verließ die WG ohne etwas zu essen oder zu trinken.
„Vielleicht kann ich heute Abend bei Ford übernachten, damit ich dieser verrückten Hippie-Seele aus dem Weg gehen kann?“, überlegte ich, während ich durch die Stadt ging. Ich kaufte mir einen Kaffee und eine Butterbrezel. Bummelte eine Weile an den herbstlich dekorierten Schaufenstern vorbei und machte mich dann auf den Weg zu Christina.

„Möchtest du das wirklich?“, fragte sie mich nun schon zum dritten Mal und zog dabei die Augenbrauen nach oben.
„Ich muss. Sam möchte mir etwas sagen, oder mir etwas zeigen. Ich bin mir sicher, dass es wichtig ist.“
„Also gut. Legen wir los. Ich zähle wieder bis drei, so wie immer.“ Sie legte ihre kühle Hand auf meine Brust und ich konzentrierte mich ganz auf meine Seele. „Ein – Zwei – Drei. Wo bist du?“
„Ich stehe wieder im Flur. Ich kann das Feuer spüren, wie es vom Keller zu mir herauf kommt. Es wird heißer und die lilafarbenen Flammen erhellen das Treppenhaus.“
„Was wirst du jetzt tun?“
„Ich muss nach unten. Ich spüre es ganz deutlich. Also gehe ich. Ich nehme all meinen Mut zusammen und klettere vorsichtig über die verbrannten Kinderleichen nach unten.“
„Was macht das Feuer?“
„Es weicht vor mir zurück. Es möchte mich nicht verbrennen. Es möchte mir nur den Weg zeigen.“

„Wo führt es dich hin?“
„In den Raum, in dem ich immer so gerne war. Dort ist mir Sam zum ersten Mal begegnet.“
„Was siehst du?“
„Es ist alles verbrannt. So habe ich den Raum schon einmal gesehen. Der Wandteppich ist von der Wand gezogen, das war ich. Er war ebenfalls verbrannt und ich habe seine zerfetzten Überrest von der Wand gerissen um zu sehen was sich darunter verbirgt.“
„Was ist dort versteckt?“
„In der Mitte ist ein Mann in die Steinwand geritzt worden. Um ihn herum befindet sich eine Feuerkugel. Ich bin mir nicht sicher, ob die Kugel ihn beschützt oder ihn einsperrt.“
„Siehst du noch etwas?“
„Ja, viele Striche.“
„Striche?“
„Ja.“
„Kannst du sie mir deutlicher beschreiben? Ergeben sie vielleicht ein Bild?“
„Ich betrachte sie aus allen möglichen Blickwinkeln, aber ich kann nichts darin erkennen.“
„Und wenn du weiter von der Wand weggehst? Geh in den Flur hinaus und sieh von dort aus auf die Wand.“
„Ja. Du hast recht. Ich erkenne ein Muster. Im oberen Bereich der Wand befinden sich längliche Striche die mit einem kleineren Querstrich durchgestrichen wurden. Auf der unteren Hälfte befinden sich nur die länglichen Striche.“
„Wie viele sind es?“
„89 durchgestrichene und 11 längliche Striche. Oh nein, mein Nähmaschinentisch brennt.“
„Es brennt?“
„Ja. Es ist aber kein normales Feuer, es ist die Feuerkugel, die auch auf die Wand gezeichnet wurde. Sie zieht mich an. Wie ein Magnet zieht sie mich zu sich. Ich gehe zu ihr hin. Ich

höre Sams Stimme. Ich glaube Sam ist in der Feuerkugel gefangen. Er ruft nach mir."
„Was genau ruft er?"
„Du musst dich erinnern. Du musst dich erinnern. Immer wieder ruft er das gleiche: Du musst dich erinnern. Aber ich kann mich nicht erinnern! Ich weiß nicht an was ich mich erinnern soll! Ich weiß es einfach nicht!"
„Lilou, soll ich dich zurückholen?"
„Nein. Ich will in das Feuer hinein. Ich muss ins Feuer gehen. Ich strecke meine Hand nach der Feuerkugel aus. Das ist merkwürdig. Ich kann einfach hindurch fassen ohne dass es mich verbrennt. Ich spüre zwar das Brennen auf der Haut, aber es tut mir nichts. Es tut mir nicht weh. Es fühlt sich so an, als würde das Brennen irgendwie zu mir gehören."
„Was passiert jetzt?"
„Sam ist tatsächlich in der Kugel."
„Woher weißt du das?"
„Er hat meine Hand genommen. Er zieht mich jetzt zu sich ins Feuer hinein. Ich spüre ihn ganz deutlich." Erschrocken schlug ich die Augen auf.
„Was ist passiert?", fragte Christina aufgeregt. „Hat er dich wieder zurückgeschickt?"
Irritiert setzte ich mich auf und rieb mir die Stirn. „Es war merkwürdig. Als ich in dem Feuer war, da fühlte es sich so an, als würde ich mit Sam verschmelzen. Es hat sich so angefühlt, als wäre ich Sam. Aber das ergibt doch keine Sinn, oder?"
Christina nickte nachdenklich und antwortete in leisem Ton: „Vielleicht können wir den Sinn hinter alledem nur noch nicht begreifen."

New York
Oktober 2007

Aingeal, mein Engel,
ich habe dich im Wald besucht und es war anders, als ich es mir vorgestellt hatte. Ich wusste, dass ich nicht so viel Hoffnung in diese erste Begegnung legen sollte und dann tat ich es doch. Ich habe in den Tagen vor meinem Flug nach Deutschland stundenlang wachgelegen und mir vorgestellt wie es sein würde, dich endlich wieder zu haben. Wir beide auf der Bank. Der Laptop spielt leise Musik. Dein Kopf liegt auf meinem Schoß. Ich streichle über deine Locken und küsse dir die Stirn. Du erzählst mir, was du in den letzten Monaten im Wald erlebt hast. Und ich erzähle dir, was ich in New York erlebt habe. Wir würden uns küssen. Uns nahe sein. Irgendwann würdest du fragen: „Habe ich dir heute schon gesagt, dass ich dich liebe?" Und ich würde dich lieben. Mit jeder Zelle meines menschlichen Körpers würde ich deine Seele lieben. In meinen Gedanken hatte ich mir all dies perfekt ausgedacht und die Gefahr war riesengroß, dass mein Besuch bei dir diese Vorstellung nicht erfüllen würde. Doch du hast alles erfüllt und ich war glücklich. So richtig glücklich. Bis du angefangen hast mir deinen Wunsch zu verraten. Dieser dumme Wunsch, dass ich einmal mit einer richtigen Frau glücklich werden sollte. Eine Frau, mit der ich Kinder bekommen könnte. Verdammt! Lilou! Hättest du nur nicht damit angefangen! Ich will keine Kinder, wenn ich sie nicht mit dir bekommen kann. Was soll ich mit einer „richtigen" Frau, wenn ich stattdessen mein viel zu kurzes menschliches Leben in deinen wundervollen Armen verbringen kann?

14. Silvias Tagebuch

Oktober 2008

Ich griff nach dem Holzstab am Rollo und drehte ihn, bis sich die Lamellen öffneten und das Licht des Vollmondes Fords Zimmer erhellte. Ford lag auf dem Bauch, das Gesicht mir zugewendet und atmete flach. Vorsichtig zog ich die Decke von seinem Rücken und betrachtete seine Muskeln. Als ich ihn vor fünf Jahren im Wald nahe Hofstetten kennengelernt hatte, war er viel schmächtiger gewesen. Seine Muskeln hatten sich zwar damals schon unter der Haut abgezeichnet, doch so richtig kräftig war er erst in New York geworden. Weil ich ihn nicht wecken wollte, fuhr ich die Linien seiner Muskeln nicht direkt auf seiner Haut nach, sondern wenige Millimeter über seinem Körper. Seine Wimpern warfen lange Schatten auf sein Gesicht und seine kantigen Wangenknochen sahen im Schein des Mondes noch härter aus als sonst. Die Bräune aus Italien war fast vollkommen verblasst und so bildeten seine schwarzen Bartstoppeln einen starken Kontrast zu seiner hellen Haut. Er hätte einen guten Räuber abgegeben, vielleicht war er sogar mal einer gewesen, überlegte ich und musst bei dem Gedanken lachen. Ford drehte sich im Schlaf um und zog die Decke wieder über sich. Schade, dachte ich, ich hätte ihn gerne noch angesehen.

Ich legte mich auf den Rücken, schob mir die Arme unter den Kopf und sah zwischen den Spalten des Rollos nach draußen in die Nacht. Ich hätte auch gerne etwas geschlafen, doch seit meiner letzten Vision, die nun schon mehr als fünf Wochen zurücklag, fühlte ich mich unruhig und dachte sehr viel nach. Ich dachte an Christina und daran, wie ich sie immer wieder gedrängt hatte, mich durch Hypnose noch einmal zu Sam, dem geheimnisvollen Haus und der

Feuerkugel zurückzuführen, doch ohne Erfolg. Seitdem ich durch das Feuer hindurch gegangen war, sah ich nichts mehr außer dem Haus und der verwitterten Holztür mit einer roten Rose und dem altmodischen Türklopfer darauf. Die Tür von Evengard blieb mir verschlossen, egal wie sehr ich auch versuchte in das Haus hineinzukommen. Ich hatte es während meiner Hypnosen mehrfach umrundet, hatte Fenster und Türen ausprobiert, doch es öffnete sich mir nicht. Entweder gab es nichts mehr, was es mir zeigen konnte, oder es wollte mir nichts mehr zeigen. Ich war ratlos und rastlos, denn es brannte in mir zu verstehen, was ich gesehen und gefühlt hatte. Die Verschmelzung mit Sam, als wäre ich er, verwirrte mich so sehr, dass ich an nichts anderes mehr denken konnte. Nach einigen Versuchen wollte mich Christina nicht mehr hypnotisieren. Sie hielt es für reine Zeitverschwendung. Sie wollte unsere gemeinsamen Stunden besser dafür nutzen, mir mehr über das Ausweichen meiner Bestimmung beizubringen. Obwohl ich erst trotzig reagiert hatte, willigte ich irgendwann in den Unterricht ein. Denn ich wusste, wie wichtig es war zu lernen meiner Bestimmung und dem Schicksal zu entgehen.

Erik wollte von meinen Visionen sowieso nichts wissen. Er trainierte lieber wie ein Besessener und lernte und erforschte alles, was er über die Seelenläufer in Erfahrung bringen konnte.

Silvia war nicht mehr da, also hatte ich irgendwann begonnen mit Ford über meine letzte Vision zu sprechen. Ich hatte ihm von den umgeworfenen Stühlen, den sieben verbrannten Kindern und von den Strichen an der Wand erzählt. Einhundert Striche waren es insgesamt, 89 davon durchgestrichen, elf noch offen. Und natürlich von Sams Stimme, die mich gerufen und mich gebeten hatte mich zu erinnern. Seine Hand, die mich zu sich in die Feuerkugel gezogen hatte und dann dieses merkwürdige Gefühl, als wäre ich Sam. Ford hatte bei diesen Worten zuerst verletzt ausgesehen, doch dann hatte er mir helfen wollen. Er hatte sich an den Laptop gesetzt und begonnen alles aufzuschreiben was wir wussten. Irgendwann hatte er die Theorie: dass die Visionen etwas mit dem Leben zu tun haben könnten, an welches ich mich nicht mehr erinnern konnte. Mein letztes Leben. Das Leben, in dem es mir nicht vergönnt gewesen war meine Bestimmung zu erfüllen, weil ich durch Mord, Selbstmord oder einen Unfall viel zu früh gestorben war. Er hatte überlegt, ob ich vielleicht eines der toten Kinder gewesen sein könnte. Seine Theorie erschien mir im ersten Moment wahrscheinlich. Was wenn ich dort gestorben war und mich nun wieder anfing daran zu erinnern? Doch als ich näher darüber nachdachte wurde mir schnell klar, dass es nicht so gewesen sein konnte. Ich war im Dezember 1983 in Italien an Lungenkrebs gestorben und im Frühling 1984 in der Zwischenwelt erwacht. Zwischen meinem Tod und dem Erwachen lag also nicht einmal ein halbes Jahr. Es konnte nur so sein, dass ich noch im Mutterleib gestorben war. Vermutlich durch Abtreibung oder einen Unfall, der eine Fehlgeburt verursacht hatte.

Das Gefühl, das Geheimnis hinter diesem merkwürdigen Hause lüften zu müssen, wollte mich einfach nicht loslassen. Ich wollte zurück. Unbedingt. Und wenn es mir nur ein einziges Mal gelingen sollte. Dieses eine Mal würde ausreichen. Mein Plan war es, nicht zu versuchen ins Haus zu gelangen, sondern mir die Umgebung des Hauses näher anzusehen, vielleicht konnte ich herausfinden in welchem Land es lag und so die Internetsuche nach einem Anwesen mit dem Namen Evengard besser eingrenzen. Denn einfach nur nach Evengard zu suchen hatte keinen Erfolg gehabt, wie Ford und ich bereits feststellen mussten. Ohne Hypnose blieb mir jedoch nur eine Möglichkeit zurückzukehren, Sex mit Ford. Doch egal in welcher Stellung wir es versuchten, egal zu welcher Uhrzeit oder an welchem Ort, unser Sex löste keine Visionen mehr aus. Es gab keine lilafarbenen Spiralen mehr, die mich von ihm fortzogen. Ich musste mich endlich damit abfinden, dass sich die Tür nach Evengard für immer verschlossen hatte. Ich wusste, dass ich aufhören musste daran festzuhalten. Und in dieser Nacht fasste ich einen Entschluss: Ich würde Christina glauben. Sie war der Meinung, dass Sam mir alles gezeigt hatte, was ich wissen musste und dass sich die Erinnerung irgendwann von ganz alleine vervollständigen würde. Je früher ich aufhörte darüber nachzudenken und krampfhaft versuchte zurückzugehen, umso besser war es für mich. Denn war es nicht immer so im Leben? Wenn man aufhörte etwas zu suchen, dann fand man es plötzlich. Vielleicht war diese Methode für mich auch die richtige. „Einfach aufhören an dich zu denken“, flüsterte ich mir immer wieder zu, während Sams Gesicht vor meinem inneren Auge ganz langsam zu der Erinnerung verblasste, die er seit über 400 Jahren für mich gewesen war. Nach einer Weile begann er mir nicht mehr nah und real zu erscheinen, sondern nur noch ein Schatten einer Liebe zu sein, die ich niemals ganz vergessen würde. Ich würde aufhören jeden Tag an ihn zu denken und beginnen mein menschliches Leben mit Ford in vollen Zügen zu genießen.

Ich musste schließlich doch eingeschlafen sein, denn als ich aufwachte, schien die Sonne bereits hell in mein Gesicht. Ich drehte mich von dem unangenehmen Licht weg und suchte mit der Hand Fords Nähe. Doch ich fand ihn nicht. Verschlafen blinzelte ich ein paar Mal bis ich mich an das Tageslicht gewöhnt hatte und die Augen öffnen konnte. Der Platz neben mir war leer. Ich setzte mich auf und sah, dass Ford an seinem Schreibtisch saß. „Was tust du da?“

„Bist du also endlich aufgewacht“, stellte er schmunzelnd fest und drehte sich zu mir um.

„Wieso, wie spät ist es denn?“
„Fast halb elf.“
„Oh!“ Erschrocken krabbelte ich übers Bett und griff nach meiner Handtasche, die auf dem Fußboden lag.
„Wenn du dein Handy suchst, das ist hier.“ Ford stand auf und setzte sich zu mir aufs Bett. „Es hat mich heute Morgen um sieben Uhr geweckt und weil du einfach nicht wach werden wolltest, bin ich ran gegangen.“
„Ich habe total verschlafen.“ Immer noch müde rieb ich mir über die Augen. „War Martin sauer, dass ich nicht zum Training erschienen bin?“
„Nein, ich habe ihm gesagt, du hättest dir eine Erkältung eingefangen und würdest schlafen.“
„Danke.“ Ich rollte mich zusammen, legte meinen Kopf auf seinen Schoß und zog mir die Decke über den Kopf.
„Bist du wirklich krank?“, fragte er besorgt.
„Nein, ich bin nur wieder ewig nicht eingeschlafen,“ murmelte ich unter meinem kleinen Zelt.
Ford schob seine Hände unter die Decke und streichelte mir sanft über die Stirn. „Ich mach uns jetzt erst mal Frühstück und nachdem du den Tag frei hast könnten wir endlich die Sache mit dem Tagebuch hinter uns bringen.“
Ich kroch wieder unter meiner Decke hervor und nickte. „Ja, das sollten wir endlich machen. Danke, dass du mitkommst.“
„Ist doch klar.“ Bevor Ford in die Küche ging, küsste er mich zärtlich. „Du hast mir heute noch nicht gesagt, dass du mich liebst.“
Ich musste schmunzeln, als er mich mit seinem sexy Lächeln erwartungsvoll ansah. „Der Tag ist noch so lang, mal sehen, vielleicht sage ich es dir später.“ Ich grinste ihn frech an und küsste flüchtig seine Nasenspitze, während ich aufstand und mir eines seiner T-Shirts überzog. „Ich geh in die Dusche“, rief ich ihm zu und verschwand durch die Tür.

Es dauerte nicht lange, da klopfte es leise an der Badezimmertür.
„Wer ist da?“, fragte ich.
„Der Kaffeebote!“
„Ich komme!“ Nass wie ich war, kletterte ich aus der Dusche, wickelte mich in eines der großen Handtücher und öffnete die Tür.
Ford kam herein, stellte die beiden Tassen auf der Ablage über dem Waschbecken ab und verriegelte erneut die Tür. Lächelnd kam er auf mich zu. Seine Augen funkelten mich an und ich fragte: „Was hast du vor?“
Seine rechte Augenbraue zog sich nach oben und sein Mundwinkel zuckte. Er antwortete nicht, sondern öffnete den ersten Knopf seiner Jeans. „Wollen wir nochmal versuchen dich nach Evengard zu bringen?“
„Nein, ich will nicht mehr zurück.“
„Seit wann?“, fragte er mich erstaunt und ging einen weiteren Schritt auf mich zu.
„Seit heute Nacht“, erwiderte ich mit trockener Kehle. Ich spürte wie mein Herz begann zu rasen, mir wurde heiß und meine Wangen glühten.
„Willst du mich trotzdem?“
„Immer“, flüsterte ich verlegen und wünschte mir, ich könnte so sexy und geheimnisvoll wirken wie er.
Seine Hände strichen mir sachte über die Schultern und öffneten das Handtuch. Es fiel zu Boden und ich stand nackt vor ihm. Ich spürte seine kalten Augen auf mir. Mein Atem wurde unweigerlich schneller und mein Puls begann zu rasen. Immer noch sah er mich an, während seine Hände über meinen Körper nach unten glitten. Ich schloss die Augen und atmete tief ein. Ich konzentrierte mich auf seine Berührungen und auf seine Lippen, die erst das eine und dann das andere Schlüsselbein küssten. Ich vergrub meine Hände in seinen schwarzen, struppigen Haaren und flüsterte erneut: „Immer.“

Er packte mich, hob mich hoch und setzte mich auf die Waschmaschine. Ich lehnte meinen Kopf nach hinten, als Ford mir mit den Händen unter den Po griff und meine Hüfte nah an sich heranzog. Ich hörte wie er die letzten beiden Knöpfe seiner Hose öffnete und wie auch sie auf den Boden fiel. Seine Hände umschlangen meine Handgelenke und führten sie zusammen, sodass er sie mit nur einer Hand umschließen konnte. Dann hob er meine Arme so weit nach oben, dass es beinahe wehtat und presste sie nach hinten an die kalten Fliesen. Mit seiner anderen Hand führte er seinen steifen Penis an meine Scheide, drang jedoch nicht ein. Er ärgerte mich. Er wusste wie sehr ich ihn wollte. Unruhig rutschte ich an der Kante der Waschmaschine hin und her und versuchte ihn ohne Hilfe meiner Hände einzufangen, doch es gelang mir nicht.
„Sieh mich an", sagte er fordernd und küsste mich auf den Mund.
Unsicher öffnete ich die Augen. Er war so dicht bei mir, dass ich seinen Atem auf meinen feuchten Lippen spüren konnte.
„Sieh mir nicht auf den Mund, sondern in die Augen." Es klang wie ein Befehl und um mir zu zeigen, dass er die Kontrolle hatte schob er seine Eichel ein kleines Stück in mich hinein.
Ich konnte nicht anders, ich musste aufstöhnen.
„Frag mich."
Ich wusste was er wollte und doch stellte ich mich dumm. Trotzig sah ich ihm in die Augen und fragte: „Was soll ich dich fragen?"
„Das weißt du genau." Wieder kam er ein kleines bisschen tiefer in mich und wieder konnte ich mir ein Stöhnen nicht verkneifen. Ich spürte, wie ich immer wütender wurde. Ich zwang mich dazu, ihm fest in seine kalten Augen zu sehen, als mit einem Mal das kleine warme Licht in ihnen aufblitzte und nicht wie sonst sofort wieder erlosch. Es leuchtete mir so

orange wie meine eigene Aura entgegen und völlig unerwartet tat Ford etwas, das er meiner Erinnerung nach noch nie getan hatte. Er gab nach. Er gab einfach nach und schlief mit mir. Zärtlich. Liebevoll. Auf der Waschmaschine. Seine Küsse bedeckten meinen ganzen Körper. Unser Verlangen nach dem anderen überrollte uns zur gleichen Zeit und endete in einem heftigen Orgasmus.
Fords Kopf sank erschöpft auf meine Schulter und seine Hand ließ endlich meine Handgelenke frei. Ich umschlang seine Hüfte mit meinen Beinen und streichelte ihm mit den Fingerspitzen über den verschwitzten Rücken. Er hatte nachgegeben. Ich konnte es immer noch nicht glauben. Ob es an meinem festen Blick lag? Oder vielleicht doch eher daran, dass er seiner eigenen Lust nicht länger hatte widerstehen können? Ich wusste es nicht. Ich wusste nur eins, ich wollte auch nachgeben. Also fragte ich ihn das, was er gerne gefragt werden wollte: „Habe ich dir heute schon gesagt, dass ich dich liebe?" Ich hörte ein leichtes Lachen von ihm und spürte ein noch leichteres Kopfschütteln. „Ich liebe dich."
Und wieder völlig unerwartet flüsterte er: „Ich liebe dich."

Die nächste Stunde verbrachten wir damit, faul auf Fords Sofa zu kuscheln, Kaffee zu trinken und Toastbrote mit Erdbeermarmelade zu essen. Die Herbstsonne schien immer wärmer zu uns herein und wir wussten beide, dass wir bald unser herrliches Paradies verlassen mussten um Silvias Mutter das Tagebuch zu bringen.
„Fahren wir mit den Rädern?"
„Hört sich gut an", erwiderte ich und gab ihm einen zärtlichen Kuss auf die stoppelige Wange. Meine Finger strichen sachte von seiner Brust hinunter und malten kleine Kreise auf seinem Bauch, als er plötzlich meine Hand ergriff und sagte: „Vorsicht, sonst will ich dich noch mal!"
„Mir gefallen deine Muskeln", gab ich verliebt zu und küsste

ihn herausfordernd am Hals. „Am liebsten würde ich hineinbeißen."
Es war eindeutig, dass er vom Thema ablenken wollte, als er sagte: „Dann komm doch mal mit mir ins Fitnessstudio. Dir könnten ein paar Muskeln auch nicht schaden." Lachend zog er meinen Arm nach oben und ließ ihn dann fallen. „Einfach keine Kraft in den dünnen Ärmchen."
„Nein, ich mag nicht. Bis sich durch das Training erste Erfolge sehen lassen, muss ich schon wieder zurück in die Zwischenwelt. Dann ist alles weg und ich sehe aus wie vorher."
Ford nickte nachdenklich. „Stimmt. Du musst bald gehen."
Ich legte mich auf ihn und fuhr ihm mit den Fingern durch seine wirren Haare. „Sei nicht traurig. Wir haben ja noch ein paar Monate Zeit."
„Wann genau musst du gehen?"
„In der Nacht vom 25. auf den 26. Januar wird der Mond voll sein. Erik und ich werden vermutlich am Vormittag des 25. zum Seelenkreis aufbrechen."
Nun streichelte auch er mir zärtlich durch die Haare und zog meinen Kopf ein kleines Stück näher zu sich heran. „Ich habe mir etwas ausgedacht", flüsterte er leise.
„Und das wäre?", fragte ich neugierig.
„Wenn du wieder im Seelenkreis bist, dann möchte ich dich besuchen kommen."
„Aber das ist viel zu gefährlich", protestierte ich energisch.
Er legte einen Finger auf meinen Mund und entgegnete: „Lass mich doch erst einmal ausreden. Ich habe mir gedacht, dass ich jeden Sonntag zu meinen Großeltern zum Essen gehe. Wenn dann mein Opa seinen Mittagsschlaf macht und meine Oma spült, dann komme ich zu dir in den Wald. Nur für ein paar Stunden. In dieser Zeit wird uns keine Gefahr drohen. Meine Oma hat doch bestätigt, dass die Nebelläufer an die Nacht gebunden sind. Am Tag können sie uns nichts

anhaben."
„Das hört sich wunderbar an. Fast schon zu schön, um wahr zu sein."
„Dann pass mal auf, ich habe mir nämlich noch mehr ausgedacht."
„Noch mehr", rief ich begeistert und konnte nicht aufhören zu strahlen.
„Ich kaufe uns ein Zelt. Nur ein kleines. Das bauen wir am See auf und lassen es dort stehen. Ich denke nicht, dass jemand vorbei kommen wird um es zu klauen. Dieses Zelt, ist dann unser Treffpunkt. Unsere eigene kleine Liebeshöhle." Seine Lippen legten sich verführerisch auf meinen Mund und strichen sanft mit der Zunge darüber.
„Aber jetzt müssen wir los, wenn wir nicht in die Dunkelheit kommen wollen."
„Ja, du hast recht." Widerwillig stand ich auf und musste lächeln, als Ford sich erst einmal seine Erektion in der Jeans zurecht legen musste, ehe er aufstehen konnte.

Es dauerte eine gefühlte Ewigkeit bis wir fertig angezogen waren und endlich auf unseren Rädern saßen. Wir konnten einfach die Finger nicht voneinander lassen. Immer wieder küssten wir uns oder versuchten auf irgendeine Weise den anderen zu berühren. Die zweite Sache war, dass wir keine große Lust hatten zu Silvias Mutter zu fahren. Was sollte ich ihr sagen? „Hallo, hier ist das Tagebuch ihrer toten Tochter." Ich wusste mir einfach keinen Rat. Nach so langer Zeit würde ich die riesengroße Wunde, die Silvias Tod bei ihr hinterlassen hatte, wieder aufreißen. Egal wie oder was ich sagte. Ich würde sie verletzen und das tat mir unendlich leid. Aber ich hatte es Silvia versprochen: Wenn ihr irgendetwas passieren würde, dann würde ich ihrer Mutter das Buch bringen. Und umgekehrt, denn hätten mich die Nebelläufer geholt, so hätte sie dafür gesorgt, dass Ford mein Briefebuch

erhält. Ich musste es tun. Versprochen war versprochen.
Ford riss mich aus meinen Gedanken, als er fragte: „Hast du das Buch?“
Ich nickte und griff nach meiner Handtasche, die ich in den Fahrradkorb gelegt hatte. Ich zog ein kleines rotes Buch heraus. Es war mit Chinesischen Blumen, Vögeln und Häusern verziert. „Hier ist es.“
„Hast du es gelesen?“
„Natürlich nicht!“, entgegnete ich empört.
„Interessiert es dich denn nicht, was sie über das Leben nach dem Tod geschrieben hat?“
Und wie es mich interessierte. Brennend sogar. Silvia hatte sich von Anfang an zur Aufgabe gemacht ihre Bestimmung zu erfüllen und nebenbei so viel wie möglich über die Zwischenwelt und die Seelen herauszufinden. So zielstrebig wie sie immer gewesen war, hatte sie vermutlich mehr gewusst als ich. Aber ich hatte sie nie danach gefragt, ob ich das Buch lesen durfte, und genauso wenig hatte sie es mir von sich aus erlaubt es zu lesen. Also tat ich es nicht. Es war nicht für mich bestimmt, sondern für ihre Mutter. Behutsam packte ich das Buch zurück in meine Handtasche und antwortete: „Ich würde es nie lesen, egal wie neugierig ich bin.“
Ford griff mit einer Hand nach meinem Lenker und mit der anderen Hand nach meinem Nacken. Zärtlich zog er mich an sich, küsste mich und flüsterte: „Ich freue mich schon darauf unser Buch zurückzubekommen.“
Mit großen Augen sah ich ihn an. „Unser Buch? Zurück?“
„Na, du gibst es mir doch wieder, bevor du gehen musst, oder?“
Verlegen senkte ich den Kopf, doch Ford schob ihn wieder nach oben, sodass ich ihn ansehen musste. „Du schreibst doch, oder?“
„Nein“, gab ich kleinlaut zu.

„Aber das Buch ist bei dir, ich dachte, es wäre klar, dass der der das Buch hat auch schreibt." Vorwurfsvoll sah er mich aus seinen eisblauen Augen an. „Was machst du denn mit dem Buch, wenn du nicht hineinschreibst?"
„Ich lese."
„Du liest? Was gibt es denn da so viel zu lesen?"
„Na ja, viel hast du ja tatsächlich nicht geschrieben. Jeden Monat nur einen Brief. Aber ich dachte mir, ich lese nicht alles auf einmal, sondern genieße deine Briefe und lese jeden Monat nur einen. So habe ich mehr davon."
„Aber du hättest doch trotzdem schreiben können."
„Ja schon, aber was denn? Wir verbringen fast jeden Tag miteinander. Wieso soll ich dir immer aufschreiben was wir erlebt haben, du warst doch dabei."
„Aber dann kann ich mich besser daran erinnern, wenn du weg bist." Er sah traurig aus, als er mich noch einmal zu sich zog und mir einen entschlossenen Kuss auf den Mund drückte.
„Ich schreibe wieder. Versprochen. Gleich heute Abend lege ich los."
„Danke, dieses Buch und deine Zeilen bedeuten mir wirklich viel."
„Das wusste ich nicht."
„Vielleicht hätte ich es dir sagen sollen."
Er wirkte immer noch traurig, daher fragte ich: „Habe ich dir heute schon gesagt, dass ich dich liebe?"
„Nein."
„Du lügst."
„Ich weiß, aber ich möchte es noch mal hören." Die Traurigkeit verschwand aus seinen Augen und er legte sein sexy Lächeln für mich auf.
„Ich liebe dich, und jetzt lass uns endlich fahren."

Unser Weg führte uns zunächst durch die vielen kleinen

Seitenstraßen der Nordstadt, ein kleines Stück über den Altstadtring und hinunter ins Pegnitztal. Ab hier konnten wir gemütlich nebeneinander über den Radweg fahren. Wir fuhren am Stadtteil Johannis vorbei, am Freibad, am Westfriedhof bis nach Fürth. Dort machten wir im Stadtpark eine kleine Pause, ehe wir den Europakanal überquerten und endlich Zirndorf erreichten. Hier bewohnten Silvias Eltern ein kleines Haus am Stadtrand. Wir hatten uns zwar zweimal verfahren, aber Ford führte uns mit Hilfe seines Handys jedes Mal wieder auf den richtigen Weg zurück. Nach über einer Stunde kamen wir bei dem kleinen weißen Haus mit dem gut gepflegten Vorgarten an. Ich lehnte mein Fahrrad gegen den Holzzaun und sah Ford erwartungsvoll an. „Kommst du nicht mit?“, fragte ich nervös, als ich bemerkte, dass er nicht von seinem Rad abstieg.
„Ich denke, es ist besser, wenn ich hier warte.“ Er zwinkerte mir aufmunternd zu und ich wusste, dass er recht hatte.
Ich atmete noch einmal tief ein bevor ich die Klinke des Gartentores hinunterdrückte und über den gepflasterten Weg zur Haustür ging. Mit zittrigen Händen drückte ich auf den silbernen Klingelknopf und wartete. Ich war mir sicher, jemanden hinter der Tür zu hören, aber sie wurde nicht geöffnet. Ich klingelte noch einmal und dann noch einmal, ehe sich die Tür öffnete. Ein Mann mit grauen Haaren und Bademantel sah mich grimmig an. „Was sind Sie denn so penetrant?“, raunte er.
„Entschuldigen Sie bitte die Störung. Ist Ihre Frau zufällig auch da?“
„Im Garten“, antwortete er und ließ die Tür direkt vor meiner Nase wieder ins Schloss fallen.
Da stand ich also und wusste nicht so recht, was ich nun tun sollte. Unsicher blickte ich zu Ford hinüber, der ebenfalls ratlos mit den Schultern zuckte. Nun war ich schon mal hier, jetzt wollte ich es auch zu Ende bringen. Also ging ich den

Weg weiter um das Haus herum und in den hinteren Teil des Gartens. Dort sah ich sie. Sie kniete auf der Wiese und stach Unkraut heraus. Ihr dunkelbraunes Haar war mit grauen Strähnen durchzogen und drehte sich im Nacken zu kleinen Locken.

Ich räusperte mich und sagte dann zaghaft: „Guten Tag."

Silvias Mutter sah mich aus hellbraunen Augen verwundert an und fragte: „Wer sind Sie?"

„Entschuldigen Sie die Störung. Ihr Mann sagte mir, dass ich Sie im Garten finden würde."

„Das erklärt aber noch nicht, wer Sie sind."

Hilflos tastete ich nach dem Tagebuch in meiner Tasche und zog es heraus. Ich streckte es ihr entgegen und versuchte angestrengt das Zittern meiner Hand zu kontrollieren. Doch je mehr ich mich darauf konzentrierte, umso mehr zitterte sie.

„Ich war eine Freundin Ihrer Tochter und soll Ihnen das hier geben."

Sofort wurden ihre Augen traurig und glasig. Sie stand schwerfällig auf und fasste sich mit der Hand in den Rücken.

„Geht es?", fragte ich besorgt.

„Alles gut, ich bin nur etwas eingerostet." Sie streckte und drehte sich, um sich den Rücken zu lockern und kam dann auf mich zu. Mit prüfendem Blick betrachtete sie das Buch in meiner Hand, griff jedoch nicht danach. „Und das soll für mich sein?", fragte sie verwundert.

„Ja, ich soll es Ihnen geben."

Ohne ihren Blick vom Buch abzuwenden fragte sie: „Wieso kommen Sie erst jetzt? Meine Tochter ist bereits seit 6 Jahren tot."

„Hören Sie, ich habe keine Ahnung, was Silvia in dieses Buch geschrieben hat. Es geht mich auch nichts an. Ich weiß nur, dass sie Ihnen erklären wollte, wie ihr Leben nach dem Unfall ausgesehen hat."

„Ihr Leben nach dem Unfall? Wollen Sie mich mit Absicht

quälen? Es gab kein Leben nach dem Unfall für sie. Sie ist gestorben! Manchmal, da habe ich mir gewünscht mein Kind hätte diesen verfluchten Unfall überlebt. Lieber hätte ich sie bis ans Ende meiner Tage gepflegt, als sie für immer zu verlieren. Aber dann wurde mir klar, dass dieser Gedanke absolut egoistisch von mir war. Was hätte mein kleiner Liebling davon gehabt für immer im Rollstuhl zu sitzen? Und wer hätte sich um sie gekümmert, wenn ich es nicht mehr gekonnt hätte? Dann denke ich wieder, vielleicht war es so besser für sie. Vielleicht war es besser zu sterben, anstatt mit zerquetschten Beinen im Krankenhaus aufzuwachen und ein Leben voller Operationen und Therapien über sich ergehen zu lassen. Aber ist das nicht Gotteslästerung? Zu glauben, der Tod sei besser, als das Leben?" Verzweifelt schlug sie sich die Hände vor das Gesicht und weinte.
Und zum ersten Mal, seit sich Silvias Seele in Nebel aufgelöst hatte, war ich froh darum, dass sie dieses Buch geschrieben hatte. Vielleicht konnte ihre Mutter so endlich abschließen. Vielleicht würde es ihr all die Antworten auf ihre offenen Fragen geben, die ihr so schmerzlich in der Seele brannten. „Bitte, nehmen Sie das Buch und egal was Sie vorher geglaubt haben, glauben Sie daran, was Ihnen Ihre Tochter hier hinein geschrieben hat." Tröstend legte ich meine Hand auf ihre Schulter und steckte ihr das Buch in die große Tasche ihrer grünen Gartenschürze. Dann ging ich, ohne mich noch einmal zu ihr umzudrehen.

Auf dem Heimweg war ich sehr still und Ford ließ mir die Zeit, die ich brauchte um über Silvia nachzudenken. Vielleicht war ihr Tagebuch nicht nur für ihre Mutter der erlösende Abschluss der immer wiederkehrenden Fragen über den Tod. Vielleicht konnte das Überbringen dieses Buches auch mein erlösender Abschluss von Silvia sein? Es ging schließlich weiter nach dem Tod. Sie war noch irgendwo dort draußen und auch wenn sie nicht mehr bei mir war, so musste ich doch nicht mehr traurig sein. Sie würde leben. Eines Tages. Irgendwo. Als irgendwer. Und sie würde sich erinnern. An mich und an unsere Freundschaft. Zumindest in diesem einen Leben, welches direkt an die Zwischenwelt anschloss. Sie würde sich erinnern.

New York
November 2007

Aingeal, mein Engel,

Heute gab es den ersten Schnee. Matschiger, grauer Schnee. Die ganze Stadt sieht so trostlos aus. Genau das passende Wetter um deprimiert vor dem PC zu sitzen und an dich zu denken. Ich mache mir schon den ganzen Tag Listen und schiebe meine letzten Pflichtaufgaben hier in New York hin und her, um es irgendwie zu ermöglichen schon im Januar zurück zu kommen. Ich habe nämlich etwas für dich geplant. Ich möchte dich am Waldfriedhof von Hofstetten überraschen. So wie wir es uns für deinen ersten Sprung ausgedacht hatten. Ich wollte dort die ältere Frau, leider fällt mir jetzt ihr Name nicht mehr ein, in ein Gespräch vertiefen, damit Silvia und du euch heimlich aus dem Staub machen könnt. Sicherlich fragst du dich, wie es dazu kam, dass ich mich an diesen Plan erinnere? Nun, ich habe vor ein paar Wochen einen Ausflug mit Freunden hier aus dem Wohnheim unternommen. Es war Ende Oktober und die ganze Stadt war in die herrlichsten Farben getaucht. Die Sonne schien warm und wir fuhren mit den Rädern von Friedhof zu Friedhof. Im ersten Moment erschien mir die Idee merkwürdig, sich alte Friedhöfe anzusehen, aber es war wirklich sehr interessant. Die Architektur der einzelnen Epochen, der Verfall der Mauern, die alten Gräber mit den verblassten Inschriften von längst vergangenem Leben. Jetzt, wo ich weiß, wie es nach dem Tod für uns weitergeht, zu wissen, dass nur leblose Körper dort liegen, leere Hüllen und keine einzige Seele, das hat diese Orte für mich noch unheimlicher gemacht, als sie es jemals vorher waren. An einem besonders alten Friedhof setzte ich mich auf den Boden, lehnte mich an die vermooste Mauer und skizzierte die Kapelle im Zentrum des Platzes. Da fiel es mir plötzlich wieder ein. Ich wollte dich damals am Waldfriedhof abholen und auch wenn ich mich um fast fünf Jahre verspäte, so hoffe ich trotzdem, dass du dich freuen wirst.

_

Ford, mein Herz, auf deinen ausdrücklichen Wunsch hin schreibe ich dir nun wieder in unser Briefebuch. Es tut mir wirklich leid, dass ich bisher noch nichts geschrieben habe. Mir war einfach nicht klar, wie wichtig es für dich ist. Jetzt kommt es mir dumm vor, so gedacht zu haben. Natürlich ist dieses Buch wichtig. Nicht nur für dich, sondern für uns. Es wird immer ein fester Bestandteil unserer Beziehung sein, denn wir werden oft voneinander getrennt sein müssen. 13 Monde ohne Kontakt, ohne ein Lebenszeichen vom anderen sind schwer durchzuhalten, da ist es schön, wenn man immer mal ein paar Zeilen lesen kann. Ich verstehe das nun und verspreche, dass ich dir so oft es geht schreiben werde.

_

Mein liebster Ford, seit unserem Besuch bei Silvias Mutter habe ich das Gefühl mein Leben immer besser in den Griff zu bekommen. Das hat aber nicht nur damit zu tun, dass ich endlich von Silvia Abschied genommen habe, sondern auch der Abschied von Sam war ein großer Schritt für mich. Ich weiß, dass du nicht gerne über ihn redest und sicherlich möchtest du auch nicht viel von ihm lesen, aber du möchtest etwas über mich erfahren, da gehören auch diese Dinge dazu. Jeden Morgen treffe ich mich immer kurz nach Sonnenaufgang mit Erik und Martin im Park um zu trainieren und ich habe das Gefühl, je weniger Platz Sam und Evengard in meinem Bewusstsein haben, umso leichter fällt es mir den Wind zu kontrollieren.

_

Lieber Ford, jeden Dienstag- und Donnerstagvormittag habe ich eine Stunde bei Christina, in der sie mir mit ihrer trockenen Lehrerart versucht die Bedeutung der bisher gefundenen Puzzleteile näher zu bringen und meinen

Verstand darauf zu trainieren dem Schicksal und somit meiner Bestimmung aus dem Weg zu gehen. Heute war wieder einer dieser Dienstage und ich kann dir sagen, es ist anstrengend. Wir machen kleine Übungen. Zum Beispiel stand heute eine Tasse dampfender Kaffee auf dem Tisch und ein Glas eiskaltes Zitronenwasser. Ich wollte natürlich zu dem heißen Kaffee greifen, musste mich jedoch auf dieses Gefühl konzentrieren und mich dann für das Zitronenwasser entscheiden. Wie eklig!

_

Mein Herz, heute Nachmittag war ich mal wieder mit den Mädels aus der WG unterwegs. Michaela und Frieda sind zu guten Freundinnen geworden, auch wenn es mir fehlt, mich mit ihnen über meine Seelen- und Zwischenwelt-Probleme unterhalten zu können. Auch fühlt es sich für mich oft schrecklich an, ihnen immer wieder Lügen über meine Arbeit bei Martin auftischen zu müssen, aber anders geht es nicht.

_

Mein lieber Schatz, heute Abend waren wir mit den Drillingen beim Bowling. Und ich war so unglaublich schlecht, aber die Cocktails waren richtig lecker. Vielleicht bitte ich Erik, mir eine Bowlingbahn in den Seelenkreis zu bauen, dann kann ich 13 Monde lang üben und mache euch so richtig fertig, wenn ich wieder da bin. Die Drillinge werden bestimmt ganz schön dumm aus der Wäsche gucken, wenn ich andauernd gewinne. Aber verrate ihnen nicht, dass ich üben möchte, es soll eine Überraschung sein.

_

Ich liebe dich! Ich liebe dich! Ich liebe dich! Gestern Abend waren wir mal wieder bei dir und es war so unglaublich schön. Mit dir fühlt es sich so an, als würden die

Schmetterlinge im Bauch niemals aufhören.

* - *

Liebster Ford, es ist so eine schöne Zeit mit dir. Eine ruhige Zeit, in der ich immer mehr zu mir selber finde. Eine Zeit, in der ich mich fühle, als wäre ich ein ganz normales zwanzigjähriges Mädchen inmitten eines ganz normalen Lebens. Schade, dass ich bald gehen muss, aber ich komme wieder. Immer. Ich verspreche es dir.

15. Katharina

November 2008
„Ich freue mich, Fabi mal wieder zu sehen. Als wir beide noch in der Prinzenbar gearbeitet haben, hatten wir immer eine ganz lustige Zeit zusammen."
„Ja, man kann viel Spaß mit ihm haben." Lächelnd nickte ich Ford zu. „Schade, dass wir nicht mehr so viel Kontakt haben. Obwohl wir im selben Haus wohnen, begegnen wir uns kaum noch."
Ford streichelte mir über die Stirn und gab mir einen flüchtigen Kuss auf die Wange, ehe er aufstand und zu seinem Laptop ging. „Umso besser, dass er heute Abend diese Abschiedsparty macht." Er kratzte sich nachdenklich über den Dreitagesbart. „Ah, da ist sie ja."
„Was denn?"
„Ich habe eine CD für dich."
„Für mich?", entgegnete ich erfreut.
Er zwinkert mir fröhlich zu und startete die Musik, ehe er lächelnd zu mir zurückkam.
Als wir ein paar Lieder gehört hatten fragte Ford: „Gefällt es dir?"
„Ja, es ist sehr schön. Wie heißt die Band?"
„Wir sind Helden."
„Und das Lied, welches gerade läuft?"
„Lass uns verschwinden." Er sah mich mit seinen eisblauen Augen eindringlich an und rutschte etwas näher zu mir. „Irgendwie passend für uns. Findest du nicht?"
„Würdest du denn gerne verschwinden?", fragte ich unsicher.
„Ja. Ich würde dich gerne entführen und mich mit dir irgendwo verstecken. Am anderen Ende der Welt. Egal wo. Hauptsache, ich müsste dich nicht wieder gehen lassen." Er legte seine Arme fest um meine Taille und zog mich etwas

dichter an sich heran.
Ich spürte wie ich nervös wurde. Wie machte er das? Nun kannten wir uns schon seit ein paar Jahren und doch hatte seine Anziehungskraft auf mich nicht nachgelassen. Im Gegenteil, ich hatte sogar den Eindruck, als würde sie von Tag zu Tag stärker werden.
„Und, was ziehen wir heute Abend an?“, fragte er so nah an meinem Gesicht, dass ich seinen Atem auf meiner Haut spüren konnte.
„Ich habe leider keine Idee“, antwortete ich nervös. „Weltreise. Was soll ich zu diesem Thema anziehen?“
„Ein Dirndl“, schlug Ford vor und legte sein sexy Lächeln auf.
Als ich ihn mir in einer kurzen Lederhose vorstellte, musste ich lachen. „Ich befürchte nur, ich habe gar kein Dirndl, und werde auf die Schnelle wohl auch keines mehr auftreiben können.“ Nachdenklich zuckte ich mit den Schultern. „Vielleicht als Surfer? Wir könnten einfach in unseren Badeklamotten gehen.“
„Nein, viel zu kalt.“
„Ich hab´s!“, rief ich begeistert und drückte ihm einen Kuss auf die Wange. „Wir verkleiden uns als Hippies.“
„Aber das hat doch nichts mit Weltreise zu tun.“
„Doch, San Francisco!“
Ford überlegte einen kurzen Moment und strahlte mich dann über das ganze Gesicht an. „Eine super Idee. Das müssten wir ziemlich günstig hinbekommen. Wir zerschneiden einfach ein paar alte Klamotten und setzen Sonnenbrillen auf.“ Er legte seine Hände auf meine glühenden Wangen. „Du bist süß, weißt du das?“
Ich spürte wie mein Gesicht noch heißer wurde und senkte verlegen den Blick. „Danke.“
Ford hob mit dem Daumen mein Kinn an und sah mir in die Augen. Seine Augenbrauen hoben sich erwartungsvoll als er

sagte: „Ich liebe dich."
„Ich liebe dich auch."
Er strich mir die Locken nach hinten und küsste mich zärtlich auf die kleine Narbe an meinem Scheitel. „Wollen wir die Drillinge fragen, ob sie auch als Hippies gehen? Dann sind wir eine ganze Kommune."
„Gute Idee." Verliebt strahlte ich ihn an und küsste ihn, ehe wir uns an die Arbeit machten.

So einen Spaß hatte ich schon lange nicht mehr gehabt. Die Drillinge waren sofort dabei und schon ging die wilde Suche nach geeigneten Stoffen los. Wir durchwühlten alle Schränke, sogar bunt gemusterte Geschirrhandtücher mussten herhalten. Während die Jungs seitlich die Hosenbeine von ein paar alten Jeans aufschnitten und ich mit groben Stichen Flicken aus Geschirrhandtüchern hinein nähte, tranken wir Bier, hörten Musik und lachten ziemlich viel. Als die Schlaghosen fertig waren, zog sich jeder der Männer eines von Alessios bunten Hawaiihemden an. Sie trugen sie offen, die Krägen wurden aufgestellt und dazu bekam jeder ein Haarband aus Geschirrhandtuch und eine Sonnenbrille. Die vier positionierten sich in der Küche und ich machte ein paar Fotos von ihnen. Sie sahen richtig heiß aus und ich musste über den himmelweiten Unterschied zwischen den italienischen Drillingen und meinem irischen Mann schmunzeln. Während Fords Haut so hell war, dass sie beinahe weiß wirkte, so waren die Drillinge auch jetzt im Winter immer noch braungebrannt. Ihre Augen waren braun, genauso wie ihre kurz rasierten Haare. Während Ford immer schwarze Bartstoppeln im Gesicht hatte, so waren die Gesichter von Alessio, Alessandro und Antonio meistens perfekt rasiert. Doch im Gegensatz zu Ford´s kahler Brust trugen die Drillinge einen mächtigen dunkelbraunen Pelz auf der Brust. Ein Unterschied wie Tag und Nacht. So lustig wie es auch war, ich musste mich langsam verabschieden, denn ich hatte in den vielen Kleidern leider nichts Passendes für mich entdeckt. In meinem eigenen Kleiderschrank würde ich aber bestimmt fündig werden. Ich verabschiedete mich und vereinbarte mit Ford, uns in einer Stunde direkt in Fabis WG zu treffen.

Auf dem Nachhauseweg überlegte ich mir bereits, was ich anziehen konnte. Vielleicht die fliederfarbene Marlenehose? Sie hatte einen mächtigen Schlag und würde gut zu San Francisco passen. Dazu könnte ich ein Bikinioberteil tragen und ein offenes Hemd darüber, so wie die Jungs. Oder nein, ich hatte doch mal so ein lustiges T-Shirt im New Yorker gekauft. Es war lila und in pinkem Glitzer waren die drei Engel für Charlie abgebildet, aber nicht mit Pistolen bewaffnet, sondern mit Bürste, Föhn und Haarspray. „Ja genau, das ist es“, freute ich mich und trat etwas fester in die Pedale. Ich konnte es gar nicht mehr abwarten mich umzuziehen und mit allen zu feiern. Was wohl Michaela und Frieda anziehen würden? Ob Solin auch eingeladen war? Und was war mit den Mädels aus dem ersten Stock? Wer wohnte da eigentlich noch? Als ich in die Hofeinfahrt zu unserem Haus einbog, dachte ich etwas wehmütig an mein erstes Jahr hier zurück. Wir waren ständig alle zusammen gewesen, hatten nächtelang gefeiert, getanzt und getrunken. Doch irgendwie hatte sich alles verlaufen. Anke und Nicole waren inzwischen zu ihren Freunden gezogen. Michaela war zu uns nach oben gezogen, weil sie sich nicht gut mit Saskia verstanden hatte, die aber inzwischen auch schon nicht mehr da war. Dann hatte es noch Anna gegeben, die schon während meines ersten Aufenthaltes in der Menschenwelt ihre Bestimmung erfüllt hatte und von den Nebelläufern geholt worden war. Genauso wie es Silvia ergangen war. Fabi würde gehen, um eine Weltreise zu machen. Und was war mit den anderen Jungs aus der WG? Außer Erik gab es noch

Julian und Will. Will hatte ich vor ein paar Tagen im Treppenhaus gesehen, aber Julian? Ob er überhaupt noch hier wohnte? Als ich meinen Schlüssel in der Wohnungstür umdrehte, hörte ich bereits die laute Musik. Frieda hatte ihre Nena CD aufgelegt und huschte wie von der Tarantel gestochen ins Badezimmer, aus dem Michaela gerade in ein Handtuch gewickelt heraus spazierte.
„Hallo!“, rief ich laut in den Flur und bekam drei Hallos zurück. Solin war also auch da. Und da erblickte ich sie auch schon. Sie kam mit einem Weinglas aus der Küche und trug als Kleid unsere Tischdecke. Hellblau, mit kleinen Gänseblümchen darauf. Um die Hüfte trug sie wie üblich den braunen Ledergürtel und die Füße waren, wie sonst auch immer, nackt.
„Als was hast du dich denn verkleidet?“, fragte ich gut gelaunt, als ich an ihr vorbeiging und direkt in unseren begehbaren Kleiderschrank abbog.
Solin folgte mir. „Wieso verkleidet?“
Überrascht sah ich sie an. „Das Motto ist doch ´Weltreise`. Ich dachte, deshalb trägst du unsere Tischdecke?“
„Nein, die finde ich einfach nur schön.“ Zufrieden sah sie an sich hinunter, setzte sich im Schneidersitz mitten im Raum auf den Fußboden und strahlte mich an. „Aber wir können ja sagen, ich gehe als Holländerin. Kann ich eigentlich auch jemanden zu der Party mitbringen, oder ist die nur für die WG-Leute gedacht?“
„Nein, soweit ich weiß, kannst du mitbringen, wen du möchtest. Ich habe auch Ford und seine WG eingeladen. Wen möchtest du denn einladen?“, fragte ich neugierig.
„Eine Freundin. Also, eigentlich ist sie nur eine Arbeitskollegin, aber ich glaube, sie könnte zu einer Freundin werden. Ich werde ihr schnell schreiben.“ Sie stand auf und ging wie eine Ballerina auf Zehenspitzen aus dem Zimmer. Ich sah ihr nach und musste amüsiert lächeln. Sie war seltsam

und doch irgendwie nett.

Eine gute Stunde später standen wir vor der Wohnungstür im zweiten Stockwerk und klopften. Michaela hatte sich als Cowgirl verkleidet. Sie trug eine ganz normale Jeans, dazu ein ganz normales schwarzes T-Shirt, hatte sich aber einen Gürtel umgebunden, an dem sie mit einer Paketschnur rechts und links eine Bierflasche festgebunden hatte und auf dem Kopf trug sie Friedas Sonnenhut, der wie ein Cowboyhut geformt war. Laut Friedas Aussage stammte er aus einer Zeit, in der es ein Musikvideo von einer Sängerin namens Madonna gab, in welchem sie so einen Hut trug und daraufhin wurde dieser wohl zu einem echten „must have" im Kleiderschrank. Ich hatte bei dieser Geschichte nur verlegen gelächelt und genickt, denn besagtes Musikvideo musste in die Zeit gefallen sein, in der ich in der Zwischenwelt festsaß und von Modesünden nicht viel mitbekommen hatte. Frieda hatte sich als Freiheitsstatue verkleidet. Sie hatte sich ein hellblaues Betttuch um den Körper geschlungen und eine Papierkrone von Burgerking auf den Kopf gesetzt. In der Hand trug sie ein Mikrofon, das sie bei Nachfragen, als was sie verkleidet wäre, in die Luft strecken wollte. Und dann gab es da noch Katharina, sie war Solins Arbeitskollegin und hatte von dem Motto der Party leider keine Ahnung gehabt. Daher hatte ich ihr kurzerhand meinen roten Rüschenrock ausgeliehen und mit dem schwarzen Bolero, den sie sowieso getragen hatte, konnte sie locker als Flamencotänzerin durchgehen. Fabi öffnete uns die Tür und begrüßte alle mit einer herzlichen Umarmung. Die WG der Jungs war bereits gerammelt voll und ich quetschte mich durch den überfüllten Flur auf der Suche nach Ford. Ich fand ihn mit den Drillingen und ein paar anderen Jungs in der Küche sitzen, und irgendein Trinkspiel spielen, dessen Regeln ich nicht ganz verstand. Daher beschloss ich lieber nicht mitzumachen und begab mich auf die Suche nach meinen verloren gegangenen Mitbewohnerinnen. Ich fand sie zusammengequetscht auf Fabis Sofa sitzen und mich zu sich winken.

Es war eine schöne Feier. In der Wohnung brannten unzählige Kerzen, ich sah Leute, die ich schon ewig nicht mehr gesehen hatte und ich lernte neue Menschen kennen. Um genau zu sein, lernte ich einen neuen Menschen kennen: Katharina. Sie war mir sofort sympathisch gewesen. Wenn sie auch etwas schüchtern und hilflos wirkte, um nicht zu sagen: kühl und distanziert. Aber nicht unhöflich oder arrogant. Sie beobachtete erst einmal, ehe sie sich öffnete und diese Eigenschaft kannte ich von mir selbst nur zu gut. Ich lächelte sie ein paar Mal freundlich an, denn viel unterhalten konnten wir uns bei der lauten Musik nicht. Dann nahm ich sie irgendwann an der Hand und zog sie vom Sofa. Ich brüllte in ihr Ohr: „Hier ist es viel zu laut! Wollen wir raus gehen?"
Sie nickte mir mit strahlenden Augen zu und folgte mir in die Küche. Ford saß immer noch mit den Drillingen am Küchentisch. Inzwischen hatte sich auch Erik dazugesellt und das Gejohle und Gejaule bei jedem Schluck aus der Schnapsflasche wurde immer lauter. Ich winkte Ford über ein paar Köpfe hinweg zu. Er verließ seinen Platz und kämpfte sich zu uns durch. „Was machst du?", wollte er wissen und drückte mir einen sehr feuchten Kuss auf den Mund. Seine Arme schlangen sich fest um meine Hüfte und ich spürte, wie er schwankte.
„Dir geht es aber gut", stellte ich lächelnd fest und erwiderte seinen Kuss.
Ford schüttelte sich und wischte sich mit dem Handrücken über den Mund. „Der war aber nass."
„Nur weil du mich auch so nass geküsst hast", protestierte ich lachend. Dann fiel mir Katharina wieder ein und ich stellte die beiden einander vor. „Ford, das ist Katharina. Sie ist eine

Freundin von Solin."
Er löste eine seiner Hände von mir und reichte sie Katharina. „Hallo Katharina." Dann kam die Hand schnell zu mir zurück und schob sich unter mein offenes Hemd. „Du siehst verdammt sexy aus."
Ich zwinkerte ihm verführerisch zu und freute mich jetzt schon auf die Nacht mit ihm. „Trink nicht zu viel, okay? Nicht dass du später nicht mehr kannst", flüsterte ich ihm frech ins Ohr. „Ich gehe mit Katharina ein bisschen ins Treppenhaus zum Unterhalten. Hier ist es einfach zu laut."
Ford verabschiedete sich mit einem übermütigen Klaps auf meinen Hintern von mir. Ich kniff ihn dafür in den nackten Bauch, schnappte mir eine Flasche Sekt und führte Katharina durch die Wohnungstür ins Treppenhaus hinaus.
„Danke, dass du mich da raus geholt hast." Katharina lächelte mich dankbar an und setzte sich auf eine der Treppenstufen.
Ich tat es ihr gleich und fragte: „Erzähl mal, wie hast du Solin kennengelernt?"
„Wir arbeiten zusammen im Klinikum."
„Ja stimmt, Solin hat meine alte Stelle bekommen."
„Du bist auch Krankenschwester?", fragte sie erfreut.
„Nicht mehr. Nachdem ich ein Jahr für die Organisation „Ärzte ohne Grenzen" gearbeitet habe, wollte ich nicht mehr in meinen alten Beruf zurück. Ich wollte mal was anderes sehen."
„Verstehe. Und, als was arbeitest du jetzt?"
„Ich arbeite für einen viel zu reichen Mann. Ich bin so etwas wie sein Mädchen für alles." Noch vor ein paar Monaten wäre ich bei den vielen Lügen ins Stottern geraten und rot geworden, doch Christinas Unterricht schien sich langsam auszuzahlen. Es fiel mir gar nicht mehr schwer all diese einstudierten Antworten aufzusagen. „Erzähl doch noch ein bisschen was von dir?" Versuchte ich sie zu ermutigen.
„Ach, da gibt es nicht viel zu erzählen. Ich bin

Krankenschwester, versuche aber nebenbei über ein Fernstudium mein Abi nachzuholen."

„Möchtest du studieren?"

„Nein, ich arbeite gerne in meinem Beruf. Ich möchte nichts anderes machen. Mir wurde nur immer gesagt, ich könnte das Abitur nicht schaffen. Ich sei dumm und solle besser etwas Einfaches machen. Ich denke, ich möchte mir selbst beweisen, dass ich es eben doch kann."

Ich sah zu ihr hinüber. Ihr zierliches Gesicht wurde vom Mondschein, der durch das kleine Fenster im Treppenhaus leuchtete erhellt. Sie trug die rot gefärbten Haare offen und hatte einen so langen Pony, dass er ihr fast bis in die Augen hing. Sie sah schön aus, auf ihre eigene Weise. Kein typisches Beauty-Gesicht, aber irgendwie außergewöhnlich. „Das hört sich traurig an", stellte ich fest.

„Das war es, ja. Früher einmal. Heute glaube ich, dass es mich einfach nur stärker gemacht hat. Aus irgendeinem Grund sollte es vielleicht so sein. Darf ich dich etwas fragen?"

„Natürlich."

„Glaubst du an das Schicksal?"

Ich schluckte schwer und antwortete: „Ja." Dann streckte ich Katharina die Sektflasche entgegen und lächelte.

Sie lächelte zurück, nahm die Flasche und trank einen großen Schluck. „Auf diesen Abend." Sie prostete mir zu und trank noch einen Schluck, ehe sie mir die Flasche zurückgab.

„Auf diesen Abend", erwiderte ich, als ich den Sekt entgegen nahm. Dabei berührten sich unsere Fingerspitzen für einen kurzen Moment. Mir lief ein eiskalter Schauer über den Rücken und ein Wort schlich sich in meine Gedanken: SCHICKSAL

New York
Dezember 2007

Aingeal, mein Engel,
es ist alles vorbereitet. Ich werde bereits am ersten Januar nach Deutschland zurückkehren. Unser Treffen im Oktober ist ja leider nicht ganz so verlaufen, wie ich es mir vorgestellt hatte. Du weißt schon, wegen deiner moralischen Bedenken, du könntest mir mein Leben versauen. Ich sollte mir lieber eine Frau suchen, mit der ich Kinder bekommen könnte, bla, bla, bla. Wenn ich nur daran denke, werde ich schon wieder total sauer. So etwas möchte ich wirklich nie wieder hören! Jetzt überlege ich schon die ganze Zeit, wie ich dir eine Freude machen könnte. Du sollst dir endlich sicher sein, dass ich dich liebe. Auch wenn ich es manchmal nicht ganz so romantisch zeigen kann. Aber jetzt habe ich einen echten Vorteil. Ich muss nicht spontan romantisch sein, sondern habe genügend Zeit, mir etwas wirklich Unvergessliches für dich auszudenken. Und jedes Mal, wenn ich in Zukunft Mist bauen sollte, dann werde ich dich einfach daran erinnern, wie unglaublich romantisch ich an diesem einen Tag für dich war. Aber jetzt steht hier erst einmal Silvester vor der Tür und ich bin schon sehr gespannt auf die Atmosphäre am times square. Mein Zimmer habe ich nur bis zum 31.12. bezahlt, das heißt, ich muss mein ganzes Zeug am Flughafen einlagern. Dann fahre ich zurück in die City, feiere mit ein paar Leuten Silvester und morgens um zehn Uhr geht dann mein Flieger nach Frankfurt. Ich werde also durchfeiern und dann die neun Stunden Flug zum Schlafen nutzen. Ich finde, der Plan hört sich gut an. Ich muss nur unbedingt darauf achten nicht zu viel zu trinken, denn sonst wird es schwierig bis morgens durchzuhalten. Und wenn ich mich erst einmal bei einem meiner Kumpels zuhause aufs Ohr gehauen habe, werde ich es wohl kaum rechtzeitig schaffen am New York Airport zu sein. Ja klar, ich könnte auch ein paar Tage später fliegen und wäre immer noch rechtzeitig da, um dich am Waldfriedhof zu überraschen, aber dann wäre das Geld für den

Flug am ersten Januar weg. Du siehst, mein Engel, alles ganz alltägliche Gedanken und Dinge, mit denen ich mich hier in New York beschäftige. Oder sollte ich besser sagen: Dinge, mit denen ich mich davon ablenke ununterbrochen nur an dich zu denken? Ich freue mich auf jeden Fall wahnsinnig darauf dich endlich wieder sehen zu können und darauf, dich einfach eine ganze Nacht im Arm zuhalten. Das ist alles, was ich will und alles, was ich brauche.

* _ *

Mein liebes Herz, jetzt ist schon Dezember, die Zeit vergeht wie im Flug. Martin hat mir heute gesagt, dass er sehr zuversichtlich ist, dass ich die Prüfung der Seelenläufer im Januar bestehen werde. Wie und wo es danach für mich weitergeht wird er klären, wenn ich meine 13 Monde in der Zwischenwelt absitzen muss.

* _ *

Lieber Ford, ich habe dir vorhin am Telefon von meinem merkwürdigen Gefühl erzählt, als ich mich an Fabis Abschiedsparty mit Katharina unterhalten habe. Du möchtest, dass ich sie meide und ich denke, dass du recht hast. Es ist einfach zu gefährlich. Wenn ich meinem Gefühl glauben kann, dann könnte sie etwas mit meiner Bestimmung zu tun haben und dieses Risiko kann ich auf keinen Fall eingehen. Du wolltest, dass ich Christina davon erzähle, aber ich halte es für keine gute Idee. Sie wird es sicherlich Martin sagen und dann setzt er sich bei den Nebelläufern durch, damit ich nach Prag komme. Oder woanders hin. Hauptsache so weit weg wie möglich. Ich möchte aber in deiner Nähe bleiben.

* _ *

Du bist der absolut Beste! Weil Solin sich so gut mit Katharina versteht, und die beiden häufig hier in meiner WG sind, hast du vorgeschlagen, dass ich zu dir ziehe. Und dann haben wir es einfach gemacht. Es ist zwar kein richtiges Zusammenziehen, aber doch ein großer Schritt für uns beide. Ich habe ein paar Sachen gepackt und meinen Mädels erklärt, dass wir das Zusammenwohnen einfach mal für ein paar Wochen testen wollen. Du hast die Drillinge gefragt, ob es okay ist, wenn ich bis Ende Januar bei euch wohne und du hast mir ein Fach in deinem Kleiderschrank frei gemacht. Ich bezweifle zwar, dass dieses eine kleine Fach ausreichen wird, aber ich liebe dich unglaublich dafür.

* _ *

Weihnachten steht vor der Tür. Unser letztes gemeinsames Weihnachtsfest haben wir mit Silvia und Erik in unserer WG gefeiert. Ich erinnere mich an Silvias Spezial-Bowle und an die Nacht, als du deine neue Schotten-Unterwäsche für mich angezogen hast und ich sie dir wieder ausziehen durfte. Das war eine Nacht. Ich denke gerne an sie zurück. In diesem Jahr werden Michaela und Frieda wieder bei ihren Familien feiern und auch die Drillinge fahren über die Feiertage zu ihren Verwandten nach Italien. Bleiben nur noch Erik, du und ich.

* _ *

Wir haben uns gestritten. Es fühlt sich ganz komisch an. Ich weiß, dass wir öfters nicht so ganz einer Meinung sind, aber die letzten Monate mit dir waren so harmonisch, dass ich über unseren heftigen Streit heute ziemlich erschrocken bin. Du warst so aufbrausend. So wütend und hast mir Angst gemacht. Aber irgendwie tat der Streit auch gut. So etwas macht einem bewusst, dass der andere nicht selbstverständlich ist, sondern das es etwas Besonderes ist, so akzeptiert und geliebt zu werden wie man ist. Na ja, auf jeden Fall haben wir uns wegen Erik gestritten. Du wolltest die Feiertage mit mir alleine verbringen, aber ich will unbedingt, dass Erik auch dabei ist. Seit Silvia weg ist, hat er niemanden mehr außer Martin und Christina. Aber die beiden verbringen die Feiertage in Prag bei den Seelenläufern. Dort findet anscheinend jedes Jahr ein traditionelles Weihnachtsfest mit allerlei Annehmlichkeiten statt. Aber nicht für die Neulinge, wie Erik und ich welche sind, sondern nur für die alteingesessenen Mitglieder.

* _ *

Die Weihnachtsfeiertage waren sehr schön. Wir drei haben ausgiebig gegessen, getrunken und auf Onkel Matzes Weihnachtskonzert gesungen und getanzt. Erik war so betrunken, so habe ich ihn noch nie erlebt. Eigentlich kann er trinken wie ein Ochse und doch merkt man ihm nie etwas an. Keine Ahnung, was er angestellt hat, dass er so außer Kontrolle geraten ist. Aber es war ganz lustig mitanzusehen, wie er sich am Mainufer hinter dem Schweinfurter Stadtbahnhof in der Erde gewälzt hat. Zum Glück hat uns niemand gesehen, wie hätten wir das nur erklären sollen?

* _ *

Mein liebster Schatz, wir haben drei Tage hintereinander ausgeschlafen, ziemlich viel Sex gehabt, sogar für unsere Verhältnisse, und uns reichlich entspannt. Wir waren mit Erik zweimal im Hallenbad. Mir war gar nicht bewusst, dass du vorher noch nie mit mir beim Schwimmen warst. Erst als du zornig wurdest, weil die Menschen mich wegen meiner vielen Narben ungeniert anstarrten. Mir fällt das schon gar nicht mehr auf und ich ärgere mich auch nicht darüber. Sie sind eben neugierig. Dann waren wir noch einmal gemeinsam in deinem Fitnessstudio, wobei du dich etwas geziemt hast, als es darum ging Erik mit in die Sauna zu nehmen. Mir ist klar, dass du gerne mehr Zeit mit mir alleine verbracht hättest, immerhin müssen wir uns bald wieder voneinander verabschieden. Aber spätestens an Silvester sind alle WG-Leute zurück und dann habe ich auch kein schlechtes Gewissen mehr, wenn wir Erik nicht mehr ständig im Schlepptau haben.

* _ *

Mein Herz, du stehst gerade unter der Dusche und ich liege im Bett und schreibe in unser Buch. Morgen ist Silvester und ich freue mich schon sehr auf diesen Tag. Am Vormittag will ich nämlich alleine in die Stadt und in aller Ruhe etwas Hübsches für den Silvesterabend einkaufen. So kann ich mal ein paar Stunden für mich alleine sein. Vielleicht gehe ich sogar noch zum Friseur und lass mir die Haare hübsch hochstecken. Du hast mir sowieso verkündet, dass du morgen keine Zeit für mich haben wirst. Du planst nämlich eine Überraschung und deshalb darf ich nicht zuhause sein. Wir werden uns also erst am Abend im Parkcafé treffen um uns dort das Silvesterkonzert deines Onkels anzuhören. Ich bin schon sehr gespannt auf deine Überraschung. Du bist so süß und lieb. Und ich bin so unendlich verliebt.

16. Wenn der Wind verweht

Dezember 2008

An meinem Pappbecher nippend schlenderte ich gemütlich durch die Innenstadt und begutachtete die reduzierten Kleider in den Schaufenstern. Ich hielt nach einem passenden Outfit für heute Abend Ausschau. Denn heute war Silvester. Wir würden gemeinsam mit unseren WG-Leuten in der Gartenanlage des Parkcafés feiern. Fords Onkel Matze gab dort ein kleines Silvesterkonzert und nachdem meine Freundinnen Michaela und Frieda seine Lieder inzwischen auswendig kannten, waren sie schon ganz heiß darauf ihn nun endlich mal persönlich kennenzulernen. Und dann war da ja auch noch Fords geheimnisvolle Überraschung. Ford war sich so sicher, dass ich ihm vor lauter Dankbarkeit die Kleider vom Leib reißen würde, dass er mir alle paar Minuten eine Nachricht nach der anderen schrieb, in denen er mir sehr anschaulich schilderte, was er heute Nacht alles mit mir anstellen wollte. Mein Outfit sollte also wetterfest sein, damit ich bei dem Konzert im Freien nicht frieren musste, es sollte untendrunter aber auch sexy sein, damit Ford seine Freude beim Auspacken hatte. Ich stand gerade in der Breiten Gasse und hielt nach einem Mülleimer für meinen leeren Kaffeebecher Ausschau als ich plötzlich gerufen wurde. Ich drehte mich um und sah Solin, die freudig auf mich zukam. Im Schlepptau hatte sie Katharina. Seit jenem Abend im Treppenhaus war ich Solin und Katharina bewusst aus dem Weg gegangen. Ich mochte Katharina und hätte mich gerne mit ihr angefreundet, jedoch wusste ich von Christina wie wichtig es war, dem Schicksal aus dem Weg zu gehen. Und irgendeine kleine Stimme tief in meiner Seele sagte mir, dass Katharina etwas mit meiner Bestimmung zu tun haben könnte. Ich ging einen kleinen Schritt zurück und lächelte

beide zaghaft an. Solin verstand meine ablehnende Haltung entweder nicht, oder sie war ihr egal, denn sie nahm mich fest in die Arme und gab mir rechts und links ein Küsschen auf die Wange.
„Schön, dass wir dich treffen. Wir wollten gerade einen Kaffee trinken gehen und du kannst nicht nein sagen. Du kommst mit!“ Entschlossen griff sie nach meinem leeren Becher und zerdrückte ihn demonstrativ.
„Ich habe eigentlich gar keine Zeit“, protestierte ich, als sich Solin und Katharin bei mir einhakten und mich mit sich zogen.
„Ach was, für einen heißen Kaffee, zusammen mit so netten Freundinnen, wie wir welche sind, sollte man sich immer Zeit nehmen.“
Ich gab mich geschlagen und ließ mich von den beiden in eine kleine Bäckerei am Hauptmarkt entführen. Ich würde einfach nur einen Espresso bestellen, ihn schnell hinunterkippen und mich dann wieder verabschieden. Dies hielt ich für die einfachste Möglichkeit meinem Schicksal aus dem Weg zu gehen. Wenn es überhaupt mein Schicksal war, das mich hierher geführt hatte, vielleicht bildete ich mir auch alles nur ein. Während wir auf die Bedienung warteten, packten Solin und Katharina ihre Tüten vor mir aus und zeigten, was sie bereits alles erstanden hatten. Zu meiner Verwunderung hatte Katharina nur Bücher in ihren Tüten.
„Du liest wohl gerne“, stellte ich schmunzelnd fest.
„Ich habe dir neulich Nacht doch von dem Fernstudium erzählt. Ich muss für Geschichte einen Aufsatz über Australien schreiben. Ich habe schon einige interessante Fakten im Internet recherchiert, aber irgendwie habe ich lieber ein Buch in der Hand, als vor dem PC zu sitzen.“
„Ja, das geht mir auch so“, stimmte ich ihr zu und fühlte mich in ihrer Nähe immer wohler. Vielleicht sogar etwas zu wohl? Ich musste schleunigst schauen, dass ich hier raus kam.

Nervös drehte ich mich zu der Frau hinter dem Tresen um und winkte ihr zu. Sie nickte gelassen und griff sich dann einen Laib Brot, um diesen in aller Ruhe durch die Brotschneidemaschine zu schieben. „Die sind ja nicht so arbeitsbegeistert hier, oder?"
Während Solin ihre Schal- und Mützen-Kollektion wieder in der Tüte verstaute, schlug Katharina einen dicken Wälzer über Australien auf, schob ihn zu mir herüber und deutete mit dem Finger auf eine der vielen Überschriften. „Hast du gewusst, dass Australien im 18ten Jahrhundert eine Strafkolonie war? Die Engländer wollten die Unterschichten ausdünnen und haben die Leute selbst für kleine Vergehen nicht einfach nur ins Gefängnis geworfen, sondern mal schnell ans andere Ende der Welt verbannt. So konnten sie ihr Land von denen säubern, die ihrer Meinung nach fehlerhaft waren. Ist das nicht unglaublich?"
„Ja, ich erinnere mich daran. Mich hätten sie auch beinahe mal erwischt, aber ich konnte mich in einer Scheune verstecken."
Entsetzt sah ich erst Solin und dann Katharina an. Doch Katharina lachte nur und sagte: „Du darfst das nicht so ernst nehmen." Dann lehnte sie sich zu mir hinüber und flüsterte: „Sie denkt, sie könnte sich an alle ihre vorherigen Leben erinnern." Amüsiert zwinkerte sie mir zu und blätterte dann weiter in dem Buch. Ich dachte darüber nach, was sie gesagt hatte: Vergehen, säubern, Sträflingskolonie, fehlerhaft, ans andere Ende der Welt. Und plötzlich durchzuckte es mich wie ein Stromschlag. Ich sprang auf, schnappte mir meine Jacke und lief zur Tür hinaus. Während ich rannte, zog ich mich unbeholfen an. Die Wörter wiederholten sich immer wieder in meinem Kopf. Sie wurden lauter und lauter. Vergehen! Säubern! Fehlerhaft! Ans andere Ende der Welt!

Als ich am Nürnberger Hauptbahnhof ankam, musste ich

feststellen, dass ich den Zug nach Allersberg gerade verpasst hatte. Der nächste fuhr erst wieder in einer knappen Stunde. Ich holte mir ein Sandwich bei Subways, setzte mich auf eine der Bänke am Bahngleis und las die neuesten Nachrichten von Ford. In seiner letzten SMS hatte er geschrieben, dass sein Onkel nun da wäre, er wünschte mir einen schönen Tag in der Stadt und dass wir uns heute Abend sehen würden. Das sollte wohl bedeuten, dass er mir nun nicht mehr schreiben würde. Ich schickte ihm als Antwort ein küssendes Gesicht und steckte lächelnd das Handy zurück in die Tasche. Als ich endlich im Zug saß, fühlte sich die 12-minütige Fahrt unerträglich lange an. Ich suchte meinen MP3-Player heraus, schaltete ihn an und hörte Matzes kratziger Stimme zu:

Bewusst bin ich mir meiner
Seele jetzt in deiner
und so findet nun mein Herz
alleine keine Ruhe mehr
es schlägt so schnell und laut
fast schon wie ein Rufen
dabei hab ich dich doch schon gefunden
es will nur, dass du bleibst,
dass du bei mir bleibst

Ich hörte das Lied wieder und wieder. So lange bis ich endlich im Bus Richtung Hilpoltstein saß. In Hilpoltstein angekommen musste ich noch gute zwanzig Minuten über eine Nebenstraße gehen, bis ich endlich an der alten Mühle ankam. Zitternd vor Kälte und Angst blickte ich zum Wald hinüber. Er lag still in der feuchten Winterluft und schien mich zu sich zu rufen. Ich streckte meine Hand nach dem Wind aus, und wickelte ihn mir langsam um den Finger. „Wie ich sehe, kannst du inzwischen auch in deiner menschlichen Gestalt den Wind beeinflussen.“ Fords Oma kam in ihren

schweren Winterstiefeln über den Kiesweg gelaufen und öffnete mir das Tor. „Ich habe mich schon gefragt, wann du wieder vor meiner Tür stehen würdest."
Verlegen räusperte ich mich und ließ den Wind wieder los, ehe ich sagte: „Ich hätte da noch ein paar Fragen."
Sie deutete mir mit einer leichten Kopfbewegung an ins Haus zu gehen. „Manfred ist heute Nachmittag nicht da, wir können uns drinnen unterhalten, dann muss ich nicht in der kalten Scheune sitzen." Sie lächelte mir aufmunternd zu und ich folgte ihr ins Haus. In der Küche war es warm und gemütlich. Marie schenkte mir ungefragt eine Tasse Kräutertee ein und fragte: „Zucker?"
Ich schüttelte mit dem Kopf. „Nein, danke."
„Was sind das für Fragen, die dich an Silvester so eilig zu mir führen?"
Ich nahm die Tasse, trank jedoch nicht, sondern wärmte mir nur die Hände daran auf. „Du hast doch erzählt, weshalb du von der Seelenwelt in die Menschenwelt verbannt wurdest."
„Weil ich die Gabe von vier Elementen in mir trage, richtig."
„Du hast mir auch erzählt, dass die ´normalen` Seelen mit zwei Elementen geboren werden. Ich habe aber nur ein Element. Kann es sein, dass ich ebenfalls fehlerhaft bin? Und die obersten Richter mich hierher verbannt haben um die Seelenwelt zu säubern?"
Mitleidig sah sie mich an. „Deine Überlegung ist gar nicht so verkehrt, aber nein, du bist in ihren Augen nicht fehlerhaft und du wurdest auch nicht mit nur einem Element geboren. So etwas gibt es nämlich nicht. Die Seelen haben entweder zwei oder vier Elemente."
„Aber ich kann doch nur den Wind beeinflussen."
„Weshalb du nur den Wind als Element hast, hat einen ganz anderen Grund."
„Und der wäre?", fragte ich unsicher.
Sie stand auf und holte aus einem der Hängeschränke eine

Dose mit Plätzchen. „Iss etwas."
„Ich mag jetzt aber nichts essen."
Nachdenklich rieb sich Marie über die faltigen Augenlider. „Wie soll ich es dir sagen?"
„Wie wäre es mit der Wahrheit. Wenn ich keine fehlerhafte Seele bin, weshalb bin ich dann hier?"
„Du hast eine Straftat begangen."
Sofort fielen mir die sieben verbrannten Kinderleichen ein und ich spürte wie mir die Tränen in die Augen stiegen. „Sprich weiter", forderte ich sie auf.
„Die obersten Richter säubern die Seelenwelt nicht nur von den Seelen, die vier Elemente in sich tragen, sondern auch von den Seelen, die ein Verbrechen begangen haben." Fords Oma atmete tief ein ehe sie weiter erzählte. „Du hast irgendetwas angestellt, wurdest verurteilt und hast dich beim Übertritt von der Seelenwelt in die Menschenwelt in zwei Hälften geteilt."
Fassungslos starrte ich sie an.
„Wenn die Seelen vom Vollstrecker an der Klippe in die Menschenwelt hinüber gestoßen werden, dann teilen sie sich in zwei Hälften. Deine Strafe ist es nicht hier zu sein, sondern geteilt zu sein."
„Ich verstehe das nicht! Was soll das alles bedeuten?", schrie ich sie an.
„Beruhige dich. Ich werde versuchen es dir zu erklären." Sie hielt ihre Hände in die Luft und formte damit einen Kreis. „Sieh mal, eine Seele besteht aus zwei Hälften. Ähnlich dem Yin und Yang. Eine dunkle Seite und eine helle. Eine warme und eine kalte. Eine liebevolle und eine jähzornige. Eine weibliche und eine männliche. Verstehst du?"
Verwirrt schüttelte ich den Kopf.
„Wenn der Vollstrecker die Seele in die Menschenwelt stößt, dann brechen diese beiden Teile auseinander." Ihre Hände, die gerade eben noch einen Kreis gebildet hatten, bewegten

sich langsam voneinander fort und lagen nun getrennt auf der Tischplatte. „Du bist keine ganze Seele mehr, du bist nur ein Bruchstück. Aber diese beiden Bruchstücke gehören zueinander. In jedem Leben, das du ohne deine andere Hälfte führen musstest, hast du dieses Brennen in dir gespürt. Du hast gespürt, dass dir etwas fehlt. Dass du nicht vollständig bist. Ist es nicht so?“

Unfähig ein Wort zu sagen, nickte ich weinend.

„Diese beiden Seelenteile ziehen sich an wie zwei Magnete. Sie gehören zueinander und die Aufgabe des Schicksals ist es, euch so lange voneinander getrennt zu halten, bis ihr alle eure auferlegten Bestimmungen erfüllt habt. Erst dann dürft ihr wieder eins werden und in die Seelenwelt zurückkehren.“

Ich saß einfach nur da und weinte. Ich konnte nicht aufhören und ich wollte auch nicht aufhören. Es tat so gut, zu weinen.

„Dann ist es also wahr. Dann hat Christina recht gehabt. Ich habe diese sieben Kinder verbrannt?“

„Das weiß ich nicht. Ich weiß nur, dass du keine Seele mit der Gabe von vier Elementen bist. Also hast du etwas Verbotenes getan und wurdest zur Strafe geteilt. Ich weiß nicht wie es ist, wenn man geteilt ist. Aber ich sehe an Anton, dass es ihm weh tut.“

„Anton fehlt auch seine andere Hälfte?“

„Ja. Das passiert allen Seelen, die nur zwei Elemente haben. Vielleicht seid ihr schwächer als wir anderen es sind. Beim Sprung von der Seelenwelt in die Menschenwelt teilt ihr euch. So ist es auch Anton ergangen. Wir wissen aber leider noch nicht, wo sich seine weibliche Seite aufhält. Normalerweise müssten sie sich gegenseitig anziehen, aber vielleicht kann sie ihn nicht fühlen, weil er in der Zwischenwelt gefangen ist und so irrt sie seit über 70 Jahren hilflos umher. Immer auf der Suche, und weiß ja doch nicht, was sie eigentlich sucht.“

„Meinst du, Ford ist mein Gegenstück?“

„Davon gehe ich aus, ja.“

Eilig stand ich auf. „Ich muss sofort zu ihm."
„Nein, sag es ihm nicht."
„Wieso nicht?"
„Ihr wart in der Seelenwelt kein unzertrennliches Liebespaar. Ihr wart ein Stück. Verstehst du? Ihr seid keine zwei selbständigen Persönlichkeiten."
Ich rieb mir nachdenklich über die Stirn. „Ich kann mir das alles gar nicht vorstellen. Wie kommt es, dass ich mich an all diese Dinge nicht mehr erinnern kann?"
„Das hängt mit eurer Spaltung zusammen. Dabei verliert ihr die Erinnerung an die Seelenwelt und an alles, was ihr bis zu diesem Zeitpunkt erlebt habt."
Behutsam nahm sie meine Hand und sagte: „Denke erst einmal in Ruhe darüber nach, bevor du eine voreilige Entscheidung triffst. Wir können doch auch in ein paar Wochen nochmal darüber sprechen, wenn du möchtest gemeinsam mit Ford."
„Ich will jetzt gehen." Ich entledigte mich ihrer Hand. „Ich will zu ihm."
„Darf ich dich noch etwas fragen?"
Unsicher antwortete ich: „Ja."
„Ist es tatsächlich so, dass ihr euch körperlich sehr stark zueinander hingezogen fühlt?", fragte sie neugierig.
Ich nickte skeptisch, denn ich wusste nicht, auf was sie hinauswollte.
„Ich habe in der Seelenwelt einiges über die Spaltung der Seelen gelesen, doch ich hatte noch nie die Möglichkeit mit einer geteilten Seele zu sprechen." Sie lächelte mich an und ich konnte mir zum ersten Mal, seitdem ich sie kannte, vorstellen wie sie in der Seelenwelt gewesen war. Wie sie neugierig in die Bücher geblickt hatte und dank ihrer Eltern ein relativ normales Leben hatte führen können. „Woran liegt es, dass wir so gierig nacheinander sind?"
„Das liegt daran, dass ihr wieder eins sein wollt. Eure

Seelenteile wollen zu einer ganzen Seele verschmelzen. Das ist euer Instinkt."
„Aber wieso sollte ich ihm nichts von alledem erzählen?"
„Was meinst du, wie er reagieren wird, wenn er erfährt, dass du keine Frau bist, sondern nur ein Stück von ihm? Seine eigene weibliche Seite?"
„Du meinst, er würde mich mit anderen Augen sehen?"
„Mit Sicherheit."
„Das ist mir egal", entgegnete ich aufgebracht.
Marie griff nach meinem Arm. „Verrate es ihm nicht. Ich bitte dich darum. Er ist so glücklich mit dir. Er hat es mir selbst gesagt. Er sagte: Sie ist alles, was ich brauche."
„Er ist auch alles, was ich brauche und darum werde ich ihn nicht belügen. Wenn ich seine andere Hälfte bin, wenn ich sein fehlendes Stück bin, dann muss er es wissen." Wieder spürte ich die Tränen in mir aufsteigen. „Ich habe es ihm versprochen. Ich werde ihm immer die Wahrheit sagen, egal wie sehr sie wehtut!"

Es war bereits dunkel, als ich mich auf den Weg zum Bahnhof machte. Mit den Öffentlichen Verkehrsmitteln von Nürnberg nach Hilpoltstein zu fahren, war nicht besonders schwierig gewesen, doch der Weg zurück stellte sich als problematisch heraus. Der nächste Bus nach Allersberg würde erst wieder in zwei Stunden fahren. Und ob ich dann vom Bahnhof wegkam, war die nächste Frage. Ich überlegte, ob ich Ralf anrufen sollte, damit er mich abholte. Aber natürlich hatte Martin ihn mit nach Prag genommen. Dann überlegte ich mir ein Taxi zu rufen, doch die Fahrt nach Nürnberg wäre sicherlich sehr teuer geworden, und ich hatte nicht so viel Geld dabei. Also beschloss ich auf den Bus zu warten, aber nicht in dieser eisigen Kälte, sondern in dem kleinen Café gegenüber dem Bahnhof.
Ich bestellte mir einen großen Kaffee und bezahlte ihn sofort.

Dann setzte ich mich an einen der Tische, die an der Fensterscheibe standen, denn so konnte ich sehen wenn der Bus kam, und gleich hinüber laufen. Außer mir war nur eine ältere Frau mit einem kleinen Mädchen da. Vermutlich Oma und Enkeltochter. Sie aßen gemeinsam Kuchen und sahen in ein Bilderbuch hinein. Die Kleine deutete immer auf ein Tier und die Großmutter machte dann die Geräusche dazu. Das gefiel dem Kind so sehr, dass es jedes Mal laut lachte. Als ich das sah, musste ich lächeln und unweigerlich daran denken, dass Ford und mir ein normales Leben verwehrt bleiben würde. Aber was war eigentlich ein normales Leben? Ich wühlte in meiner Handtasche nach einem Stift und begann auf einer Serviette zu notieren, was ich über die Seelenwelt und die geteilten Seelen herausgefunden hatte.

Die Seelenwelt: Dort leben die Seelen. Wenn sie etwas Verbotenes getan haben, werden sie als Strafe in die Menschenwelt hinüber geworfen, um dort eine bestimmte Anzahl von Bestimmungen zu erfüllen. Doch dies ist nicht die eigentliche Strafe, sondern, dass die Seelen in zwei Hälften geteilt werden. Und erst, wenn sie alle Bestimmungen erfüllt haben, lässt das Schicksal es zu, dass sich die beiden Hälften finden und sich wieder miteinander vereinen. Um endlich EINS zu sein!

„Was für eine schreckliche Strafe", flüsterte ich mir selbst zu, während ich endlich im Bus nach Allersberg saß. „Aber was passiert dann? Was passiert, wenn sich die beiden Seelenhälften vereint haben?" Ich wusste es nicht, doch eines wusste ich ganz genau, nämlich dass ich Ford alles erzählen wollte: Davon, dass die Menschenwelt eine Art Strafe für uns war und dass diese Strafe aus zwei Teilen bestand. Ein Teil war es eine gewisse Anzahl an Bestimmungen zu erfüllen. Der zweite Teil bestand daraus für diese lange Zeit

voneinander getrennt zu sein. Ich wollte ihm erzählen, dass es die Seelen beim Übertritt in die Menschenwelt in zwei Teile zerbrach. Eine weibliche und eine männliche Seite. Eine warme und eine kalte. Eine liebevolle und eine zornige. Und je länger ich darüber nachdachte, umso mehr machte alles einen Sinn. Die erste Begegnung mit Ford, an der Grenze des Seelenkreises. Wie es mich zu ihm hingezogen hatte, wie ein Magnet. Natürlich zog es uns zueinander hin, denn wir wollten wieder eins sein. Deshalb waren wir so gierig aufeinander, weil wir uns in der Gegenwart des anderen endlich ganz fühlten. Und was konnte uns näher zueinander bringen, als wenn wir miteinander schliefen?
Während ich im Zug nach Nürnberg saß dachte ich an Ford und an das Brennen seiner Berührungen auf meiner Haut. Ich dachte an seinen kalten Blick und an die Wut, die manchmal in ihm hochkochte. Ja, endlich ergab das alles einen Sinn. Er war mein Gegenstück und er hatte die Visionen in mir ausgelöst. An jenem Tag im Seelenkreis, als er das erste Mal nicht mit meinem menschlichen Körper Sex hatte, sondern mit mir als Seele. Dabei musste sich etwas geöffnet haben, denn ab da hatte ich die lilafarbenen Spiralen gesehen, die mich mitnahmen in eine Erinnerung aus einer anderen Welt. Eine Erinnerung aus der Seelenwelt, als Ford und ich noch eins waren und etwas Schreckliches getan hatten.
Ich stand inzwischen in Nürnberg an der U-Bahn-Station und wartete darauf, dass die Linie 3 mich in Richtung Stadtpark bringen würde, als mein Handy klingelte. Ich sah Fords Namen auf dem Display und ein kalter Schauer überlief meinen Körper.
„Hallo“, begrüßte ich ihn zögerlich.
„Wo bist du?“
„Ich warte auf die U-Bahn.“
„Beeil dich. Wir sind schon alle da und Matze fängt gleich mit dem Konzert an. Ich will nicht, dass du es verpasst.“

„Ich bin gleich da."
„Versprochen?"
„Versprochen." Ich musste schniefen, weil mir schon wieder die Tränen kamen. „Ich liebe dich."
„Was ist mit dir? Weinst du?"
„Ich sehe bestimmt schrecklich aus."
„Was ist denn passiert?", fragte er besorgt.
„Ich erzähl dir gleich alles."
„Soll ich vor dem Eingang auf dich warten?"
„Nicht nötig. Ich bin wirklich gleich da. Ich muss jetzt auflegen, die U-Bahn kommt."
„Bis gleich."
Ich drückte auf den roten Hörer und verstaute das Handy in meiner Handtasche. Als ich mich in der U-Bahn hingesetzt hatte, faltete ich noch einmal die Serviette auf und las, was ich geschrieben hatte. Würde ich Ford das tatsächlich alles erklären können? Würde er es mir glauben? Und was würde aus unserer Liebe werden? Ratlos schüttelte ich den Kopf und packte die Serviette zurück.
Wenige Minuten später stieg ich an der Haltestelle Maxfeld aus und bog in eine Seitenstraße in Richtung Stadtpark ein. Von weitem konnte ich Menschen klatschen und rufen hören, daher ging ich einen Schritt schneller. Erneut klingelte mein Telefon. Ohne nachzusehen, wer es war, ging ich ran und sagte: „Bin sofort da."
„Hey, hier sind Katharina und Solin. Wir haben schon ein bisschen was getrunken und fragen uns, wo du bleibst? Wir haben für dich einen Platz am Lagerfeuer freigehalten."
Erstaunt fragte ich: „Seid ihr auch im Parkcafé?"
„Ja, und wir sind schon ein bisschen sauer, dass du uns nicht eingeladen hast."
Vermutlich hatten Frieda und Michaela Solin von dem Silvesterkonzert erzählt. Ich ging nicht weiter darauf ein, sondern sagte: „Ford ist schon da und ich auch gleich. Ich

kann die Leute schon hören."
„Beeil dich, Ford und sein Onkel sitzen schon auf ihren Hockern und stimmen die Gitarren."
„Die Überraschung!", rief ich und legte eilig auf. Ich begann zu rennen. Ich rannte ein ganzes Stück über die Wiese und traf dann auf den schmalen Kiesweg, der einmal um den Weiher, in der Mitte des Parks führte, und dann an der Rückseite des Parkcafés endete. Ich konnte nur hoffen, dass sie heute den Hintereingang geöffnet hatten, sonst musste ich noch einmal komplett um das Gebäude herum laufen und würde es nie rechtzeitig schaffen. Ich überlegte gerade, ob ich wohl über den Zaun klettern konnte und musste schmunzeln, als ich mir vorstellte wie dämlich ich dabei aussehen würde. Von hier konnte ich bereits den Lichtkegel des Lagerfeuers sehen. Ich sah wie Katharina, Solin, Michaela, Frieda und Erik nebeneinander auf einer der Bierbänke saßen, direkt neben dem warmen Feuer. Und da war Ford, er saß neben Matze auf der kleinen Bühne.
„Ich freue mich wahnsinnig heute hier zu sein und so viele neue und bekannte Gesichter zu sehen. Wir feiern heute Abend gleich zwei Premieren. Die erste wäre mein Neffe Ford, er spielt heute zum ersten Mal mit mir gemeinsam vor Publikum. Und die zweite Premiere betrifft ein Lied, das Ford vor ein paar Monaten in New York geschrieben hat. Es ist für seine Freundin, die aber noch nicht da ist. Was sich jetzt eigentlich ganz gut trifft, denn wir haben das Lied noch nie gemeinsam gespielt und so können wir jetzt noch einmal üben, bevor das eigentliche Konzert dann nach dem Feuerwerk losgeht. Habt ihr Lust?"
Die Leute hatten natürlich Lust, sie klatschten und jubelten, doch als die ersten Klänge der Gitarren zu hören waren verstummten alle.

Heute Nacht war es so,
als wärst du bei mir gewesen.
Ich weiß, dass es unmöglich ist, doch
ich spürte
wie deine Wärme meinen Körper erhitzte
ich spürte
wie deine Hände sanft über meinen Rücken strichen
ich spürte
wie dein aufgeregtes Herz gegen meine Brust schlug
ich spürte
wie deine Lippen vorsichtig meinen Hals küssten und
ich spürte
wie dein schneller Atem zärtlich meine Stirn streifte
ich weiß, dass es unmöglich ist, doch
heute Nacht war es so,
als wärst du bei mir gewesen.

Regungslos war ich da gestanden und hatte lächelnd zugehört, wie Ford mit leicht zittriger Stimme ein Lied für mich sang. Doch noch bevor er das Lied beendet hatte, umhüllte mich eine unangenehme Kälte. Eine Kälte, die mich wachrüttelte. Ich schlang die Arme fest um mich und rannte weiter. Nur noch das kleine Stück um den See herum, dann hatte ich es geschafft, dann würde ich bei ihm sein. Doch als ich die Kälte an meinen Knöcheln spürte, wurde mir klar, dass mir nicht wegen der winterlichen Temperaturen kalt geworden war, sondern weil etwas Bedrohliches auf mich zukam. Erneut blieb ich stehen und sah an mir hinunter. Der Weg unter meinen Füßen war verschwunden und ich sah wie der kalte Nebel meine Beine umschloss. Verzweifelt fing ich an zu weinen und hob meinen Kopf. Sie standen nur wenige Meter von mir entfernt, auf dem zugefrorenen See. Sie waren zu fünft. Ihre nackten hageren Körper kamen langsam auf mich zu und streckten die weißen Finger nach mir aus. Dieses

Mal spürte ich keine Todesangst, ich wusste, dass sie mir nichts tun wollten, sie wollten mich einfach nur holen.
Ich begann zu betteln: „Bitte nicht. Lasst mich zu ihm. Bitte. Ich flehe euch an. Ich will ihn nur noch einmal sehen. Ihn berühren. Mich verabschieden! Bitte!“
Ohne Gefühlsregung sahen sie mich aus ihren nebligen Augen an und ich spürte wie mein menschlicher Körper erstarrte. Ich konnte fühlen wie sich meine Haut langsam auflöste. Ich hörte Raketen in die Luft steigen, es war Mitternacht. Und ich zählte das Schlagen der Kirchenglocken, während alles was ich sah, wie in Zeitlupe verging. Ich hörte wie Fords Lied verstummte. Ich hörte wie Sektkorken knallten und sah wie sich die Menschen um das Lagerfeuer herum umarmten. Ich sah Matze, wie er Ford auf die Schulter klopfte und mit ihm anstieß. Ich sah wie Ford von Solin umarmt wurde. Ich sah mit an, wie er Katharina umarmte und ebenfalls mit ihr anstieß. Ich konnte sehen, wie unzählige Raketen in den Himmel hinaufstiegen und den ganzen Park erhellten. Und dann sah ich, wie sich Ford im Kreis drehte und nach mir suchte. Ich konnte sehen, wie sich sein Blick verhärtete, als er auf den zugefrorenen See hinaussah. Ich wollte schreien. Ich wollte rufen: „Hier bin ich!“ Doch ich konnte nichts tun, als dazustehen und zu hoffen, dass er mich noch einmal ansehen würde. Ich wollte seinen Blick festhalten und mich für immer an ihn erinnern. An seine eisblauen Augen. Doch als die Kirchenglocke zum zwölften Mal schlug, spürte ich nur noch, wie sich meine Seele auflöste und im Nebel verschwand.

August 2010
Nürnberg

Aingeal, mein Engel,
fast 20 Monate ist es nun her, um genau zu sein, 606 Tage. Das ist eine lange Zeit, mit vielen Gelegenheiten dich zu vermissen. Du fehlst mir. Ich würde zu gerne wissen, wo du bist, ob es dir gut geht und ob du dich an mich erinnerst. Ich kann nicht aufhören an unser letztes Telefonat zu denken und daran, dass ich dir nicht gesagt habe, dass ich dich liebe. Glaube mir, wenn ich gewusst hätte, dass dich die Nebelläufer holden und wir uns nie wieder sehen, dann hätte ich es dir gesagt. Tausendmal und noch öfter. Ich liebe dich. Ich liebe dich und ich will dich nicht loslassen. NIE!
In Liebe
Dein Ford

…… 19 Jahre später ……

August 2029
„Aufwachen mein Schatz, du hast heute Geburtstag."
Mit einem lauten Geräusch öffnete sich der Rollladen. Verschlafen rieb ich mir die Augen und blinzelte in die Sonne. Ich streckte mich und lächelte meine Mutter fröhlich an. Aufgeregt sprang ich aus dem Bett und fragte: „Ist er schon da?"
„Nein, er ist noch auf der Arbeit, aber er hat versprochen heute früher nach Hause zu kommen. Heute ist doch dein großer Tag."
Ich hatte so lange auf diesen Moment gewartet. Endlich war ich 18 Jahre alt. Volljährig. Ich hatte alles ganz genau geplant. Seit vielen Jahren. Jeden einzelnen Punkt. Mein Koffer lag fertig gepackt unter dem Bett. Ich würde heute die feierlichen Pflichten hinter mich bringen. Ich würde mit meinen Eltern und den Großeltern Kuchen essen. Ich würde mein Geburtstagsgeschenk bekommen. Ein Auto. Mein erstes Auto. Und dann konnte mich nichts mehr aufhalten. Ich würde fahren. Ich würde zu ihm fahren. Ich wusste wo er inzwischen wohnte. Das hatte ich schon vor einer halben Ewigkeit herausgefunden. Ich würde an seiner Tür klingeln und Hallo sagen. Noch einmal lächelte ich meiner Mutter fröhlich zu, ehe ich ins Badezimmer ging. Ich verschloss die Tür hinter mir und trat vor den Spiegel. Ich konnte nicht aufhören zu strahlen und begann mit meinem Spiegelbild zu sprechen. Das tat ich immer, wenn ich mir vorstellte, dass ich mich mit ihm unterhalten würde: „Hallo, Ford", sagte ich. „Hier bin ich. Ich habe dir doch versprochen, ich würde zurückkommen. Immer."

DANKE

Als erstes möchte ich mich bei meiner kleinen Familie bedanken. Emma und Christian.
Liebe Emma, du kannst noch nicht lesen, doch irgendwann wirst du es können. Du wirst diese Zeilen lesen und wissen: Du bist für mich das größte Glück auf dieser Welt. Ich liebe dich. Immer.
Lieber Christian, vielen Dank für dieses große Wunder.

Als nächstes möchte ich mich bei meinen drei besten Freundinnen bedanken. Wir sehen uns leider nicht so oft, wie wir gerne würden, weil wir einfach viel zu weit voneinander entfernt wohnen. Aber das ist nicht so wichtig, denn unser Kontakt bricht nie ganz ab. Dafür bin ich sehr dankbar.
Michaela Mischke: Wir sind inzwischen seit verrückten 26 Jahren befreundet. Angefreundet haben wir uns, weil ein gemeiner „Dieb" im Ferienlager Michaelas Vorrat an sauren Apfelringen gestohlen hat. Mit meinem überdimensionalen Fairnessdenken musste ich einfach helfen.
Liebe Michaela, ich werde dir immer helfen.
Christiane Wagner-Menzel: Wir sind seit 20 sehr lustigen Jahren befreundet. Gefunden haben wir uns in der 8. Klasse. Vom Unterricht haben wir damals nicht viel mitbekommen, denn es ist unmöglich zu denken, wenn neben einem so herzlich gelacht wird.
Liebe Christiane, bleib wie du bist und verliere dein Lachen nie.
Kerstin Eusemann: Wir trinken nun seit 19 Jahren gemeinsam Kaffee und wenn es jemanden auf der Welt gibt, der alle meine Männergeheimnisse kennt, dann ist sie es.
Liebe Kerstin, ich bitte dich, verrate nichts!!!

Als letztes möchte ich mich bei zwei Autorinnen bedanken.
Jill Noll: Sie hat mich gebeten ihr neues Romantasy-Buch noch vor Veröffentlichung zu lesen. Liebe Jill, für dieses Vertrauen möchte ich mich herzlichst bei dir bedanken.
Anne Bochmann: Sie schreibt nicht nur, sondern zeichnet auch ganz wunderbar.
Liebe Anne, vielen Dank für die wunderschönen Zeichnungen von Lilou und Ford.

Auszug aus dem Titelsong zu „Wie der Wind verloren ging“ von Matze Rossi in Kapitel 12 und 16.

Geboren wurde ich als Nina Katharina Lieselotte Leisten am 05. September 1979 in Werneck, Bayern.
Meine Kindheit und Jugend verbrachte ich im fränkischen Hammelburg. Hier lernte ich zu lachen, zu laufen und zu lesen.

Nach meiner Schulzeit zog es mich für vier Jahre in die Ferne. Jedoch wurde mir schnell klar, dass meine Heimat im schönen Franken liegt.
Als ich nach fünf weiteren Jahren aus der Metropolregion Nürnberg ins fränkische Seenland umzog, entwickelte sich meine Leidenschaft zum Laufen.
Ab diesem Zeitpunkt verbrachte ich jede freie Minute im Wald und obwohl ich die Einsamkeit dort sehr genoss, so wurde ich doch das Gefühl nicht los, nicht ganz alleine zu sein.
Immer wieder stoppte ich und drehte mich um, doch es war niemand zu sehen. Vielleicht nur der Wind? Aus genau diesem Gefühl heraus entwickelte sich Lilous Geschichte.

Bereits als Kind hatte ich mir erträumt, eines Tages Schriftstellerin zu werden. Doch lange traute ich mich nicht, einen Roman zu schreiben. Also begann ich meine Geschichte im Freundeskreis zu erzählen. Wieder und immer wieder. So oft, bis sie mich eines Tages selbst so sehr faszinierte, dass ich nicht anders konnte als sie zu Papier zu bringen. Und tatsächlich befindet sich auf meinem Dachboden heute noch ein Ordner mit handschriftlichen Aufzeichnungen rund um die Entstehung von Ford und Lilou.

29334829R00127

Printed in Poland
by Amazon Fulfillment
Poland Sp. z o.o., Wrocław